Thomas Kapielski & Freunde
Der Einzige und sein Offenbarungseid

Thomas Kapielski (*1951) studierte Geographie, Philosophie und Musikwissenschaft. Als Künstler, Musiker, Fotograf, Performer, Brülltherapeut und Kultautor ist er einer der bekanntesten Vertreter der (West-)Berliner Literaturbohème. Von der *Zeit* wurde er als »Vollender des Künstlerromans« gefeiert, von der *Woche* als »Trash-Titan«. Kapielski lehrt als Professor an der Kunst-Akademie Braunschweig.

»Ich habe mich mindestens ein Jahrhundert nicht mehr so amüsiert bzw. war so begeistert von Kapielskis umfassendem Wissen, was ›wirklich wichtig‹ war in den letzten 30 Jahren. Er ist der Gegenpol zu all den unerträglich langweiligen Figuren, die von maroden Kulturcliquen als ›Hommes des Lettres‹ gepusht werden ... Der Mann redet einen in Grund und Boden, und du liebst jede Zeile davon!« (*Ticket*)

Thomas Kapielski
&
Chappi • Andreas Dittmann • Ernst & Ute • Peter Funken
Bernd ›Plummy‹ Gärtner • Robert Halbach • Harry Hass
Helmut Höge • Oskar Huth • Bernd Kramer • Karin Kramer
Heinz-Werner Lawo • Erich Maas • Jes Petersen
Brigitta Restorff • Kade Schacht • Katrin Schings

Der Einzige und sein Offenbarungseid

Verlust der Mittel

Zweitausendeins

1. Auflage der durchgesehenen Neuausgabe April 2000.
Copyright © 2000 bei Zweitausendeins, Postfach, D-60381 Frankfurt am Main.
www.Zweitausendeins.de

Fotos und Illustrationen: Thomas Kapielski, Katrin Schings,
Betriebskunstsammlung Robert Halbach.
Lizenzausgabe mit freundlicher Genehmigung vom Karin Kramer Verlag, Berlin,
bei dem die Originalausgabe unter dem Copyright © 1994 erschienen ist.

Alle Rechte vorbehalten, insbesondere das Recht der mechanischen,
elektronischen oder fotografischen Vervielfältigung, der Einspeicherung
und Verarbeitung in elektronischen Systemen, des Nachdrucks in Zeitschriften
oder Zeitungen, des öffentlichen Vortrags, der Verfilmung
oder Dramatisierung, der Übertragung durch Rundfunk, Fernsehen
oder Video, auch einzelner Text- und Bildteile. Der *gewerbliche* Weiterverkauf
und der *gewerbliche* Verleih von Büchern, Platten, Videos oder
anderer Sachen aus der Zweitausendeins-Produktion bedürfen in jedem Fall
der schriftlichen Genehmigung durch die Geschäftsleitung
vom Zweitausendeins Versand in Frankfurt.

Lektorat der Neuausgabe: Klaus Gabbert (Büro W), Wiesbaden.
Herstellung: Dieter Kohler GmbH, Nördlingen.
Druck: Gutmann+Co GmbH, Talheim.
Einband: G.Lachenmaier, Reutlingen.
Printed in Germany.

Diese Ausgabe gibt es nur bei Zweitausendeins im Versand,
Postfach, D-60381, Frankfurt am Main, Telefon 069-420 8000
oder 0180-23 2001, Fax 069-415 003 oder 0185-24 2001.
Internet www.Zweitausendeins.de, E-Mail info@Zweitausendeins.de.
Oder in den Zweitausendeins-Läden in Berlin, Düsseldorf, Essen,
Frankfurt, Freiburg, 2x in Hamburg, in Hannover, Köln, Mannheim,
München, Nürnberg, Saarbrücken, Stuttgart.

In der Schweiz über buch 2000, Postfach 89, CH-8910 Affoltern a. A.

ISBN 3-86150-338-7

INHALT

Die Leiden des alten Bahnwerther Thiel 7
Die Welt ist alles, was die Unfälle ist 11
Aphorismus 34
Charmehaar 35
Gott sieht aus wie Professor Ergenzinger 46
Knut Lagerfeld 60
Verlust der Mittel 69
Blitzblanke Attraktion 84
Die Alltagslage hat so eine absonderliche kompakte
Gewissenhaftigkeit, aber dennoch doll doof 86
Aphorismus 99
Wieder beide Beine ab! 100
Betriebskunstsammlung Robert Halbach – Erotik 151
Garmisch 158
Frieden und Krieg 193
Betriebskunstsammlung Robert Halbach – Erfindungen . 220
Neun Siebenbürgener Wodkadeutsche 224
Betriebskunstsammlung Robert Halbach – Altern 238
Bei mir ist ja kein Rückenwind 251
Betriebskunstsammlung Robert Halbach – Frauen 258
Scheitern – metaphysisch 263

Die Leiden des alten Bahnwerther Thiel. Da sehe ich mich noch, wie wir untergehakt und wie die Geisteskranken den Kudamm Ho-ho-ho-tschimin Stunde um Stunde, Tag um Tag, und wenns den historischen Fortschritt damals nicht gegeben hätte wohl auch Jahr um Jahr ho-ho-hoch und runtergehopst sind. Und hoppla!: Warum nicht auch mal ä bissele im Galopp ums Karree? Am Amerikahaus vorbei, wo sie entgeistert rausgeguckt haben aus ihrem Pearl-Harbour-Komplex, und dachten: Verflucht nochmal, wo sind wir denn hier? Etwa doch wohl nicht in Amerika, oder was? Denn dort hatte der Schäferhund des Amerikahausmeisters heimlich angefangen, Amerikanischkurse zu belegen, konnte auch schon »Do it!« bellen und mit Zunge raus »Suck it to me baby!« sagen, und diesseits waren alles vollwertige Jerry Rubins am Hopsen, und es gab ja eine Haßliebe zum Amerikanischen, und deshalb gebärdete man sich bevorzugt wie koreanische Studenten, bloß nicht mit so Kopf gegen die Wand gestirnten Beschriftungsbändchen oben drum, sondern viel zu hoch sitzenden Bauarbeiterhelmen, unsinnig, postgelb und wackelig oben drauf, anatomisch nicht gerade der Goldene Schnitt, aber auch kein todernster Pjöngjang, sondern schon vorgreifend dieser Ottogalopp mit den dünnen, fettigen Haaren, den es als vergeistigte Version so nur noch bei Sloterdijk zu sehen gibt, den ich einmal kurz schütteln durfte und dachte dabei, Mensch, der hat ja auch diese Hollandfriesenhaare wie dieser Otto, eilt auch wehend wie jener von Gag zu Gag und schreibt zwischendrin wundersam viel.

Das schlimmste aber waren diese schrillen Handlautsprecher auf der Kommandoebene. Es gibt ja nicht nur diesen Foucaultschen ›Panoptismus‹, einer sieht und kontrolliert alle und wird nicht gesehen. Sowas funktioniert ja auch über die Ohren, die man nicht mal schließen kann. Panakustismus, lautsprechende Machtstruktur, einer jodelt, alle müssen zuhören. So, wie beim Fernsehn. Mein Gott, wenn wir da feed-back hätten, würde man diese maximalschautzerschen Gestalten doch wegbuhen. Ich jedenfalls. Also diese panakustischen Einpeitschertüten konstituierten natürlich erste Hierarchien, verbrämt durch ein: »Wir fordern…!« Wir! Da war ja Goebbels'‹ »Wollt ihr…?« fast noch ne höfliche Frage. Und dann dieses batteriebetriebene, tausend Hertz verengte Geschnarre aus diesen Tübinger Trichtern! Hier formte sich ein neuteutonischer Ausdruck, das gerechte Keifen, auch schon das Plärrige und Betretene.

Und weiter hüpften die Säcke hinter den Kreischtrichtern her: teils rechts um die Ecke rum mit Klaus und Klaus von hinten an die Tultern und teils links um die Ecke rum mit Fritze und den Kunzelmännchen, und alles gemeinsam ein wenig in Insterburger Vorverblödung zwar, aber ich bin mir sicher, daß alle historisch bedeutsamen und sagen wir mal auch gerade ethisch gelungenen Ereignisse etwas unfaßlich Lächerliches an sich haben. Müssen! Es war eben das Rittersche, Plessnersche und das Onkel Marquardsche damals hereinbrechende Nichtige ins offiziell Geltende. Diese Springprozessionen waren eine Pointe der Wirklichkeit, das Komische die Pointe der Springprozessionen und die weitere Entwicklung eine Pointe des Komischen der Wirklichkeit der Springprozession. So in dem Dreh.

Denn Ho-ho-ho? Oho! Es stockte! Einige scherten aus und wurden was Ordentliches. Auf den zwei oben angedeuteten Linien. Einmal ultrabanal doof und oder gewieft gemein. Diese niederträchtigen Fernsehunterhalter und Pokneifer, die kommen ja von da, das waren ihre Lehr- und Flegeljahre. Und auch die todernst gewordenen Besitzgierigen mit lustiger Vergangenheit und späterem juristischem Staatsexamen. Ihr versteht, wen ich meine. So. Und die Verlängerung der anderen Linie endet auf Umwegen des Schreckens kagruppenkomisch im Grünen Punkt, in der Oligarchie der Gerechtigkeit. Die Sittenelche. All diese Beratertypen, Psychoheiler, Stuhlgangskontrolleure und Gerichtsasseln und verfettende Minister mit Taxischein, Vertreter, äch, all diese süßmütige Gemeindehelferei.

Allein, wir hopsten weiter. Der Tanzstil änderte sich noch paar Mal, dann war auf einmal die Kettenbildung mit »Bo-bo-beaudrillard!« und sonne Sachen, und immer wieder lichten sich die Reihen. Der kritische Impetus kühlte auch sehr aus. Testikel und Tentakel hängen nicht mehr so straff am Leibe, das Sanguinische und ach schon gar nimmer das Cholerische zu treiben. Die Sittenelche landen nach mageren Bewährungsjahren bei der TAZ im Spiegel und schlimmer noch bei der Zeit. Hartung raunt staatsmännisch und gut beheizt seinen fußfeuchten Kolumnismus ins Volk, und reiche, erbsatte TAZ-Menschen mit Prader-Willi-Syndrom gehen zu den Ferkelheften und schippen noch mehr in sich rein, Geld und Freßgier, ich habs erlebt bei Widmann in der TAZ-Kantine, die Puddinggier, ›Kauen hieße Arbeit‹, daimler-bennsch gesagt, und die andern Schlurfis landen im Landblatt Wochenpost, von wo aus die von Gruner und Jahr besoldeten Spontis zum einen Leninsches ›Was tun?‹ in einer Fassung von aufklärerischer Sozialarbeit in Spaltenform fortführen und zum anderen rentengesichert ihre Erbimmobilien in der Ostzone zurückprozessieren. Nur mal als Pressebeispiel. Na und die andern alle erst! Die haben Lebensversicherungen, Erbvermögen, Eigentumswohnungen und Sitze im Europaparlament.

Stop mal. Und ich? Ich leg euch noch alle um! Nee, nich doch, keine Sorge, trau ich mich gar nicht, und außerdem ist es so nun mal mit den Menschen. Der Mensch das Untier, Schusseligkeit und Anarchie, die Unschuld des Werdens, das sunder warumbe und die Eroberung des Brotes.* Das harte Leben

---

* Ich will hier nicht weiter begründen und es mir sowieso einfach machen. Also vgl. A. Gehlen, Der Mensch, seine Natur und seine Stellung in der Welt, Wiesbaden 1971. U. Horstmann, Das Untier. Konturen einer Philosophie der

ohne Geld mit kleiner Wohnung und wenig Erfolg und viel Schulden und einmal 73 sogar vergesellschafteter Zahnbürste diktiert mir und meinen Freunden eine Ethik fröhlichen Scheiterns und das bedenkenswerte Mysterium unserer Existenz als beinahe unmögliche Möglichkeit. Weshalb wir viel nachdenken und trinken müssen. Die Eroberung des Bieres.* Und auch kein Vermögen wird uns zusterben. Weshalb wir viel versuchen und schummeln und tun und machen und rumlaufen müssen. Bleiben Sie übrig! Deshalb dachte ich wohl eines Tages auch, du gehst jetzt zur Kunst und machst viel Geld und genießt damit den folgenden Erfolg. Ach ja. Und nun versuche ich es schriftlich. Der Karin Kramer Verlag und ich setzen unsere ganze Hoffnung in den Erfolg eines Buches über das Scheitern! Au weia! Jedenfalls brauchen wir uns dazu nicht groß zu bemühen, bloß von früher zu erzählen. Unter dem Pflaster liegen unsere Schwielen von früher. Heute, am Ende des Säkulums oder eher neulich stehen wir leicht angebraten, weil wir kamen von Paeffgen geschwankt zum Kölner Hauptbahnhof, an Bahnsteigkante zehn, als eine transversale Ansagestimme mit Wäscheklammer auf der Nase uns über sämtliche Bahnsteige hinweg solches prophezeite: »Es fährt ein: der Interregio 2217 ›Höllental‹ über Titisee und Aha nach St. Blasien.« Und so tat er es auch. Und ich überlegte: A. Die panakustischen Tübinger Trichter haben sich sehr verbessert! Und B. Sollte das ne Drohung sein? Und C. Das Jahr 2217, da bist du 260 Jahre alt.

Menschenflucht, Frankfurt 1985. M. Bakunin, Staatlichkeit und Anarchie, Berlin 1989. Zum Begriff ›Unschuld des Werdens‹ vgl. F. Nietzsche, Werke. Zum Begriff ›sunder warumbe‹ vgl. Meister Eckhart, Predigten, Frankfurt 1993, S. 746 ff. P. A. Kropotkin, Die Eroberung des Brotes, Berlin 1989.
* »Allein: ein ganz wesentlicher Teil unserer politischen Arbeit in Kreuzberg beruht auf saufen. Denn ohne Alkohol hätten wir schon vor Jahren zu den Waffen gegriffen.« (Horst Runkel, in: Kreuzberger neue Zeitung, Nr. 46, 21. Jg.)

Die Welt ist alles, was die Unfälle ist. Nämlich: die allgemeinverbindliche Sozialparole lautete plötzlich 1993: Sammeln – Sortieren – Wiederverwerten! So stand es urbi et orbiweit auf riesigen Plakatwänden mit Portraits von Fernsehbekannten. Das Flachflächendeckerduo Pfitzmann/Mira (im Subliminalwirkungsverhältnis 1:7,3 pro Mira); oder waren es zwo andere Arschlöcher? Als ich diesen Zweifel an meinem Tischstamm im Männerhaus ›Hugh‹ aus der Welt zu schaffen suchte, wo das kuriose Duo Manne/Milka gerade Dienst tat, fragte mich Bernd Gärtner: »Kapielski, wußtest du eigentlich, daß Rita Süßmuth zwei Arschlöcher hat?« – »Nee. Hatse etwa auch schon eine Rektumleitung?« – »Nein, sie kam neulich mal mit diesem Verpackungskünstler Jesus Christo und komischerweise noch mit Biermann in den Speisesaal eines Bonner Romantik- und Tagungsrestaurants mit Strohblumengebindedekor, und da sagte der Kellner: ›Guck mal, da kommt die Süßmuth mit den zwei Arschlöchern.‹« Ich erinnere womöglich falsch, aber sehr wahr, die beiden sind schon die, die wir kennen und die ich meine und die uns das Sammeln, Sortieren und Wiederverwerten nahelegten und irgend einen ›Grünen Punkt‹ eine ›Superidee‹ fanden. Na holla! Dachte ich. Diesen Echternacher Dreisprung kennst du doch! Das stinkt nach Kunst! Dort wird schon immer gesammelt und sortiert im Sinne von gewertet und auch dumpf gattungsmorphologisch ›Plastik‹, ›Guasche‹ und so, und es wird wiederverwertet sowieso, also Kaufen, Verkaufen, Abkupfern, ›Zitieren‹.
Und nun alle! Die verfluchte Beuyssche Drohung! So sind nun doch auf einmal alle Künstler. Auf netzartig sozialkontrollierter Terrorbasis mit Müllkonsens. Auf den Hinterhöfen halten sich alle gegenseitig in Schach beim Sammeln, Sortieren durch den panoptischen Blick durch den Küchengardinenschlitz am Ficus benjamini vorbei, und draußen auf der Straße findet die Verdreckungssabotage statt. Der doof und instinktlos gewordene Plebejer und Vollhelot entsorgt seine Kühlkombinatio-

nen, Styroporteile und den ganzen unsinnigen Elektroquatsch bevorzugt am Fuße der Biegung der Flüße und Bäume. Die verblödete Jugend geht mit ihren Houseschuhen, Filzstiften und Sprühdosen – Cool Killer sei verflucht! – auf alles, was schön leer ist, los, bevorzugt Romanische Kirchen, Grabsteine und sowas; nur die Stinkbleche achten sie noch. Eine unglaubliche Anstrengung der Moderne, das Anorganische organisch und antropomorph zu machen, auf daß man es entweder besser lieben oder quälen kann. Den Autos kraulen sie zart die Kurtflügel und dann stehen sie aber parkend wie entseelte Leichname umher. Deshalb muß alles ständig in Bewegung bleiben. Die modernen Künstler und die anderen alten Weltverbesserer haben mit der ganzen Scheiße angefangen. Daß Sachen über unnötiges Maß hinaus nicht in Ruhe lassen können. Nicht nur die hehren Schrottschrauber und Prenzelmännchen in Ostberlin sind so furchtbar rastlos und ewig fummelig, alle Künstler sind es. Ich eigentlich auch immer noch.
Ich war immer noch bon-mot-gierig und auf Verwertungslauer. Das ist Künstlerhabit. Immer etwas verschroben abwesend aber hochaufmerksam im Verwertungswahn, der hungrige

Blick. Und um Gottes Willen bloß mal nich großzügig paar Ideen und Gedanken versprühen oder was auslassen oder in Ruhe lassen! Kunst ist Weltbelästigung! Und das mehr noch als Philosophie, von der wiederum Onkel Marquard behauptet, sie sei die Weltbelästigung schlechthin, so in dem Dreh.* Ich fand das zwar schon eklig damals, aber ich hab sofort gedacht, die Schilder kaufst du nun doch mal vorsichtshalber sofort! Das wird ein prima Kunstwerk von Kapielski. Man wird staunen. Sie waren auch so günstig! Ein Schild nur 6,80! Montag bis Sonntag also nicht mal n Fuffi, für die Herstellung eines kompletten ready-mades! Der duchampsche Flaschentrockener war in der Anschaffung damals bestimmt teurer gewesen, das Pißbecken sowieso. Bei Obi kostet so eins wenigstens Zwohundert. Ich bin also doch noch mal zu Westglas hin, und nun waren die Schilder nicht mehr da. Siehste! Ich wußte die Stelle, wo sie bereits, künstlerisch gesehen, vollendet an der Wand gehangen hatten, die Hängung war schon perfekt ab Werk gewesen, ich brauchte bloß noch meinen Otto mit dem Signierfüller drunter stapeln und ausstellen. Ich hatte mir extra einen Signierfüller namens Meisterstück von Montblanc gekauft, dazu die acht Jahre in Eichenfässern gelagerte Tinte von Waterman. Zur Bedienung sagte ich, Baby, füllen Sie mir Acht-Sterne-Tinte von Waterman ein, damit ich euch den Scheck ausfüllen kann. Ich schrieb fettes Trinkgeld drauf. Alle

---

* Vgl. Odo Marquard im Interview mit Steffen Dietzsch, in: Luzifer lacht, Hg. Dietzsch, Leipzig 1993. Da steht auch erklärt, was es mit meiner Bemerkung a.a.O. zum Nichtigen im offiziell Geltenden für eine Bewandtnis hat. Literatur, also das hier, ist auch Weltbelästigung. Und derweil ist die Existenz, die schlicht, banal, eigene, gelebte, sogar Weltbelästigung. Überall zuviel Menschen, überall zuwenig Sinn. Daher gibt es denn auch soviele Künstler, Theoretiker, Literaten, kurz: Heimarbeiter und selbständige Selbstbeschäftiger, die Kunst, Literatur, Theorie machen, um sich selbst einen Sinn zu geben, der über das nur so Dasein und damit heutzutage automatisch spürbar Überflüssigsein hinweg tröstet. Dies die wahre Pragmatik eines scheinbar für andere Machens. Der dabei doch entstehende Sinnsurplus wird gern ›veröffentlicht‹. – Was soll man machen?

im Laden gruppierten sich ergriffen um mich zum Staatsakt mit Füller. Ich nahm zur Verblüffung der Menschen einen Doppelten Tinte aus der Waterman-Verschlußkappe auf ex und vor Ort! Da stutzten sie! Man wußte nicht mehr sicher, war Scheckmann Kapielski nun einer mit Gott per du oder war alles nur weltlicher Jovialmißbrauch oder sogar nur Profangaskocherei auf kleinster Flamme? (Mutti schenkt Füller.) Ich gab alles, um es unentschieden zu lassen. Die mütterlichste unter den Tintenhändlerinnen hatte noch gesagt: »Den dürfen Sie aber nicht verlieren!« Jetzt machte ich einen Fehler: »Kacke. Wenna weg is, koof ick neuen!« Da wußten sie alle, mit ›du‹ und metaphysischer Verwandtschaft is bei dem nix. Ich bin Gott, ehrlich gesagt, auch bislang nicht begegnet; mit zunehmendem Alter nehme ich mir aber vor, IHN, wenn es zur Begegnung denn kommen sollte, und man weiß von Hugo Ball her, daß da ja die verrücktesten Dinge möglich sind, daß ich IHN dann also respektvoll und doch gimpel gleich um eines bitten würde, damit von Anfang an nicht alles mißlich liefe, ich IHN denn also fragen würde: »Lieber Gott, darf ick DIR Siezen?« Da würde ER mich gewißlich rezipieren und mir auch umgehend eine schmucke Rippe zuteilen.
Nu warn sie aber weg, die Schilder. Die Verkäufer camouflagierten mit Hände überm Kopf und bäuchlings auf Kartons liegend irgendwo im Hinteren des völlig überladenen Ladens und dachten: »Sollen die Penner vorne ruhig warten.« Ich klaute einen 60 Mark-Korkenzieher von F. Dick, gab ihnen hinten noch genau eine Minute und brüllte schließlich: »Wenns die noch gibt! Hoffentlich!! Möchte ich aber bitte sofort mal die Heute-Ruhetag-Schilder Montag bis Sonntag komplett.« Im Namen der Kunst. Wo man öfter irgendwas Merkwürdiges einkaufen und unserem gewöhnlich fassungslosen, bisweilen vielfach einfältigen Verkaufspersonal umständlich erklären muß. An einem ungewöhnlich ausladenden Obst & Gemüsestand habe ich erlebt, wie eine zu allem bereite Dame auf

unerklärliche Südfrüchte zeigte und erklärt haben mochte, wie man die wohl ißt. Soll man sie schälen?«Weeß ick doch nich.« Sagte der Händler. Die Händlerin ihrerseits wollte von der Dame sogar noch Antwort auf die apode Frage: »Woher soll ick n ditte wissen?« Und in Fachgeschäften für Hotel- und Gaststättenbedarf! Wo wimmelt inkommensurable Ware! Endlich. Einem von hinten mühsam in den vorderen Verkaufsraum sich plagenden rheumatischen Altgehülfen hingen die Tränensäcke bis auf die Kassenkonsole hinab, und er rief aber gleich und ob solcher Komplikationen und Wünsche meinerseits lieber nach dem picklichten Lehrling, welcher auch forsch im Graurock zwischen Tellertürmen hervorpreschte. Der müde Altgehülfe ächzte bis greinte noch neidvoll und rentengram die Kundschaft auch nach sechzig Dienstjahren wohl nimmer mehr gänzlich begreifend: »J e d e n Tach Ruhetach?! Von wat lebm Sie eijentlich?« Tat aus Mangel an Einfühlungswillen ein wenig das Haupt schütteln, wodurch die Augensäcke ganz schön ins Schwappeln gerieten, übergab schließlich den kräuseligen Fall an den Sven Akne genannten Lehrling und löste sich zwischen Tellern auf in leidvolles Gestöhn, derweil der Picklichte die Tafeln suchen hinterher lief, und ich dachte: »Von KUNST, du altes Arschloch!«
Und das durfte ich so nur denken; denn das heißt ja nichts anderes als: ein Ruhetagschild zu 6,80 kaufen und mit ›Kapielski‹ signiert zu mindestens 68 Mark verkaufen! Das Werk also zu 650 Mark aufgerundet im Handel. D a s i s t K u n s t ! Und jeden Tag besoffen und pennen bis eins, das ist auch Kunst! Da hätten die gestaunt über meine Verdienstspanne, obwohl sies ja kennen; die kaufen solchn Schild wahrscheinlich für 3,40 ein und puschen sich back-stage irgendwie auch ein über ihr geniales Verdopplungsschnäppchen auf 6,80 incl. Märchensteuer! Freie Wirtschaft! O he!
Und Geldverdienen ist eben auch die Fortsetzung der Kunst mit flüssigen Mitteln. Bei heute erfolgreichen Künstlern

erstaunt und funktioniert ja vorrangig ihr unternehmerisches Können. Oder umgekehrt. Allerdings bei mir nun so auch nicht richtig. Oder doch. Ich bin ja nun und derzeit noch, heute weiß ich nun gar nichts mehr, da hab ich ja nur noch Geld als Arbeitsloser und so in dem Dreh und weiß nicht woher. Ich war seinerzeit als richtiger Künstler höchstens Amateur-Oberliga. Laut Tabelle. Vom Talent her aber rangierte ich an vierter Stelle von ganz oben. Nur drei sind besser als ich!* Also man war falsch eingeordnet und verdiente nichts, es gab Trostpreise. Alle hangeln sich einsam mit dem Pinsel die Tabelle hoch. Das trostlose Hangelspiel. Alle wollen vom lieben Gott eine ewige Einzelausstellung, niemals nachlassende Schaffenskraft, beinahe wöchentlich hübsche Einfälle, weitläufige Atelierfluchten und am liebsten jede Nacht dicktittige Sammlerinnen mit dicken Sparbüchsen unten dranne oder auch sonst welche Spitzenweiber bocken und anzapfen. Alle! Der einzige Unterschied zwischen staatlich geprüften und selbsterkannten Künstlern ist dabei nur, daß erstere besser mit den Stipendienanträgen und der Ateliernotdurft zurechtkommen. Ich dachte, da mußt du wieder raus aus diesem blöden Gewerbe, es hat zwar eine Weile sehr hübsch beschäftigt, man hat was gelernt und die Sache mit dem Geldverzehnfachen und jeden Tag vollfett ist auch nicht ohne, aber ab ungefähr 1990 kam man sich als Künstler, und das ist sowieso immer peinlich, sowas zu sagen, wo man nich mal die Mutti anständig malen kann, da war gut, da mußte man da raus, da kam man sich zwischen all den hunderttausend Künstlern wie unter Kretareisenden vor, diese Fremdenverkehrslegionen, ich meine irgend so eine epidemische Dusseligkeit, wo man besser verschwindet, sich abseits hält, aufhört und woanders weitermacht oder von mir aus auch so richtig mitmacht, aber so richtig! Ich will das

---

* Vgl. Kunstwerk von Kapielski: »Ich bin die Nummer 4! Drei Künstler, die besser sind als ich.« Für 3150,– bei den Galerien Wien oder Hundertmark.

nicht weiter breittreten, habs auch lang und breit schon alles erzählt.* Na, jedenfalls es war Verdruß und Müdigkeit und es war das Ruhetags-Schilderkaufbedürfnis. Und dann habe ich mein vorhandenes Werk betrachtet, die Hälfte war sowieso Mist, hab ich in Mülleimer geschmissen. Richtig aufn Hof und inne Mülltonne. Schwupp, weil ich nie den Fehler gemacht hatte, groß zu fummeln, alles nach menschlichen Maßstäben, was Unterbringen, Heben, Transportieren und Wegschmeißen, Sammeln, Sortieren usw. betrifft. Schmeißen Sie z.B. mal bitte in Gedanken einen mißratenen anselmschen Kieferstrohschinken weg! Man muß seine Leichen doch gegebenenfalls verschwinden lassen können. Und nicht jeder hat dafür moderne Museen zur Verfügung, zu versenken die Leichen in Seen namens Mu. Außer Wegschmeißen bin ich dann nach Kräften großzügig geworden, nicht mehr dieses blöde Hecken und Horten, sondern raus damit! Hau weg den Scheiß! Geburtstagsgeschenke, Weihnachten, ich hatte überhaupt keine Ge-

---

* Kapielski, Aqua botulus, Berlin 1992.

schenkprobleme mehr. Keiner ist vernachlässigt worden! Der Witz war, daß mit einmal, wo ich nun gar nicht mehr wollte und bald nüscht mehr hatte, plötzlich auch Käufer da waren. Ich verstehe ja bis heute kaum, wieso man Kunst kauft. Heute, wo es nie einfacher war, nichts falsch zu machen, wenn man sich das alles selber machen möchte.
Du lieber Gott! Dann kam auch noch der Galerist Petersen herbeigewankt: »Wir machen noch mal ne Ausstellung.« Ich war sofort korrumpierbar. (Komm rum!-Bierbar) In dieser Hinsicht ist man absolut verdorben, als Künstler. Der Präsenzwahn, die Komplimentfischerei und och, überhaupt! Ich hab mir gedacht, da machst du eine gut vergrübelte Verabschiedungsausstellung, was Ultimatives. »Ist der Künstler abwesend?« Hab ich mich gefragt und erstmal »Meistens sowieso!« geantwortet. Und habe es so betitelt und es sehr vielschichtig gemeint. Insbesondere daran gedacht, daß es auf diesen Eröffnungseinladungen immer heißt: »Der Künstler ist anwesend.« Und dann ist er aber, das gilt jetzt mal zentral und als Drohung nur für mich hier, dann ist der Meister Kapielski aber vor Aufregung meist mittags schon besoffen und somit am betreffenden Abend gleichwohl an- als auch ziemlich abwesend. Und Kunst geht auch ohne Künstler; siehe tote Künstler.* Da habe ich dann aus bekennendem Ruhebedürfnis diese Ruhetagstafeln gehängt und noch allerlei bequeme Dinge, hatte alles was mit Schlafen, Oblomov und ›Leckt mich am Arsch!‹ und ›Diese scheiß verfluchte Hochstaffelei!‹ zu tun, und dann war Schluß. Herrlich! War auch angenehm, weil wieder keiner was gekauft hat. Da war bei mir und Petersen gottlob alles so wie

---

* In vieler Hinsicht empfehle ich zwecks Ventilierung dieses sehr erkenntnisträchtigen Themas, die zwei Werke von Otto Höfler, Germanisches Sakralkönigtum, Tübingen 1952 und Ernst H. Kantorowicz, Die zwei Körper des Königs, München 1990 spaßeshalber mal ernsthaft unter den modifizierten Titeln ›Germanisches Sakralkünstlertum‹ bzw. ›Die zwei Körper des Künstlers‹ zu lesen.

immer, und auch er hatte derzeit schon Geschmack gefunden am Aufhören und an Ansichten, wie sie der Schwiegersohn von Karl Marx vertrat. Wir saßen immer da im Galeriekabuff und er: »Scheiß Galerien! Ich habs satt.« Und ich: »Scheiß Kunst! Ich bin müde.« Und im Ausstellungsraum nebenan hing der ganze defaitistische, lebensmüde Plunder. Dann ist Oskar Huth ab und zu vorbeigekommen und hat uns erzählt*; wir hatten schon kaum noch Geschichten, waren zeitweise älter als Oskar. Und ich, faul wie Lafargue, dachte, hier Tonband, und ich werde mal Oskar aufnehmen. Brauche ich nur aufschreiben und schon gibts wieder Geschichten. Dann ist Oskar gestorben, und wir haben weiter Bier gesoffen und waren neidisch auf die ihm nun ewig vergönnte Ruhe. Wir mußten uns weiter schleppen. Morgen wieder Miete. Nächstes Jahr wieder Steuererklärung. Und danach auch wieder. Ach, ewig ist so lang! Ich bin nachm Abbauen völlig transportträge mit diesen final mosaischen Ruhetagstafeln in den Laden nebenan zu Barbara Wien. Sie hatte neben Petersen einen Laden mit Galeriesozius für Kleineres, Zeichnungen, Fummelzeugs und Tippelkram, und hauptsächlich aber einen Laden für Bücher, die mit Kunst zu tun hatten. Ich hab ihr gesagt: »Hier, die Tafeln, vielleicht kommt bei dir mal einer rein, der sich nicht traut, sowas bei Westglas zu kaufen, machste ein Schnäppchen!« – »Und sonst?« – »Ich geh nach Hause und leg mich hin.« Und dann hatte ich meine Ruhe. Viel schlafen, innehalten, dachte ich. So wird man seinen Morgen wieder haben.
Eines Tages, ein Jahr später schon, ruft Verlegerin und Buchhändlerin und Galeristin Barbara Wien an: »Guten Morgen! Kapielski, ich will die Ruhetage jetzt doch mal legitim machen und kaufen und dann für meinen nächsten Katalog als Titel vorne draufmachen. Die knipsen wir schön und skräbbeln die

---

* Vgl. das Gespräch mit Oskar Huth und Jes Petersen auf S. 86.

vorne auf den Deckel. Das paßt prima, du verstehst, Laden und so.« – »Ich verstehe. Du kriegst alles. Und mach man!« Ich hab mich wieder hingelegt und innegehalten.

Monate später wieder aufgeregtes Telefon. Barbara Wien: »Hab ich dich geweckt?« – »Was ist los?« – »Halt dich fest: der G.S.P.-Fall ist eingetreten!« Ich hatte mal bei ihr, in Wiens Verlag, ein Heft herausgegeben, ganz billig, kopiert. Das hieß G.S.P. im Haupttitel und war die Abkürzung für: ›Große Scheiße passiert!‹ Im Untertitel noch: ›U.m.P.K.f. – dett könnse!‹ Hieß: ›Uff meine Pisse Kahn fahren – dett könnse!‹ Hat nicht geklappt das Heft. Es sollten unablässige Klage- und Schmähschriften werden, Protest- und Anschißschriften wider die Schweine speziell und die Schweinerei allgemein überall im Kulturbereich (Schweinesystem). Hatte sich aber keiner so recht getraut, mitzumachen und Klartexte abzuliefern. Ich mußte meist selbst den Anscheißer machen und alles selber schreiben. Man flüsterte mir viel zu. Alle offen Angeschissenen taten so, als gäbs das Heft gar nicht, und ich verlor allmählich unterirdisch alle Sympathie bei allen Arschlöchern, und das sind immer die Einflußreichen, die Leiter und Lenker der Fürsorgeeinrichtungen. Heimlich ist das Heft natürlich durch die Büros der Kunstämter zirkuliert wie verrückt als Bürosubversion gegen die Kunstamtsbosse. Kopiert haben sie es sich während der Arbeitszeit, nicht gekauft! Diese Untertanen haben sich nicht mal getraut, das zu kaufen. Keiner wollte gesehen werden, wie er ein G.S.P. kauft. Wie am Porno kam ich mir vor. Da habe ich das Ding abschnappen lassen.[1]

Also, Barbara Wien rief an, große Aufregung: »Kapielski! Große Scheiße passiert!« Was war für große Scheiße wieder passiert? Barbara war mit ihrem endlich fertigen Katalog und

---

* G.S.P. – <U.M.P.K.F. – Dett KönnSe!>, Hg. Kapielski, Wiens Verlag, später EVS, Berlin 1990–92, Heft 1 bis 34, unregelmäßig durchnumeriert.

mit meinen mosaischen Ruhetafeln vorne als Coverknüller drauf beim Drucker abgeben gewesen, hatte denen das fertige Heft auf den endgültigen Leuchttisch gelegt und war nun nach der wochenlangen Schinderei entspannungsbedürftig und in Beene-hoch-Stimmung runter und hatte sich gleich unten an der Ecke mit einem Bierchen belohnt. So ein fesches Grappa-Café. Da lag in einem Illustriertenständer, wie wir sie alle aus dem Elternhause kennen, eine art-Zeitung, die heißt art und ist recht bunt, und da waren meine final mosaischen Ruhetagstafeln abgebildet! Aber sie waren, das stand da, bei einem Kollegen im Angebot! Werner Büttner. Sieh mal an, dachte ich erstmal leicht anschwellend, mein Einfluß auf die Kunst scheint doch größer zu sein, als ich immer gedacht hatte! Einer von der ersten Liga nascht an deiner Inspirationskraft. Und aber auch gleich wieder der ultraverplombte orginal Künstlerkonkurrenzreflex und der schiere Dublettenschreck. War ich nun erster? Oder war gar Büttner erster? Da rattert sofort die alte zähe Autoren- und Orginalitätenmaschine los, die Heilige Wertheckende Signatur, der heilige Akt: Numerieren & Signieren: das N.S.-Regime! Und Barbara Wien, das war klar, wollte nun auch keinen blümeranten Dublettenschwärmer aufm Titel vom Verlagskatalog, der womöglich sehr blamageträchtig durch die Kunstwelt gereicht werden würde. Dabei war er eigentlich schon fertiggedruckt; es kam leichtes Entsetzen bei ihr auf. Frau Wien vereinigt charakterlich Gründlichkeit mit unternehmerischer Vorsicht, weshalb nun gewisse Fuchtigkeit anzusetzten drohte. Ich mußte mir also Büttners Ruhetafeln erstmal in Ruhe angucken, wie die sind, und herausfinden, von wann die sind und was überhaupt los war. Ich bin losmarschiert, um so ein komisches art-Heft von Januar zu gucken. Nix, nirgendwo, es gab eine Märznummer überall, aber keine verfluchte Januarnummer. Barbara Wien meinte: »Da gehst du eben mal in diese Kaffeestube da, wo ich das gesehen habe.« Gut. Nächsten Tag schnapp ich agentenmäßig mein Taschenschneidemesserchen und geh hochgeheim zu dieser Kaffeestube hin; das Heft ist auch da, ich setz mich bedeckt, bestelle mir einen getarnten Grappa-Futschi und blätter das Doofheft durch und durch und wieder hin und her und kein Büttner, keine Ruhetafeln! Hm. Seh aber gründlich endlich: die betreffende Seite ist rausgerissen! Heilandsack! Das gibts doch gar nicht! Was ist das jetzt für eine Geschichte?! Ich also wieder mit dem Dreh- und Piekfinger ins Telefon: »Barbara, du wirst es nicht glauben!« – »Doch«, sagt sie, sie glaubt es, denn sie selbst war halbe Stunde vor mir da, aber nicht agentenmäßig, sie hat gefragt, ob sie die Büttnerseiten mal bitte rausreißen darf aus wichtigem Grunde. Uff! Also nu wieder da hin.

Ich betrachtete endlich das Büttnersche Werk. Büttner hatte gar keine Ruhetage, er hatte ›Montag geschlossen‹ undsoweiter, und alles in ungeordneter Hängung, und wir hatten ja das unbestreitbar zartere, lyrischere ›Ruhetag‹ und zwar mit formaler Evidenz in s t r e n g e r Hängung! Und er hatte es klar nach mir erfunden und hatte es och noch zu Schinken aufgeblasen. So. Alles easy, Babsi!

Sie blieb dennoch fuchtig. Ich fand es ja langsam ulkig, aber es war ihr Geschäftskatalog, und der nun wohlmöglich doch mit einem Halbschwärmer vorne druff und Büttner berühmt und so. Und sie wohlmöglich einen gekränkten Künstler am Hals. Büttner hätte gegen Scheißer Kapielski in dubio zweifellos die längere Bonuslatte gehabt. Das wissen wir schon von Herold her. Sie also den Fall vielmals überlegt und entschieden: »Ich schreib Büttner, wir klären das.« Gut, machen wir, aber kollegial und entre öng, denn es ist Quatsch zu glauben, das ist abgekupfert. So kupfert einer, der gut ist, nicht ab, und der Büttner ist ganz gut. Und ich auch. Der is auch Professor und so. Und ich war ja auch, Kollega! Wollen auch mal sehen, wie so eine komische Geschichte weiter geht. Es wurde ja richtig aufregend. Dabei wollte ich Ruhe haben!

Und dann ist der Zufall erstmal richtig zur Höchstform aufgelaufen. Barbara Wien hat jetzt natürlich überall diese Geschichte kolportiert, da rufen tausend Leute jeden Tag im Laden an. Und nun wurde der Zufall zu einem Zufall, wie einer einem nur selten zufällt! Nur einen Tag später ruft nämlich in Wiens Laden & Galerie der Stimmungsartillerist, Typ und Sammler Horst Spankus aus Dinslaken an, will ein Buch bestellen oder was, zufällig, weiß ja von nüscht. Sie kommen beim telefonischen Durchgehen der bemerkenswerten Vorfälle letzterer Zeit a part auf die Kataloggeschichte, auf Kapielski seine seltsamen, nee, seltsam ja wohl nicht, eher merkwürdigen oder besser kummerträchtigen Ruhetagstafeln. Brüllt Spankus durchs Telefon: »R u h e t a g s t a f e l n!? Jibbet doch schon! Hängt hinter mir anne Wand! Is von Olrecht, 89!« Rumms! Barbara Wien ans Telefon: »Kapielski! Altes Arschloch! Es gibt nochmal Ruhetafeln! Von Brlililöm Ulbrich.« – »WAS!?« Brüll ich: »Vo n W a l t e r U l b r i c h t?« – »Nee, Jürgen Olbrich!« – »Au ja!« Das ist nämlich dieser Mail-Artist. Das soll ein schwieriger Mensch sein, und wenn Büttner wahrscheinlich noch die Jovialität des international erfolgreichen Künstlers hat, der Dreißig-Dollar-Socken von Barney's trägt und sein großformatiges Tafelteil ja ohnehin erst im Jahre 1992 und vermutlich in Öl schuf und also auf diesen Scheißerklinkram besser sowieso mit Kontenance reagieren muß, na dann, was die zwo übrigen Pinscher, nämlich Olbrich und mich, aber insbesondere den anderen betrifft: au weia! Und selbstverständlich lagen hier die Ruhetafeln von den Pinschern auch jedesmal in gleicher Weise und als Edition vor, was denn sonst. Jetzt mußte man wirklich überlegen! Was ist denn hier los, dachte ich, wie kommt denn sowas? Plötzlich alle diese Ruhetafeln, dümpeln alle plötzlich, auf einmal, innerhalb von zwei Tagen hier vorbei. Über allen Wipfeln sind plötzlich lauter Ruhetafeln, warte nur balde kommen noch sehr viel weitere an die Erdoberfläche. Und wie kömmt das, die Häufung? Ein epidemisches Ruhebedürfnis bei ermatteten Künstlern vielleicht, vergegenständlicht in programmatischen 6,80 zu 68 Marktafeln! Irgendein transversal wirksames Erschöpfungsphänomen. Eine hedonistische Schwindsucht bei erschöpft Kreativen, die nun tückisch in allgemeine Unruhe umschlägt; denn »Ruhe zieht das Leben an«, wie Gottfried Keller sagt. Und einer, der Gottfried heißt, muß es wissen.

Oder die Tücke des objets trouvés? Auf Anfrage bröckerte mir Helmut Höge seine unzähligen Sheldrakeschen Morphogenetikschriften rüber*; gleichzeitige Erfindung der Glühbirne an verschiedenen Orten; seltsam koordinierte Bambusblüte weltweit. Kurz: sowas gibs! Gleichzeitiges aber unabhängig voneinander gestreutes gleiches oder ähnliches Ereignis. Eher sogar gleiches. Frau Wien sprach nun so: »Die ganze Geschichte ist ja im Grunde wunderbar, aber was machen wir nun, der Umschlag ist gedruckt?« Ich habe gesagt, wir müssen diese Geschichte eben erzählen, wir können ja noch die Innenseiten vielleicht mit der Vervielfachung der Tafelngeschichte bedrucken und dann mal nachdenken, und schließlich ist es doch so: Wer will, kooft die Dinger, von wem er will, und ich persönlich empfehle, wer die Sache billig haben will, kauft sie am besten bei Westglas. Und Schluß damit.

Was kam nun weiter? Nichts. Büttner, sonstwer, keine Reaktion. Es gibt keine großen Geschichten mehr; die Pointen schmieren ab. Wenn man denkt, jetzt geht sie los, die große Ardennennarrative, da steckt der Mist schon fest und springt in eine andere Sache über. Es gibt keine vollendeten Erzählungen mehr. Die Geschichten verbreiten sich novellenförmig, aber

---

* Vgl. die Höge-Schriften Vogelsberg, Berlin 1984 und Babelsberg, Hamburg 1991 und das Höge-Werk überhaupt allgemein und Rupert Sheldrake speziell, aber dann doch besser Höge; er macht es kompakter, denn das morphogenetische Feld ist bei Sheldrake ein sehr weites und redundantes! Es ist eben ein dauerbegeisterungsträchtiges Thema.

die Pointen rutschen immer unaufgelöst ans Ende der jeweils nächsten Geschichte. Ein Katarakt endlich absaufender kleiner Geschichten.

Das Klein-Werden hat jedoch seine Tücken. Man kommt in Schwierigkeit mit der anthropischen Kosmologie*, die auf verwegen hegelianische Weise, ja, geradezu theodizeenhaft nahelegt, alles wie es ist für soweit optimal funktionierend zu halten. Bei zehnfacher Verkleinerung des Menschen und seiner Zubehöre zum Beispiel hätte unsere Nahrung nur noch ein Tausendstel ihres Volumens und Energiegehaltes, wobei der Wärmeenergieverlust über die auf ein Hundertstel geschrumpfte Hautoberfläche es nötig machen würde, von der maßstäblich verkleinerten Nahrung das Zehnfache zu fressen. Zehn Schweinebraten, Kuchen und alles. Der Größenwahn brächte auch eine Last. Bei Vergrößerung des Menschen um den Faktor zehn würde sich sein Gewicht vertausendfachen, aber die Knochen wären im Querschnitt nur um das Hundertfache verstärkt. Das bedeutet den Zusammenbruch. Größe scheitert am Zusammenbruch, an Instabilität, und das Minoritäre an Auszehrung. Schlußfolgerung: Wir sind so, wie wir sind, perfekt!

Und plötzlich kommen die etwas klein gewachsenen Freiberufler mit den riesigen Köpfen: »Wir müssen mal ein Interview machen.« Die investigativen Journalisten. So war das. Auch ein Effekt des sich rar Machens, daß sie dann gerade angeschissen kommen.** Ich versuchte es wiederum von der Faulheit her affirmativ zu nehmen: »Ach, schön! Da können wir lauter Geschichten anritzen und abschmieren lassen, und ich brauch nichts abtippen und nichts.« Es ehrt einen auch

---

* Vgl. J. Gribbin/M. Rees, Ein Universum nach Maß. Bedingungen unserer Existenz, Basel 1991.
** Über die paradoxen, fatalen und überhaupt tückischen Techniken und Strategien der Begehrensprovokation: Sören Kierkegaard, Entweder – Oder, dort: Tagebuch eines Verführers, München 1988.

und macht einen heiter, wenn die Presse sich kümmert. So wird man zum gutgelaunten Kulturpessimisten.
Peter Funken fragte: Kapielski! Wie wärs mit einem kleinen Interview. Und ich antwortete wie weiland Fury mit: »Ihihihii!« Das heißt: Na gut. Wir trafen uns in Reederei Riedels Stammhaus und Hafenkneipe an der Kottbusser Brücke. Man sitzt auf einer Terrasse und guckt aufs Wasser runter, wo die ganzen Ausflugsdampfer mit Menschen in aktueller Buntwäsche herumfahren. »Warum Reederei Riedel?« fragte Funken. »Weil man dort besser reeden kann, hähä.«
Ich traf vorher ein und kippte drei Halbe gegen die Aufregung und die Selbstzensur. Schließlich traf Funken ein und stellte seinen Apparat auf: »Kapielski, vor vier Jahren – also noch vor der Wende – gab es den sogenannten ›Gaskammervoll‹-Skandal um dich, danach hast du das bemerkenswerte Buch ›Aqua botulus‹ geschrieben...« – Danke, mein Freund! – »Seitdem ist wieder viel Wasser die Spree hinuntergelaufen.« Behauptete er und blickte zum Beleg ins Wasser unten. Dabei saßen wir am Landwehrkanal. Dann nahm er allen Mut zur Vollrecherche auf eins in die Faust auf den Tisch und formulierte eine kompakte Fang- und Niveaufrage: »Wie siehst du als Künstler das wiedervereinigte Deutschland?«
Bumm. Das saß. Ich rang ein Erröten meines Schädels nieder und antwortete ausweichend, weil mir die Frage zu komplex war. Soviel Übersicht hatte selbst ich nimmer. Ich dachte, am besten forsch weg und ihm gleich vor den Bug schießen, damit er nicht nochmal wagen würde, so umfassend zu fragen. Oder traute er mir solche Einschätzungen sogar zu? Egal, ich bellte zurück: »Na du fragst ja Sachen!« Und dann aber gefaßt und weltmännisch: »Also ich komme gerade aus dem Lokal Felsenkeller und hab dort inspiziert. Der neue Wirt macht das schon ganz gut, obwohl Herr Klein, der alte Wirt, kaum zu ersetzten ist. Herr Klein war ein großer Schweiger! Ein Kriegs- und Nachkriegsstoiker, ein großer unwiederbring-

licher Felsenkellermeister. Jetzt hat er sich zur Rente gesetzt, und nun hat ein Herr Volker den Laden übernommen. Dieser war früher bei der anarchistischen Musikgruppe MDK ein sehr akuter Sänger, ähnelt optisch meinem Musikfreund Butzmann, große Statur, rötliches Gesicht, wahrscheinlich Westfale, leichten Bluthochdruck würde ich ihm zusprechen, ein bißl Embonpoint, ruhiger, angenehmer Mensch, oder doch nicht? Dieser hat nun aber mit gehobener Gastronomie irgendwann mal ein neues Leben begonnen und pekuniären Erfolg erzielen können; das macht es brisant, denn er hat auch mal beim Kramer Verlag veröffentlicht, und die hocken auf 5000 Restposten.* Es zeigt sich alles so sehr kübelträchtig, und ich hoffe, er wird Kirves ab und zu mal bißl Winterhilfe leisten. Also sehr merkwürdiger Wachwechsel, man weiß nicht, was kommt...«
Da sagte Funken plötzlich: »Denken Sie an meine Wurst?« Nanu? Aber da war die Kellnerin und fühlte sich angesprochen und würde auch gleich kommen.
»Ja, wunderbar!« Fuhr ich fort: »Wunderbar!... Naja, es deutet alles darauf hin, daß diese Übernahme gut geht.« Und da habe ich mich seiner Zeit absolut geirrt. Der Felsenkeller ist nunmehr verderbt. Das Licht ist Scheiße, die Leute sind Scheiße, das Bier schmeckt nicht mehr, sie haben die Patina an den Wänden geschändet, und es baumeln ausgestopfte Möven von der kackbraunen Decke. Man hat mir sogar mit Hausverbot gedroht, weil ich die Fassung dort verloren habe. Bei Herrn Klein hat man nie die Fassung verloren, unmöglich. Geht nur alle hin, ihr Scheißer; ich nimmer! Also ich hatte mich geirrt, aber geirrt nicht in folgendem: »Aber!« Sprach ich zu Funken: »Ich fahre neulich mit dem Rad beim Lindengarten vorbei, da besuche ich hin und wieder so eine Altgemeinde, alles ganz feine Menschen, die stehen da seit

---

* Volker Hauptvogel/Dietmar Kirves, Die Verweigerer, Berlin 1983.

15 Jahren jeden Tag an ihrer Gartenlinde, saufen sich einen dezenten Pegel und liefern ein Drittel ihres Monatseinkommens da ab und werden auf einmal kalt abgewickelt. Ein an Pleonexie leidender Wirtsschurke hat seine ihn mästenden Pegelsäufer ohne jede Mitbestimmung veruntreut und den Laden an eine sexuelle Randgruppe verwuchert, die partout keine Männer in der Wirtschaft dulden will. Das ist eine Tragödie für die! Oder ein Neubeginn...«
Hier machte Funken einen sowohl besorgten Eindruck als auch Einwurf. Er runzelte die Stirn in Sorge um Berlins Kunstbelange und sprach schmerzlos: »Und die Kunsthalle macht auch zu.«
Aber hallo! Welch dialogische Koinzidenz! Der Einwurf saß und paßte! Und während die Kellnerin noch: »Hier die Wurst mit Kartoffelsalat!« sprach, gab ich ihm doppelt recht: »Das kommt dazu!« Rief ich. Bemerkte aber erst einmal folgendes: »Die Wurst sieht gut aus. Werd mich wohl gleich noch in ein Boulettenabenteuer stürzen.«
Kunsthalle, Lindengarten. Ich hakte nach: »Das kommt fürwahr hinzu, denn einige dieser Altgäste im Lindengarten sind auch noch tatsächlich bei der Kunsthalle beschäftigt; bloß eben nicht als Rockhuber oder Rockheberle, welche doch immer wieder mit dem Arsch an die Wand kommen, sondern lediglich als Lastchopper. Soviel zur ersten Frage. Zur Deutschen Frage. Die hier bewußt auf die Wirtschaftfrage fokussiert wurde.«
Zu jener Zeit zeterten Berlins Theatergänger und Knallchargen über die beherzte Schließung des Schiller-Theaters durch den von eisernem Sparwillen endlich zu allem und höchstem fähig und mutig gewordenen Berliner Senat. Aus Bosheit und Ekel wider das blöde Theater, fuhr ich an dieser Stelle, wo jeder hätte denken mögen, Kapielski kämpft – logisch! – gegen jede Schließung und Kürzung und Veränderung im kulturellen Bereich, ausnahmsweise fort: »Allerdings haben wir gestern überlegt, ob wir uns nicht f ü r die Schließung vors Schiller-

Theater stellen sollen. Schauspieler sollen sich rar machen! Hatte Neuß sehr richtig gesagt. Diese ganzen aufgeregten Verbeamtungssüchtigen dort merken gar nicht, daß sie zum ersten Mal richtig ordentlich Theater spielen, sie fuchteln um ihre Rente. Und diese Mischung aus Gewerkschaft und Operette macht mich seit langem sogar wieder etwas theatergeneigt. Es ist ja für Schauspieler wohl auch sehr ungewöhnlich, daß sie sich mal 14 Tage lang alle zusammen gut vertragen.«
Eine wirksame Bemerkung. Einen Monat später war das doofe Theater endlich zu. Funken beabsichtigte Schadensbegrenzung und behauptete: »In der Bildenden Kunst sind solche Rettungsmanöver schwer vorstellbar.«
Was sollte ich mich hier auf Streit einlassen? Gib ihm recht, dachte ich mir und tat nachdenklich: »Zwischen Künstlern gibt es auch Neid und Anschiß, aber sie rennen eher alleine rum, rennen sich aus dem Weg. Das ist für den Größenwahn förderlicher.« Letzte Bemerkung extra boshaft.
Jetzt machte es bei Funken klicke-die-klick: Kapielski sagt: (A) Künstler sind größenwahnsinnig. Wenn ich ihn jetzt frage, ob er sich (B) als Künstler versteht, dann wird aber von mir und allen Lesern sofort gnadenlos (C) geschlußfolgert... und so fragte Funken auch tatsächlich: »Verstehst du dich als bildender Künstler?«
Ihr denkt wohl, ich bin doof? »Ich bin in dem Moment Künstler, wo jemand sagt, Sie sind doch Künstler, Sie machen so schöne Bilder, die kaufe ich Ihnen ab. Da sag ich, wieviel denn, wieviel Künstler möchten Sie denn?« Ha! Was machst du nun, du Logiker?
Funken zog zögerlich und höchstens einen Turm auf der Grundlinie: »Dann ist das mit Künstler so ähnlich wie mit Deutscher?« Sah mich auch gleich begütigend an: war ja nur ne Frage...
Ich retournierte perfide: »Ja, ich bin stolz, ein Künstler zu sein! Wir glauben an rostige Eisen, an Performance mit deutschem

Kleintierblut und sind ein Volk ohne Atelierraum. Mein lieber Scholli! Und jetzt will ich eine Boulette!«
Nun hatte ich erst mal Ruhe vor Funken; er schaltete um auf belesen nachdenklerisches Einvernehmen oder einvernehmlich nachdenklerische Belesenheit oder gar einvernehmlich belesenes Nachdenken und mußte in letzter Zeit ja wohl offensichtlich was von diesem Karl-Heinz, genannt Bohrer, gelesen haben oder so; er behauptete nämlich: »Das Künstlerbild, wie wir es kennen, stammt aus der Romantik – wie auch die Träumereien von der deutschen Nation. Das romantischere Deutschland hat sich im Osten konserviert, der Westen wurde nach 45 komplett durchamerikanisiert.« Vorsicht Funken! Dachte ich: Die letzte Bemerkung kann dich zum Fascho machen, auf sowas Antiamerikanisches warten manche nur, das ist für die der Lackmuszünder, da holen sie den Cuba-Maschke vor und machen dich mit dem Syberberg hybrid, und du tappst denen in die Pißpfütze. Vorsicht!
Ich nahm mir vor, das für hinterher aufzuheben, kollegiale Warnung für après, und gab mich vorerst ausgezeichnet informiert und studiert und belesen, was nun die Romantik betraf: »Wenn was von Romantik in der Moderne übriggeblieben ist, dann handelt es sich um den Pathostrick. Also Aufwertungsbetrug und Sinnersatz. Holz plus Gefühl ergibt ›Heiliger Hain‹. Das kommt aber nicht vom heiligen Heiner Müller, sondern von Hegel, und ich rufe den Franzosen jetzt schon seit längerem zu: Seid wieder gut zu Hegel! Ihr müßt ihn doch nicht so ernst nehmen! Der Mann kann jetzt nützlich werden, wo jetzt alles so zerbröckelt, und zwar als Künstler, als Staatskünstler. Als ich angefangen habe, mich für Kunst zu interessieren – ich komme da ja gar nicht her –, da war sie hochgradig philosophisch. Insbesondere Fluxus. Also das taugte zu schlichter aber hochgradig durchgrübelter Ästhetisierung des Alltags, war sehr ökonomisch, hatte auch Form und Abstraktionskraft, da war Haltung, aber mit Demut.«

Dies bestärkte die Kellnerin mit der Anmerkung: »Also, hier die Wurst mit Kartoffelsalat!«

»Sieht ja psychedelisch aus, mmh gut!« Sprach ich zum Dank gegen die Frau Oberin und erklärte weiter: »Nun sind diese Qualitäten aus der Kunst wieder zurück in die Texte gezogen und halten sich teilweise auch im Film und bei mir in der Küche auf. Ich gucke mir doch lieber Harvey Keitel an und lese Jean Fabre und übe mit der Pfanne Puffer-wenden, als daß ich in eine blöde Amerikaausstellung oder ins Künstlerhaus Potemkin gehe und denen ihre Kohlenanzünder fresse! Danke sehr. Der Aufwertungsbetrug des aktiven und armen Durchschnittskünstlers besteht immerhin darin, daß er sich zur Aristokratie der Arbeitslosen zählen darf. Und der gute Effekt dieser Mogelei besteht unter anderem darin, daß sich Künstlerinnen häufig hübscher zu kleiden wissen als Sportstudenten.« Aber! Darauf kannst du einen lassen, dachte Funken und bestellte zwei weitere Bier: »Keine Tulpen, Willibecher!« – »Sie meinen Stamper?« – »Ja, Willibecher.«

»Kommen sofort! Im Stamper.« Das alles, was ich gesagt hatte, erinnerte nun Peter Funken an einen gewissen Wolfgang Max Faust. Mich allerdings nicht. Dennoch sagte Funken: »Das erinnert mich an das, was Wolfgang Max Faust in seinem Memorial-Book ›Dies alles gibt es also‹ über die Kunst sagt – eben daß sie verschwindet...«

Nix da, Amigo! »Da würde ich vorsichtig sein. Kunst hat sich nämlich außer ins Schöndoofe sehr mächtig in Spektakel, Ereignis, Remmidemmi aller Kategorien verwandelt. Die Welt ist alles, was der Vorfall ist, um es mal logico-philosophicus-mäßig auszudrücken. Deshalb passen Aids und Kunst gut zusammen. Prinzessin Anne und Rita Süßmuth besuchen neulich mit Presse und Blumen eine Aidsstation. Der Arzt zeigt bedauernd auf die leeren Betten: ›Dieser Herr dort eröffnet heute seine Ausstellung, die beiden da sind bei ihren Buchpremieren, der Herr dahinten ist unterwegs zur Talkshow und dieser hier ist heute nacht...‹ Bumm. Das Verschwinden der Kunst, des Menschen, des Realen zugunsten der Vervielfachung der Vorfälle. Und was wäre Chopin ohne die Schwindsucht? Übrigens ein hochinteressanter Name für eine privilegierte Krankheit, ein guter Name, heute sagen sie strikt Tuberkulose oder TBC. Und da sind wir in Synchronschritten etymologisch bei ›AIDS‹ gelandet. Wo unsereins es mit so Kloppern wie Hämorrhoiden und Krampfadern und statistisch vorzeitiger Sterblichkeit zu tun bekommt. Und mit Weltschmerz, den Oskar Huth Gemütsaids nannte.«

Funken paßte einstweilen, und mir nicht zum Nachteil; wer weiß, was ich noch so gesagt hätte (der HIV wird Deutscher Meister!) und bog das Gespräch nochmal zurück in die Zukunft: »Nochmal zurück zur Kunst: Wie stellt sich der Künstler Kapielski seine Zukunft vor?« Schöne Frage.

Ehrliche Antwort: »Ich würde jetzt am liebsten einen Winterschlaf machen. Drei Jahre für den Anfang, dann weckt mich wer und sagt zärtlich ›Huhhuh‹. Ich gehe pissen und was Wasser trinken und dann sagt dieses Huhuh: ›Du darfst nochmal drei Jahre!‹ Richtig schön regressiv. Das würde mir gut tun. Vorher, im September, kehre ich nochmal den Künstler raus. Bei Hundertmark in Köln. Eine regressive Retrospektive, bringe so gut wie alles, was ich mal gemacht und nicht weggeschmissen habe sowie einige aktuelle Verschämtheiten. Ich hatte ja früher gute Einfälle. Und das wird mich dann ja doch wieder nicht auf die Documenta, sondern auf den Zweifel bringen und dann würde also der Winterschlaf anfallen. Das würde passen. Man ist ja professionell überflüssig. Und danach werde ich ein Interview geben und darin um ehrliche Arbeit bitten. Also bloß kein Kali-Kumpel, sondern Werbung, Tennisspiel, Glücksradbuchstabenumdrehen, alles was wichtig ist fürs Leben. Und von meinen Kriegserlebnissen erzählen, als wir hier mal von den Russen im Westberliner Kessel eingeschlossen waren, herrliche Jugendherbergsstimmung, gut versorgt aus der Luft, also ganz von oben. Mein Gott, früher war schöner, heute ist nicht mal besser!«

Auf diese Sprachakrobatik gab Funken passende Replik: »Man mag es kaum glauben, aber vor langer langer Zeit war Wahrheit sogar ein Kriterium zur Beurteilung von Kunst.«

»Das ist wahr!« zu sagen, wäre jetzt keß gewesen; wenn, dann wollte ichs schon richtig verhegeln und sagte sowas also nicht und gab aber zu denken: »Das Falsche ist dann wahrscheinlich angenehmer zu leben als das Wahre. Wenn das Wahre darin besteht, daß ich doppelt soviel Miete zahle und sich neulich sogar im Schwimmbad zwei Ostler mit auf meine Parkbank schieben, dann bin ich aber sehr fürs ganz Falsche! Leider gibt es kaum noch Falsches im Wahren. Adorno muß man heute strikt umgedreht lesen: Wahres im Falschen war recht angenehm. Deshalb auch die verzweifelte Neigung zum Falschen in Flaschen...« Hoho! Die Kellnerin beruhigte mich: »Hier Ihre Boulette und das Bier. Im Stamper.«

»Vielleicht solltest du mal die Tapeten wechseln.« Schlug Funken vor. »So intelligente Leute wie wir sind doch nicht nur auf Deutschland abonniert?«

Ich ließ sein »so Intelligente wie wir« nachhallen. »Wie du«, hätte sich auch komisch angehört. Dann schrie ich auf: »Um Gottes Willen, umziehen! Und Vokabeln lernen! Ich habe mal für eine Weile in Paris gewohnt und Heimweh bekommen. Auf die banale Situation. Ich bin sofort in den Zug und in eine Eckkneipe, und da hat einer zum andern gesagt: ›Ej, Keule, ick hau dir gleich die Löffel vom Stamm!‹ Da dachte ich, hier passiert doch allerlei Feines, Filigranes. Hier bildet während meiner Abwesenheit die geliebte Muttersprache feinste Formung. Darauf kann ich nicht verzichten.«

Damit war für ein Interview genug gesagt, es kam Entspannung auf, und da ging jetzt das gegenseitige Bauchpinseln so richtig ins Pastose über. Das einvernehmliche Ende eines bedeutenden Gespräches wurde eingeleitet: »Du wirst also kein zweiter Gauguin?« Feixte Funken heiter wie nur je ein jovialster Vergleichsgönner es manchmal tut! »Hähähä«, keckerten wir wie komplett Komplot und überhaupt schon leicht besoffen: »Ich kann mir aber vielleicht das Ohr abschneiden, hä?!« Bemerkte ich belesen und setzte noch eins drauf: »Ich war mal beim Orgelkonzert.« Funken staunte nicht schlecht! Hätsde nich jedacht, wa? »Da saß neben mir ein Pensionär, und wir hatten alle so einen Programmzettel. Es gab Bach. Plötzlich sagte der Pensionär im Flüsterton: ›Ach, sagen Sie mal, Bach! – Das war doch der, der sich das Ohr abgeschnitten hat und auf Cuba Selbstmord begangen und dem dann überall diese Bismarckdenkmäler errichtet worden sind? Hähä?‹ Es war aber als Scherz gedacht. Wir haben auch alle, die es mitgehört haben, mitgelacht. Das hat den Organisten die Tagesform gekostet. Er hat anschließend aus Versehen das Stück ›Charles Dickens‹ von David Copperfield gespielt, und der komponiert kaum, sondern zaubert.« Und so in dem Dreh.

Aphorismus. Zur Verabschiedung wird immer häufiger »Tschüß« gesagt. Es wird aus Gründen der Ermüdung inzwischen wie »Schiß« ausgesprochen. Es wird schlapper. Die Blicke sind Schlafzimmerblicke, aber im Wohnzimmer. Wiedersehen will keiner keinen mehr. »Wir telefonieren dann.« Aber da ist der Anrufbeantworter. Es ist so ein Überdruß da. »Schiß.« Dazu eine schlappfeuchte Flosse schütteln, ach was, schütteln, eher etwas teigig berühren. Da lobe ich mir den Polnischen Abgang. Keine dramatisch hysterischen Verabschiedungsszenen, nur gnadenlos still verschwinden. Oder »Tschüssi.« Das ist wieder gut, so ein flottes »Tschüssi!«, Schweinfurter Ecke Pforzheimer, und dann ab. Andererseits: Sowas gabs doch früher alles nicht!

Das Interview erschien. Es gefiel mir so gut! Ich dachte, das mache ich auch. Man braucht bloß so einen Apparat aufstellen. Und es wird schon jemand sich finden, der's abschreibt. So kam der Gedanke zu diesem Buch.

Charmehaar. Über Kindheit soll man nicht viel erzählen und nachdenken. Es langweilt. Die Fotografie gibt es seit ungefähr hundertfünfzig Jahren. Schon ein dreißig Jahre altes Foto befremdet. Man liest auf alten Fotos, daß sich die Menschen physisch und im Ausdruck innerhalb kurzer Zeit sehr verändert haben. Im neunzehnten Jahrhundert sehen die Schulkinder bereits aus wie besorgte und geplagte Greise. Die meist nur 50 Jahre alten Greise jener Zeit wiederum schauen faltiger, aufgerissener und abgearbeiteter aus als unsere Hundertzehnjährigen. Dagegen die opake Buntheit unserer Jugend! Es gibt viele Dinge jenseits öder Genitalgenealogie und Familienaffaire. Viele Dinge. Wir stehen am Anfang einer Geschichte der Gesten und Bewegungen vermittelst optischer und akkustischer Aufzeichnungsmöglichkeiten. Eine Geschichte der Stimmen. Man stelle sich vor: tausend Jahre Stimmaufzeichnungen! Wie anders schon als heute redeten die Nachrichtensprecher in den fünfziger Jahren. Wie mag man im 17. Jahrhundert geredet und sich bewegt haben? Und die Gesichter? Die Körperformungen, die Gesten.
Die Kopfform meiner Verlobten zum Beispiel kam so zustande: Ihr Jahrgang lag gewöhnlich bäuchlings im Krippenkörbchen, Kopf seitlich mal links, mal rechts, alle halbe Stunde wurde gewendet. Zum Raushieven hat man diese Jahrgänge links und rechts am Kopf mit beiden Händen flach gepackt, so, wie man etwa sieben Bücher oder Briketts auf einmal aus dem Regal fortstapelt. Das sieht dann aus: unten wie freischwingender Säugling mit oben Ohrenzuhalten. Beide Techniken, Lagerung und Heben, haben zur Folge, daß diese Schädel schmal wachsen, die Augen fangen direkt an den

Vorderecken an, und es gibt einen ausgeprägten Hinterkopf, wie bei Nubierinnen oder Nofreteten.

Meine Rübe hingegen geht so: flacher Hinterkopf. Man hält es nicht für möglich, daß ein Abitur darin sich befindet, geschweige eine abgeschlossene Hochschulbildung. Vorne flächig rund. Von vorn betrachtet, könnte man mich getrost die Scheibe nennen. Zu meiner, ein Jahrzehnt vor der meiner Verlobten liegenden Zeit, war es Mode, die Säuglinge auf Rücken und Hinterkopf zu lagern, nie seitlich. Geschnappt wurden wir auch am Kopf, aber an Stirn und Hinterkopf. Sah aus wie: Freischwinger mit oben Augenzuhalten. Die Lagermethode, welcher sich meine Verlobte unterziehen mußte, ist eine radikale Gegenbewegung auf die, welcher ich mich zu fügen hatte. Es ist dies nichts als eine typische Abfolge von Moden, weshalb die jeweilige sich trotz aller Gegensätzlichkeiten immer medizinisch-wissenschaftlich zu legitimieren vermochte; denn auch die Wissenschaft unterliegt und folgt Moden. Unsere Kopfformen sind Resultat begründungsloser kultureller Arbeit am Körper.

Jetzt muß man sich vorstellen, wenn wir beiden uns küssen. Ich stülpe was nur geht an labialer Schleimhautfalte aus meiner Gesichtskreisfläche hinaus und nähere mich achtsam und mit aufgerissenen Augen, weils alle Häute in die Ausstülpung zieht, ihrem schmalen Gesichte. Meine Verlobte schließt nunmehr die Augen, hebt gewillt das Köpfchen und schürzt zart und ohne Müh die süßen Lippen. Man touchiert, und dann gibt es einen nassen, lauten Implosionsknall, weil meine Lippenstülptüte aus ihrer Spannung unmittelbar nach dem Kußakt in die Scheibe zurückschnellt. Wir können nicht lautlos küssen! Aus sachlich physischen Gründen, ein Differenzproblem in der Abfolge physischer Genealogie, oder salopp: generation gap. Ein Kuß und: Klatsch! Flugs heben um uns alle Fliegen ab. Und landen wieder. Schmatz! Die Fliegen im Zimmer wieder alle Mann hoch und gleich wieder Landung. Sie lieben das und treffen folglich zahlreich ein zu unserem implosiven Geturtel. Und dann wird die Saugglocke geläutet! Denn unten ist wieder alles ganz anders. Aber auch formbar. Darauf wollte ich hinaus. Die Physioanalyse ist merkwürdiger und im guten Sinne lachhafter als die Psychoanalyse. Eine späte, offen liegende Stirnsorgenfaltung, etwa die des Kanzlers zum Beispiel, ist von nahe betrachtet geologischer, landschaftlicher und hermeneutisch flanierbarer als beispielsweise ein glatter Ödipuskomplex in all seiner öden Verborgenheit.

Eine äußerlich sichtbare Intelligenz fehlt den Kapielskis; denn die Intelligenzkonnotation fällt historisch aktuell der länglichen Kopfform zu, wie die Verlobte sie zu besitzen sich erfreuen darf. Meine Verwandtschaft allerdings ist vornehmlich blöd, alle sind sie Bekloppte, die es zu nichts gebracht haben, außer, daß die Idioten inzwischen tüchtig und tapfer gestorben sind. Nur im Sterben konnten sie nicht scheitern. Das Familienblöde konnte um mich keinen Bogen machen; teils wegen genetischer Vorverblödung, teils wegen Milieuwirkung am Heranwachsenden, mit anderen Worten: alles aus triftigen Teilsteilsgründen. Trotzdem habe ich Glück gehabt. In der Schule war ich schon nicht schlecht, also zwar erst auch blöd, aber dann mit 14 hat es gefunkt, da hat sich das gebessert, da war die ganze Zeit günstig. Die ganze Gesellschaft erlebte eine intellektuelle Genesung. Da war das Klima stärker als die ganze genetische Doofheit. Das nenn ich historisches Glück. Die Pickelphase insbesondere ließ mich geistig gesunden; denn ich verstand mit einem Mal das Blöde und die Blödigkeit; diese Metasicht verwandelte mich in eine von Förstersche nichttriviale Maschine mit hochluzidem Blick, stellte mir allerlei gewitzte Penaten zur Seite, ließ mich aber die typischen Fehler der Nikolaiten wiederholen: Meine Gnosis verstand die intellektuelle Genesung allein als Sache geistiger Erkenntnis, für die das Handeln und Verhalten sonst unerheblich blieb. Huren, Saufen, kynisch in der Gegend rumbrüllen ging soweit in Ordnung, und so bekam denn auch kaum einer mit, daß ich gescheit geworden war.*

Es ist auch so: Hedonismus macht häßlich! Allein, die ganze Blödheit habe ich nie abschütteln können; sie ist aber wunderbar untergekommen, nämlich bei meinen blöden Witzen, hähä.

Als Doofer landet man unweigerlich auch einmal beim Gartenbauamt. Mich hatte die Arbeitsvermittlung Heinzelmännchen für zwei Wintermonate dort hinvermittelt; im Amte dort wiederum hatte man mir Marschbefehl auf einen Körner-Park erteilt. Winter, ich kann mich nicht mehr erinnern, was wir da im Winter überhaupt machen mußten, was es da für Arbeit gegeben hat in den Gärten der Stadt; kaum welche. Aber um halbsieben mußte man die Harke geschultert auf dem Appellplatz stehen, das Guten-Morgen-Lied singen und die Zapfen streicheln. Das war völlig idiotisch und so auch typisch fürs Gartenbauamt, weil sie dort bis in die Höhen hinauf ebenfalls völlig doof sind, nicht nur die Untertanen, die oben in der Verwaltung sind noch debiler. Das soll nun aber auch nicht unbedingt nur Vorwurf sein oder Verachtung. Es saß mal da einer von denen im Park, und ich frage: »Warum sitzen Sie da?« Und er antwortete: »Wo kein Weg ist, ist auch kein Wille.« Das war gar nicht idiotisch. Man wird ja den erymantischen Eber auch nicht im Körner-Park jagen! Es war eine bequemere Antwort als: »Da ihm alle Wege offenstehen, geht er weglos ins Nichts.« ›Idiotisch‹: das bedeutet ja: einfach, besonders, einmalig. Jede Sache oder Person ist idiotisch, wenn sie nur in sich selbst existiert. Und im vorzüglichsten Sinne! Existenz ist idiotisch. Die Dinge spüren nichts, das ist ein Privileg der Idiotie.**

Also wir kamen da früh um kurz vor halb sieben angezittert, weil, wenn du nur eine Sekunde nach halb gekommen wärst,

---

* Vgl. Heinz von Foerster, KybernEthik, Berlin 1993. Und: Offenbarung (2,6ff.)
** Clément Rosset, Das Reale. Traktat über die Idiotie, Frankfurt 1988.

hätten die Idioten dir sofort die Papiere überreicht. Man mußte fünf vor halb kommen, da waren sie zufrieden. Jetzt war das aber völlig bekloppt. Im Winter ist es bis mindestens halb neun tief dunkel. Wir konnten gar nicht ausrücken mit unseren Mistforken. Wir haben also von halb sieben bis halb neun im Bauwagen gesessen und den Sonnenaufgang erwartet. Das muß man sich so vorstellen, das war so ein ganz kleiner Bauwagen, nicht vier Räder, sondern zwei, und oben an der Seite so ein lustig schmauchender Schornstein mit Spitzkegeldächlein drauf, und wir da drin zu zehnt mitsamt unsern Thermoskannen und Stullenpaketen. Der Vorarbeiter, die blöde Sau, hat nicht viel zu sagen gehabt, der Arsch, wir haben ihn schnell kirre gekriegt, diesen Blödmann, der hat sich gleich in sein Auto verpißt. Muß man sich vorstellen, hockt sich der Depp bei der Kälte jeden Morgen von sechs, er ist natürlich freiwillig eine halbe Stunde früher gekommen, bis halb neun in seinen Opelstolz und starrt durch die beschlagene Windschutzscheibe; hat der da gesessen und an Muttis Muckefuck aus der Thermosflasche genuckelt. Stundenlang hat er den Motor laufen lassen für die Heizung, der Vollidiot. Er mußte sich natürlich auch irgendwie von uns Niederen absetzen. Also hatten wir Ruhe im Bauwagen, haben tüchtig eingeheizt, haben den halben Park verheizt und haben erstmal ganz gemütlich zum Frühstück das Bockbier genascht auf den morgendlichen düsteren Kälteschreck. Dann ging auch bald die erste Tüte rum, riesige Tüten mit unglaublicher Rauchentwicklung. Wir hatten drei Rehafälle dabei, drei Ex-Junkies, die auf Bewährung im Gartenbaubataillon wieder in die Gesellschaft eingegliedert werden sollten, und wer nicht mehr junkelt, der braucht was anders zum Ballern, einfach zur Ablenkung und zum Abdeckeln der tieferen Begierden. Zu diesem speziellen Abdeckeln eignen sich insbesondere Bockbier und dicke Tüten. Aber auch sonst bekam es allen gut und war kollektiv förderlich. Einer war Mitglied der Schwarzen

Zelle Reichsbahn im RAW-Tempelhof gewesen, und sie hatten ihn geoutet und verbannt. »Ach scheiß drauf!« Hatte er sich gesagt und: »Ich geh zum Gartenbauamt!« Hier waren die Gedanken frei! Man muß schlau sein und sich doof stellen können. Nach den Reichen legen sie immer zuerst die Intellektuellen um!
Mit dabei waren noch zwei Mongos, der Senat muß ja soundsoviel Prozent Behinderte einstellen, und da stecken sie die Mongos gern in den Gartenbau oder ins Bäderamt oder ins Sportstättenamt. Es waren zwei rätselhafte aber liebenswerte Menschen, mit bisweilen etwas unberechenbaren Reaktionen. Vom Bockbier mußte man sie fernhalten, Haschisch hingegen bekam ihnen sehr gut. Es stimmte sie auch während der Vollmondtage mild, wo sie schon gern mal mit den Gebüschmacheten auf den Opel vom Arschgesicht losgingen. Und irgendwelche anderen Gestalten waren noch dabei, alle mit unglaublich schlechten Zähnen und Schulabschlüssen, aber im Herzen englische Gemüter; in summa, die zarteste unter allen mir je bekannt gewordenen Brigaden. Wir spielten Mau-Mau, der Verlierer mußte Bockbier holen. Die nicht behindertenbedingt Doofen hätten gern gehabt, wenn die Mongos noch mitgespielt hätten. Die Mehrheit wollte aber Behindertengerechtigkeit. Dann wurde auf Abwechslung geachtet und wieder gehascht. Wenn da einer mal zufällig die Tür aufgerissen hat, ist ein Qualm raus, als ob wir Matratzen verkokeln da drin, und wir haben wie die seelig Entrückten aus unserer Räucherkammer raus in die gleißende Schneelandschaft geblinzelt, wie alte Schamanen aus der mongolischen Kräutersaunapforte hinaus auf die Gletscher der Hochebene blicken, wo einen die Steine angrinsen. So waren wir der Welt mutwillig abhandengekommen. Goldene Nieten! Alles war Propädeutik seeligen Versagertums.
Gegen neun hat der Vorarbeiter seinen Opel abgeschaltet und kam angepißt. Wir haben immer vorher ein bißchen gelüftet,

er hat trotzdem böse geguckt, aber wir haben ganz breit zurückgegrinst, haben die Mistforken geschultert und sind ohne Hadern und Frieren ganz eins mit allem und in transmontanster Verfassung hinaus in den Park gestiefelt, um irgendwelche Beerensträucher zu lichten oder was weiß der Teufel; es war uns scheißegal, wir waren doof und geläutert, wir hatten uns als Subjekte von der Welt verabschiedet und uns zu den Objekten hinübergeschlagen, mit allen Vor- und paar unwichtigen Nachteilen, die sowas zur Folge hat.
Bis neun hatten wir zirka sechs, sieben Bockbier und vielleicht drei Tüten intus. Wir haben im Schnee gestanden und konnten es alles nicht fassen. Und diese Arbeit dazu, dies bissel im Gestrüpp rumzotteln und alles anfassen und aufpieken mit den Mistforken, das haben wir alles sehr zart verrichtet, mit Hingabe und mit vollster Liebe zur Natur, es war zum Piepen. Und die Wintervögel haben auch wirklich gepiept für uns, all die komischen Vögel. Alles war weiß, die Äste schwarz und dazwischen leuchteten rote Vogelbeeren. Halb zwölf war große Pause. Der Vorarbeiter hat sich wieder in seinen Opel gehockt und hinter seiner beschlagenen Windschutzscheibe

Muttis trockene Käsestullen eingespeichelt, und wir haben wieder zu zehnt im Kabuff Briketts nachgelegt. Jetzt kam schon Müdigkeit. Wir saßen zu zehnt um so einen winzigen quadratischen Tisch rum, und da übermannte uns gewöhnlich ein kleines Nickerchen, welches im eigenen Ellenbogen für Minuten sein Hüsung fand. Die Mongos nicht, die waren immer fidel. Also warens immer vier beim Nickerchen, für vier war Platz. Zwei Dösschichten à vier Personen am viereckigen Tisch; man kann sichs vorstellen, die kompakte Vierergruppe zu Tisch am Dösen, in der Mitte ein Aschenbecher und darüber eine Petroleumlampe. Die wache Schicht etwas weiter außen an die Budenwände gequetscht beim Fressen. Sah aus wie die Kartoffelesser von van Gogh, nur bißl enger. Dazwischen sind die Mongos rumgeturnt, irgendwelches Gelalle um ihre Stullenbeläge. Ab und zu hat mal jemand: »Geht mal n Moment raus!« geknurrt. Da war dann fünf Minuten wirkliche Ruhe, und das hat die dann auch beruhigt, wie sie wieder reingekommen sind. Stilles Atmen und Kauen. Und oben schmoch ein lustiger Schornstein. Zum Aufmuntern haben wir die Pause gern mit einer Schneeballschlacht beendet. So ging es Tag um Tag und ewig. Mehr war eigentlich nicht.
Eines Tages schickten uns die Heinzelmännchen zur Verstärkung einen Herrn Pachut. Dieser Student befand sich im 47. Lebensjahre, hatte die Gründung und Ersteinschreibung bei der Freien Universität miterlebt, somit die höchstmögliche Semsterzahl bei niedrigstmöglicher Matrikelziffer erreicht, und hatte auch eine unglaubliche Fahne vom Vorabend noch mitgebracht und war außerdem noch Mitglied der studentischen Jugendorganisation der FDP und somit ein Jungliberaler. Der Vorarbeiter witterte sofort sein Opfer. Gegen sieben Uhr in der Früh erklärte uns Herr Pachut, er sei gern bereit, freiwillig Bockbier zu holen, als Einstand gewissermaßen, und zitterte mit Pfandflaschen auch ab zum nahe gelegenen Edeka. Dort kaufte er eine Flasche Korn, soff sie umgehend aus und

kam mit drei Flaschen Bock zurück in den Bauwagen, wo er uns eröffnete, er müsse jetzt endlich auch mal was trinken, am besten zum Anfang mal ein Bockbier. Um neun konnte sich der Jungliberale Pachut nicht mehr aufrecht halten und wurde vom Arschloch Vorarbeiter rausgeschmissen. Der Rausschmiß hatte keine rechte Wirkung, weil Herr Pachut auch willentlich sich nicht hätte entfernen können. Wir sollten uns kümmern. Ich kündigte ebenfalls, nahm Pachut huckepack, und dann wankten wir nach Süden, wo es Pachut außer Sichtweite des Kadetts Gott sei Dank besser ging. Ich kam mir vor wie ein guter Mensch. Wir haben uns erstmal gleich wieder in eine Kneipe gesetzt. Pachut erzählte, daß er bei seiner Mutter wohne, welche nicht mitbekommen durfte, daß es ihm inzwischen unmöglich geworden war, dem Trunke zu entsagen. Natürlich konnte das FDP-Mitglied seine über Mittag inzwischen erheblich gewordene Zeche nicht zahlen. Er lieh sich sechzig Mark und wogte im Mantel zur Bushaltestelle. Mehr war nicht.

Ich lief nach Hause. Dort bestimmte ein zäher Tripper das Liebesleben im Rudel. Geld war alle. Krankenscheine waren verkauft. Wir sammelten uns und holten uns Möllendorffstraße in der Beratungsstelle für Haut- und Geschlechtskrankheiten kollektiv die Tripperkeulen. Das war dort umsonst. Einer schaffte es immer nicht und sorgte dafür, daß die Seuche sich am Agar-Agar seiner Röhre nährte und derart gestärkt in die neue Generationsfolge gefickt werden konnte. Es war zum Verrücktwerden. Allerdings eiterte zu jener Zeit halb Berlin. Ich lief nun wieder zur netten Frau Becker an die Berufsvermittlungstheke und sagte, ich bin schwächlich, Frau Becker, haben Sie nicht mal was im Sitzen? Frau Becker marschierte strahlend an ihre Karteikiste, machte das Daumenkino und zog mir das Traumlos. Ich sollte in die Oberlandstraße, in die Filmbranche!

Zum Film! Man brauchte erst um neun zu kommen. Melden

Sie sich bitte bei Herrn Schordanowski. Ich irrte durch einen Flachbau, Herrn Schordanowski zu finden, der auserkoren war, mich einzuweisen. Allerlei hübsche Damen waren mit Kaffeeemaschinenkannen stöckelig zu irgendwelchen Wasserstellen unterwegs und gaben mir ein Lächeln. Endlich bog auch ein grauer Kittelschlipsmann namens Herr Schordanowski ums Eck, und ich folgte in einen Vorführraum. Es ging um folgendes: Wir befanden uns noch weit vor der Videoära. Die Firma produzierte Super-8-Filme auf Massenbasis. Es handelte sich um Pornofilme, sechs Minuten lang. Ich sollte die Rollen auf technische und farbliche Defekte prüfen. Ich saß in einem winzigen Kabuff, wo es leicht ranzig nach Peepshow müffelte. Neben mir ein riesiges Projektionsgerät. Ich mußte nun die Rollen einlegen und mir den Film ansehen. Schön, wird man denken, sitzt er da, der Kapielski, und guckt den ganzen Tag Porno und macht Geld damit. Aber ach! Es gab einige Umstände. Zum einen waren die Filme noch ungetrennt. Das heißt, ich legte 35 mm dickes Filmmaterial ein, auf dem sich nebeneinander vier mal parallel der gleiche Film befand. Damit man nun was wegschaffte, liefen die vier Parallelszenen in irrwitziger Geschwindigkeit durch den Apparat. Das war ausreichend, um Kopierfehler aufzuspüren. So ein viermal nebeneinander liegender Sechsminutenfilm war also in knapp anderthalb Minuten durchgerauscht. Vor mir die riesige Kiste auf Rollen mit den zu prüfenden Rollen. Es waren Hunderterserien, immer der gleiche Film. Links die Kiste mit den geprüften Rollen, die dann später und von anderen Idioten geschnitten und verpackt wurden.
Gut. Ich wußte Bescheid, Herr Schordanowski grinste ab, und nun saß ich in meiner obskuren Müffelkammer und guckte viermal nebeneinander Porno in Extremzeitraffer. Zwei Meter vor mir auf einer kleinen Leinwand ging nun ein reziprokes Andy-Warholsches-Zappelficken los. Ffft, 90 Sekunden, fertig, da capo, die nächste Rolle.

Nach drei Stunden passierte etwas Seltsames. Ich dachte erst, der Apparat würde schlapp machen. Der Film wurde immer langsamer. Man bekam jetzt erst richtig mit, wie und was da geblasen wurde. Ich begutachtete erstmal genüßlich die Stellungen, die Drüsen schwollen, und man hatte ja vorher nur dieses absurde asexuelle Gezitter mitbekommen. Dann besann ich mich wieder auf meine Profession und nahm die Zeit: 90 Sekunden. Der Vorführapparat konnte also nicht langsamer geworden sein und der Film nicht kürzer, denn den kannte ich ja nun langsam bis ins Detail. Also, dachte ich, irgendwas stimmt nicht, erstmal Pause, Bier holen und dann Meister Schordel. Ich verließ meine Stinkekammer und stellte mich auf den Flur.

Gleißendes Licht! Ich stand völlig bekloppt mit zusammengekniffenen Augen und einer Dauererektion* auf dem Gang und staunte nicht schlecht, denn hinten im Flur stand plötzlich eins von den hübschen Mädels in Stöckelschuhen mit der Kaffeekanne im Anschlag und machte langsame Bewegungen, sowas wie Tai-chi. Sie lief in Zeitlupe auf mich zu und grinste. Will die mich verarschen? Ich glinste in ihre Richtung, und sie kicherte. Nach ewiger Zeit hatte sie die zehn Meter bis zu mir geschafft, unablässig grinsend, und als sie nun auf meiner Höhe sich befand, sagte sie endlich: »Na, Süßer, kommt dir jetzt alles schön langsam vor?«

O Gott, ich stürzte verzweifelt zurück in mein schwarzes Loch. Eine Zeitdilatation! Mein für die Zeitangelegenheiten zuständiger Hirntrakt hatte sich völlig umgestellt auf die neue Pornodurchlaufgeschwindigkeit. Ich glinste nochmal zur Tür raus. Sie schlurften und trieften alle matt und marode vorbei und beglotzten mich glasig verblüfft. Kunststück. Wir befanden uns in differenten Zeitkontinuen. Ich wieder rein.

---

* Vgl. Helmut Schelsky, Ist die Dauerreflektion institutionalisierbar?, in: Zeitschr. f. Ev. Ethik, 57/H.4.

Es fing jetzt eine neue Serie an, ein neuer Sechsminutenfilm. Und nun saß ich in der Falle. Neunzig Sekunden wie immer, aber ich sah alles subjektiv in Echt- oder Normalzeit. Oder wie man das nun nennen soll. Ich saß jetzt wieder zwei Stunden in der Kabine und sah diesen Film etwa 120mal in gewohntem Zeitempfinden. Das bedeutete anders rum, daß die Schweine da draußen es geschafft hatten, meine Arbeitszeit zu vervierkommadreifachen. Relativ. Ich wußte auch, warum es so ranzig roch. Hunderte verschlissener Hilfskräfte hatten hier versucht, ihre Dauererrektionen abzuschütteln!
Plötzlich ging ganz ganz langsam die Tür auf. Das hübsche Tai-chi-Mädel mit den Stöckelschuhen und der Jenaer Glaskanne stand in der Tür und sagte gedehnt: »Das legt sich wieder. Du mußt bloß nachher aufm Heimweg aufpassen. Du wirst sehr, sehr schnell sein.«
Sie bot mir ein Rettchen an. Wir stellten uns auf den Flur und rauchten eine. Schnelle Frage: »Drehen die diese Streifen hier im Haus?« – »Klar. Normalerweise wärst du da auch eingeteilt worden. Sie brauchen da welche zum Kabelschleppen und so. Wer aber an Meister Schordanowski gerät, muß in die Zeitmaschine!« Ach du Scheiße.

Gott sieht aus wie Professor Ergenzinger. Fluviatile Aufschüttungen zwingen den Indus in der pakistanischen Ebene in unzählige Nebenbetten. In den weichen Bodenschichten entsteht ein breites Geflecht epigenetischer Flachtalbildungen, eine labile, kaum schiffbare Flußlandschaft. In der Regenzeit steht man dort drei Monate lang bis zu den Knien in trüben Wasserweiten und hat viel Zeit, über innertropische Konvergenz nachzudenken. Vermutlich hat man dort auch die Plateausohle erdacht. Die Einheimischen stochern aufgekrempelt hinter ihren Wasserbüffeln her und verhalten sich ein wenig wie die Menschen im Spreewald. Die Gurkenerntesaison lappt hier wie dort über in die Zeit der Reisaussaat.

So war es 1972. Zu jener Zeit lutschte in Westeuropa (alle Jahreszeiten hindurch) eine Hand voll junger und von neuer Weltsicht ergriffener Menschen mit großer Begeisterung amidierte Lysergsäuren. Wie versessen bauten dieselben Jugendlichen Volkswagenbusse aus und lenkten diese schwallweise über Dreilinden in Richtung Indien. Das ferne, vielarmige und eigentlich in summa elend verschissene Indien war einstweilen zum räucherstäblichen Signifikanten einer Poesie gänzlich neuen Lebensentwurfes umgedeutet worden.

Man begab sich auf die Reise. Hatte es bei Kerouac noch: »Our one and lonely function: MOVE!« geheißen, so war das Ziel nunmehr alles, der Weg galt nichts. Dieser Frevel (am Tao) rächt sich: Ab 32. Längengrad setzt unabwendbar Dünnschiß ein. Die Doofen unter den Pilgern beginnen die Reise so, daß sie zur Regenzeit im Industal zwischen die unpassierbaren Flußläufe geraten und für immer steckenbleiben. Das ist die Rache des Ziels (Telos). Die Brücken überschwemmen, Fähren können Monate nicht passieren. Der Reisende ist gezwungen abzuwarten; er verzehrt seine Gelder und gelangt niemals nach Indien. Die jungen Menschen hocken in ihren Bullis und scheißen und schwitzen sich um Seele und Verstand. Vollständig gesättigte Luftfeuchte, Hitze, ein endloser Schweißrinnsal durch die Arschritze, alles ewig klamm, Regen, immerfort Regen! Physis und Psyche erleben den Test, die Katastase, die gedehnte, die anschleichende Katastrophe. Dann kommt die Auszehrung und die Gier nach Mutterns Küche, Würstel mit Sauerkohl, und sie gehen mit fiebrigen Augen heimlich und des Nachts mit den Dosenöffnern an die kollektive Erbsspeckbüchse und scheißen doch nur wieder den Gierfraß in die überschwemmte Gosse und waten gedrückt und entgeistert darin umher, wie verdrehte Kneippkurgäste. Dann diskutieren sie wochenlang den Konservenvorfall, und zwischen die ewigen Täler blödsinnigster Lethargie platzen Amokschübe, und sie boxen sich gegenseitig in die kranken Kaldaunen.

Alles gestaltet sich um so schlimmer, da nirgends lindernder Alkohol erhältlich ist und die überall zugänglichen schweren Haschische nur noch ärger verfinstern. Plötzlich kommen die Ureinwohner mit aufgekrempelten Markenjeanshosen an die Bullis gegrinst und bieten ihr abgründiges Opium feil. Und es hilft! Aber noch vor Ende der Regenzeit ist das Reisegeld verraucht, und dann werden sie endlich alle zu Arschlöchern. Die depressive Kraft des guten Willens weicht schierer Bosheit. Jedwede abendländische Ethik war nur Form gierig eigensüchtig verderbten Menschentums unter guten Bedingungen. Dem Kollaps des Optimums folgen die Ekstasen des Pessimums. Endlich Klarheit!
Als erstes werden die blonden Weiber verkauft! Es ist ein unfaßbares Elend. Die Reiselektüre verdirbt, das I-Ging quillt auf, die Hessebände wellen sich, und das dauernde Dünnschißgefurze schürt anthropofugale Gedankenspiele und treibt Keile, Messer und schlimmeres zwischen Paare, Kommunarden und Wagenlager. Draußen der tropische Dauerregen, drinnen krauchen sie sinnlos gedunsen auf allen vieren gereizt

durch ihre blöden VW-Bullis und streiten. Der Opiumhändler aber fordert seine Vorschüsse ein! Die Freundschaft hört auf. Nachts pfeifen die Buschmesser andeutend durchs Dachholz. Die Regeneule unkt: »Unheil!« Also hauen sie, wie gesagt, fürs erste ihre Verlobte nieder, und zerren all die einstmals so hoffnungsvollen Abiturientinnen an den Perlenzöpfen und Stirnbändern rüber in sechsstöckige Puffbaracken, wo sie von grindigen Rauschgifthändlern übernommen und fetten Pakistanis zum Fraße vorgeworfen werden, für ein wenig Morphium. Wenig später dann geht es den jungen Herren Aussteigern jedoch selbst an die Eier! Sie werden jeweils haufenweise von sogenannten Fanjis mit Keulen zusammengetrieben und mit Drähten, die man ihnen durch die Nasenwände bohrt, zu sechst gruppiert, anschließend dann mit Buschmessern aus zwei verschiedenen Gründen entweder gemüht oder geplackt usw.

Dies war zu jener Zeit der rechte Weg, der Hauptstrom, auf dem es die Besten fortzog, nach Indien. Ich zögerte, das mitzumachen. Man ahnte die Irrtümer, die Unannehmlichkeiten. Aus Fernost trafen Briefe ein, in denen auf kläglichste Weise um Schwarzbrot und Böklunder-Dosenwürstchen gewinselt wurde. Ich vermied die Reise, indem ich eine angeborene Feigheit vor schlechten Lagen und Zuständen des Pessimismus auf jede nur erdenkliche Weise stärkte. Ich wußte alles ungünstig einzurichten, die Reise wieder und wieder aufzuschieben, auch gab es derzeit partout keine reisebegleitende Dame, von der ich mich im Industal hätte dramatisch und gewinnbringend trennen können, und ich stellte mich überhaupt ständig doof. Das war noch der Gartenbauer. Und: In einem Zimmer sitzen und doch im Kopfe reisen, ist desto angenehmer, da weder Staub noch Zoll und Visitationswesen den Reisenden inkommodieren. Also, was konnte man statt dessen tun? Man ging zur Post. Alle, die zu jener Zeit nicht im Industal verwesten, waren in Berlin Postgehilfen. Was anderes gabs nicht. Entweder war man 72 Indienfahrer oder man war bei der Deutschen Bundespost, welche wiederum Teil eines Weltpostsystems war, das die Bereiche Brief, Paketpost, Geldpost, Funk, Telegrafie, Radio und Radiosatellit umfaßte. Ganze Horden langhaariger, fauler, bekiffter und besoffener Feiglinge standen in den Gängen und Hallen der Post herum und drückten sich um die Arbeit und die Fahrt nach Indien und taten im Grunde, aber gänzlich unwissend, etwas sehr Modernes und Polyglottes: Sie waren Teil eines Systems der fließenden Zeichen, der Verbindungen, Ströme und Netze, welche damals allerdings noch selten aus Glasfaserkabel und Telezeugs, sondern noch fast vollends aus Jutesack und Sondermarke bestanden. So war also der Postbedienstete dem Indienpilger, das Kosmopolitische betreffend, bei weitem überlegen. Und dessen wurde man sich in der Heimat bei der Post zusehends bewußt. Eine Bewußtseinserweiterung erfolgte! Zeitweise kursierte sogar ein Raubdruck der Dissertation August Stramms* durch die Ämter! Man wußte also Bescheid!**

Nun war klar, ich ging nicht nach Indien, sondern zur Möckernstraße und wurde beim Postamt 11 als einfacher Soldat der Verbindungen, Ströme und Netze zum Langholzsortieren eingeteilt. Man mußte aus großen Formaten bestehende Briefbündel in numerierte Säcke schmeißen. Dabei waren geschickte Ballspieler erfolgreich. Bei mir gingen 30 Prozent der Bündel daneben. Man bückte und langweilte sich zu Tode. Ich dachte: Keiner versteht mich! Ich steigerte die Fehlwürfe kontinuierlich auf 60 Prozent, und sie verstanden! Und schickten mich vier Ecken weiter zum Postamt 44, wo ich ordentlicher Postbote in der Briesestraße wurde. Diese Straße war wie geschaffen für mich. Ich kam mir vor wie der Herr Ein-

---

* August Stramm, Das Welteinheitsporto, Diss., Halle 1909.
** Niklas Luhmann soll behauptet haben: »Wir haben keine Postmoderne, wir haben eine moderne Post!«

nehmer im Morgenmantel, man spazierte in der Sonne die Straße auf und ab und stopfte ein wenig Briefe in Briefschlitze, hinter denen sich Grüne Witwen befanden und einem mit der Fliegenklatsche auflauerten. Man schlich sich an die Schlitze und warf ein, bevor sie, die Grünen Witwen – Patsch! – mit der Fliegenklatsche die Rechnungen und Mahnungen retournieren konnten.
Jeden Tag das gleiche: ein wenig zu spät kommen, Anschiß abducken, sortieren, in aller Ruhe losmarschieren. Nicht weit, da war sie gleich: die liebe Briesestraße! Links ihr katholisches Kirchlein, rechts auf der Sonnenseite hinauf. Nun ging es treppauf, treppab an die Schlitze. An der oberen Wende gabs einen Schrotthändler und einen Schnaps. Auch ein längeres Gespräch darüber, wie man denn alles so – als insbesondere junger Mensch – sähe usw., woraufhin ich zu großer Indien-Post-Komparatistik anhub usw. Dann die Straße auf der anderen und inzwischen auch sonnenbeschienenen Seite hinunter. Dann die Kirche: »Gott zum Gruße, Pfarrer Panzer! Post ist da!« (Er hieß tatsächlich so.) Und zum Schluß ins Briese-Eck Zeitunglesen und warten; man durfte nicht zu früh ins Amt zurückkommen, man hätte einem ja dort doch wohl allzu gern weitere Aufgaben aufbürden mögen!
Eines Morgens kam eine Durchsage: »Kollege Nummer soundso nach vorne!« Das war ich. »Sie springen heute für den kranken Kollegen ein!« – »Na klar.« Ich nahm meine Stempel und Kissen und ging rüber zum neuen Sortierplatz. Alle raunten geduckt aus ihren Sortierreihen: »O Gott, Springer!«*
Drei Stunden später wußte ich, warum der Kollege krank war. Ich saß immer noch im Amt am Vorsortieren, wo ich sonst in der Briese schon beim Schrotthändler den Schnaps und das Gespräch hatte. Dann bin ich bepackt wie ein Esel in die

---

* Eine durchaus präparallele, rudimentäre ›Anti-Springer-Bewegung‹! – Typisch Post!

Karl-Marx-Straße. Verdammte dieser Erde! Nachmittags um fünf hatte ich gerade die Hälfte verteilt und dachte, es ist egal, ich gehe erst mal ein Frischbier fassen, ich schaff das sowieso nicht rechtzeitig. Gegen halb zehn hämmerte ich endlich gegen die Amtspforte. Der Nachtportier war ganz aufgeregt. Sie hatten mich schon vermißt gemeldet. Nächsten Tag war ich ein berühmter Mitarbeiter der Deutschen Bundespost und bekam mit großen Entschuldigungen die gemache Briesestraße wieder. Die andern betrachteten mich nun als etwas Besonderes: Sie weihten mich ein. Ich schlurfte wieder wie in Frotteepantoffeln durch die Briese und schlich an die Schlitze, dann parkte ich am Ende die Postkutsche in einem bedeckten Hauseingang und drückte mich um die Ecke ins Morusstübchen, nur für Eingeweihte. Dort versammelten sich alle anderen kriegsversehrten Kollegen. Alle hatten Doppelnamen. Leichen-Albert, Whisky-Wolke, Pistolen-Schubert, Schwungrad-Else. Leichte-Briese, das war ich. Wir spielten Karten und ließen Pornoversandhefte aus der Zustellung rumgehen oder lasen uns gegenseitig Postkarten vor, wobei jeweils der mit der bescheuertsten des Tages ein Gedeck (Bier & Schnaps) von der Gruppe spendiert erhielt. Unser Ruf war: »Polizei und Post / sauft, wo nischt kost'! – Prost und zum Wohle!« Dann wurde gewürfelt, und Schwungrad-Else mußte ihre Nummer mit dem Ei und der Mostrichstulle bringen. Plötzlich hieß es: »Schluß!«

Jetzt wird studiert! Der Aufstieg mußte anfangen. Ich stand in der riesigen Freien Universität Berlin herum und dachte: Kunstgeschichte. Ich hatte in Malen immer eine eins gehabt, wußte aber nicht, wie geht das? Also Studienberatung. Sie meinten, da hilft nichts, wir – wohlgemerkt wir! – müssen noch ein Großes Graecum machen für die Kunstgeschichte. Ich sagte, ich hätte gedacht, es würde reichen, wenn man musisch sei. »Nein, das reicht nicht!« Ich überlegte: »Mähen Äbte Heu? Äbte mähen nie Heu, Äbte beten!« Ich hätte also noch mal ein neues Leben anfangen und auf Griechisch Vokabeln lernen müssen. Leichte-Briese verabschiedete sich.

Zu den Politologen. Ich war der Meinung, in Politik kenne ich mich aus. Ich war ja Willi Brandt begegnet! Damals, kalte Kriegswinter. Die Begegnung: Meine Alten und ich gehen auf einem dieser fürchterlichen Sonntagsspaziergänge durch den Grunewald, vielleicht 61 oder noch davor, da war er Bürgermeister hier, noch nicht der große Willi, noch regional. Gut, wir latschen da verstockt dampfend durchs Sonntagsgehölz. Ja, und da lief er uns entgegen. Der war auch auf seinem dumpfen Sonntagsspaziergang mit Ruth und Peterbub, und da hat mein Vater »Guten Tag« gesagt. Ich also auch. Und er also auch: »Guten Tag.« Alle in Mänteln. Und damit hatte es sich. Und wir standen da: »Wer isn ditte?« – »Ditt is Willi Brandt.« Gut. Ich bin mit dem Bus zum Otto-Suhr-Institut gefahren und hab mich in der Kantine oben umgesehen. Alles überfüllt. Das war alles auf dem Höhepunkt, Marx-Exegese, Haug: Kapitalkurs 15. Teil. Hörsäle für 50, wo 1968 Personen drin gehockt haben. Und überall fuchtelten Schwaben palatalguttural »...wider eine ungeheure imperialistische Provokation in der Lübecker Bucht!« Und sonstwo. Ich erkannte: Die einen stecken am Indus fest (selber schuld), die andern verteilen Postkarten, und die Schwaben – volle Deckung! – werden in 20 Jahren unsere Anwälte, Lehrer, Abgeordneten und Hauseigentümer sein.* Hier schuf und stählte sich eine folgende, rundum erneuerte herrschende Klasse im weit gesteckten Rahmen pueriler Freiheiten. Später die Grünen. Geizig wie die

---

* Wichtige Ausnahme: H. D. Heilmann, welcher zusammen mit J. Asseyer, B. Kramer und H. J. Viesel den in etlicher Hinsicht großartigen Band ›Hiebe unter die Haut‹, Berlin 1984, herausgebracht hat. Zwei Dinge sind besonders zu loben: Freunde und Völker, hat man je eine solch extraordinäre Umschlaggestaltung gesehen!? Und wie trefflich die in diesem Buche zur Gewissensform begabt erlebter Zeit gewordene Hammerfrage: »Warum sachlich bleiben, wenn man auch persönlich werden kann?«

sind, waren sie schon damals Radfahrer. Im Keime schon dieser militant rasende Brillo-Helmstein-Typ, der mit stierem Blicke Helm und Rucksack und Blitzkrieg treibt. Für die gute Sache, versteht sich. All diese bescheuerten Arschlöcher und Anwälte, und die Weiber sehen alle aus wie Gemeindehelferinnen, o Gott!

Ich wollte schon wieder zurück zu den Sondermarken und Drucksachen, bin aber noch träge unschlüssig, faul und arbeitsscheu im Botanischen Garten gelustwandelt, wo ich auch den halben Winter im Palmenhaus verbrachte und entdeckte eines Tages einen zweiten hinteren Ausgang. Dort ums Eck stand ganz in Knöterich getaucht ein winzig Häuslein mit gemütlichem Messingschilde, worauf zu lesen war: Institut für Physische Geographie und Anthropogeographie. Ich tat allerlei Spinnengeweb beiseite und drückte eine schwere eisenbeschlagene Eichenpforte auf.

Atmende Stille. Wie bei den Kartäusern. Es roch nach Ruhe und Bohnerwachs. Gegen Mittag zog von unten im Keller aus den Räumen für ›Thermische Erosion‹ ein zartes Bratspeckbukett durchs Haus. Man hörte in den Zeugkammern ganz leise an die Wand gelehnte Meßlatten rosten, und in der Kartographie ruhten die Meßtischblätter des Deutschen Reiches in den Grenzen von 1961 auf 30 Quadratmeter großen Generalstabstischen. Es gab einen Frischbierausschank! Dahinter stand ein knackiges Weib mit Supertitten in hochhackigen Pumps mit Guckloch für die große Zehe von Yves Saint Laurent und schenkte freundlich lächelnd preiswertes Hochschulbräu in echten oberpfälzer Steinguthumpen aus.

Alle Professoren waren Männer mit langen Bärten und mehr als einmal auf Kapernfahrt gewesen. Man spürte: Die hatten was erlebt, sie waren Kapernfahrer und keine Kissenpuper! Die Studenten: teils gewiefte faule Ärsche, Hedonisten und Quartalssäufer, wobei die Quartale oftmals sogar Oktale usw., andernteils völlig verblödete und nebenher Sport studierende

Volldeppen oder auch nur liebenswerte Minderbegabte ohne jeden Ehrgeiz, deren ganzes Verhängnis ruhmsüchtige Elternteile im pekuniären Hintergrunde darstellten.
Ich beschloß zu bleiben und Studien zu treiben! Alles stellte sich als immer noch besser heraus, als man vermutet hatte. In Lehrveranstaltungen saß man höchstens zu zehnt und gehörte mit 1 zu 10 zu denjenigen mit IQs über 105; das heißt, ich gehörte mit numerischer Notwendigkeit zu den Oberschlauen und ohne Graecum! Dann wurde viel gereist. Es war sogar Reisepflicht! Klar, wer über die Hauptstadt von Frankreich promovieren wollte, der mußte sie sich schon mal angesehen haben! Einmal trieb ich auf einem Boot in der Ostsee und wurde unter Prüfungsbedingungen gezwungen, im Rahmen einer Exkursion mit dem Titel ›Ozeanische Kartographie und Navigation‹ die exakte Richtung nach Hause anzuzeigen. Wir standen in Rettungswesten schwankend um den wiegenden Kompaß und zeigten in verschiedene Richtungen. Der Dozent griff ins Ruder und sang von der Kapernfahrt. Dann gabs Grog. Alle hatten bestanden.
Ein andermal untersuchten wir das ›Schwäbische Meer‹ (Bodensee) auf Schadstoffe und so. Eine Handvoll besonders hartgesottener Langzeitstudenten hatte das Seminar ›Bodensee-limnologische Untersuchungen‹ belegt und Vorbereitungen getroffen. Wir beluden einen vom Osteuropa-Institut geborgten Bus mit Akten, Erlenmeyerkolben und Bierkisten und kamen bis Dreilinden. Die Grenztruppen der einst-, ehesowie insbesondere einmaligen DDR stoppten barsch und jäh das Forschungsvorhaben und zerlegten das Exkursionsauto in seine Bestandteile. Unbeirrbar studierten sie jede noch so transmontane Akte und machten Einzelverhöre, obwohl wir immer wieder versicherten, daß wir fest auf Seiten der Arbeiterklasse stünden und in ihrem Namen gewillt waren, das Schweinesystem am Bodensee zu erschüttern. Zum Beweis rüttelten wir die Bierkästen und gaben scharfe Parolen von uns.

Sie guckten blöd. Es war eben so, daß das vom CIA finanzierte Osteuropa-Institut mit einer ganzen Wagenflotille ausgestattet war und jeder, der mal ein Auto brauchte, sich dort ohne Aufhebens eins ausborgte, andererseits aber das Begriffsvermögen der DDR-Beamten damals schon den Anforderungen des aufdämmernden Posthistoire bei weitem nicht genügte. Es war zu sehr vereinfacht worden. Im Fahrzeugpapier stand Osteuropa-Institut. Dies war eins der 13 rot aufleuchtenden Signalworte für DDR-Grenzbeamten. (Nicht mal zu Unrecht.) Als sich schließlich eine angebliche Äußerung unsererseits von wegen ›Nazi!‹ als Irrtum und in Wirklichkeit als ›Nahziel!‹ herausgestellt hatte, ließen sie uns durchziehen.

Der große Professor unserer Expedition war einer von den ganz bärtigen und lief gewöhnlich rum wie ein Penner. Er trug Tag und Nacht die gleichen Klamotten, irgendeine olle Deutschland-Kutte von C & A, darüber einen ollen selber gemachten Griechenland-Brotbeutel mit zwei Puschelfransen an den unteren Ecken, dazu ein Erste-Klasse-Fernglas von Zeiss, einen Bézard-Kompaß, ein wenig geologisches Rüstzeug, das übliche Hämmerchen, die Säureampulle, und dann stiefelte er in riesigen Burgenländer Wanderbotten als Zwergengestalt mit Dimpfelhut durchs Gelände und grinste ohne Grund. Kurz, er war schwer in Ordnung! Unter den Studenten hingegen befand sich ein Depp, der seit 43 Semestern erfolglos im Anzug mit Schlips herumgedienert hatte und doof blieb. Das gab ständig peinliche Verwechslungen. Die Grenzoffiziere und die Fischpächter und Wasserwerker und sonstigen offiziellen Begrüßer an Rhein, Schussen und Argen gingen immer zuerst auf den Deppen los. Wir andern freuten uns immer schon darauf und standen feixend im Delegationsspalier, wo wir den echten Professor verborgen hielten.

Am Bodensee hatten wir uns auf Fabriken spezialisiert, die ihren Dreck ungereinigt ins Wasser abließen. Es lief immer ähnlich ab. Zur Begrüßung unserer ›Forschungsgruppe Limnologie‹ rannte immer ein begrüßungsbeauftragter Firmenmitarbeiter zunächst auf den Schlipsdeppen los. Wir feixten. Alle verkatert vom Vortag. Der Mann von der Firma schon verunsichert. Dann wurde der Irrtum ausgebügelt. Der Professor wurde geoutet. Professor Bartzwerg, dem das Verwechslungsspiel zum Schluß noch am meisten Spaß machte, kam aus dem Studentenpulk nach vorne, sie schüttelten sich nochmal, alle bekicherten den neckischen Irrtum, der Firmenschelm machte nun auch sein Scherzchen, sein schmutziges Firmenwitzchen, alles keckere gelöst, und dann stürzte die Meute endlich hinter Professor Rauschebart und dem Firmenfutzi her und warf sich auf das übliche Begrüßungsbüffett. Sie hatten immer ein paar Schnittchen und dergleichen vorbereitet. Je nachdem. Dazwischen standen dann immer, eher als opulentes Dekorationszeug, vier, fünf Pullen Badenser Wein, Weißherbst, Trollinger und so. Die Korkenzieher hatten wir immer schon dabei. Dann liefen ein paar nette Mitarbeiterinnen mit Kannen immer um den Konferenztisch herum und waren nett zu uns: »Kaffee? Möchten Sie Kaffee?« Und wir – »Nee nee!« – fuchtelten schon gierig nach den Pullen, und wenn die Damen etwas verlegen nach Korkenziehern sehen wollten, dann brüllte meist einer schon jovial: »BrauchenSe nich!« Und hatte schon den Korkenzieher gezückt: »Ham wa alles dabei!« Den weisen Betriebsmüttern wurde es da meist schon blümerant. Dann fing gewöhnlich vorne einer an, die Firma als besonders vorbildlich darzustellen. Keiner hörte richtig hin. Die Meute soff erst mal den Trollinger, fraß halbe Brötchen und besprach unbekümmert die besonderen Vorkommnisse der gestrigen Hotelsauferei. Professor Rauschebart grinste wie gewöhnlich und fraß seine mitgebrachten Gelbwurststullen. Er haßte Schrippen. Dann kamen meist noch ein Betriebschemiker oder ein Verfahrensingenieur dazu, um Fachfragen zu beantworten. Wenn diese nun gerade dachten, was ist das für eine komische verfressene Horde verblödeter Studenten,

Kommunisten und Kübelsäufer, fingen wir an, spezielle Fragen zu stellen. Schwierige Fragen! Es kam wie die Heuschrecken über sie. Wir nahmen die Schweine in die Mangel und machten sie zur Schnecke, dabei schüttelten wir wie blöd Reagenzgläser in der Luft herum und schrien Formeln und Fremdwörter und hielten Papiere hoch. Ein Hauen und Stechen. Sie wehrten sich, kamen aber nicht an gegen unsere Taktik aus Überrumpelung und Spezialwissen und verkaterter Hysterie, vermengt mit Haß aufs Kapital und Schweinesystem. Irgendwann summten sie dann ihre mütterlichen Sekretärinnen wieder herein und diese riefen nach vergeblichen Beschwichtigungen gewöhnlich den Werkschutz. Aus fadenscheinigen, meist politisch verbrämten Gründen pflegten sie uns dann rauszuschmeißen. Wir rüttelten und johlten dann immer noch zehn Minuten am Werkstor und schwenkten die Plastiktüten mit den geklauten Schinkenbrötchen, Aschenbechern und Sprudelflaschen, und die Arbeiter guckten entgeistert aus ihren tausend Werksfenstern auf ihre Avantgarde* runter, und dann fuhren wir nachmittags befriedigt rüber auf die Österreichische Seite und kauften Stroh-Rum fürs Abendprogramm.

Bei dieser Bodensee-Fahrt war einer dabei, der auf Exkursion im Tschad gewesen war und der unsere besondere Achtung genoß und den sie abwechselnd ›Scheich‹ oder ›Klaus‹ nannten. Er erzählte die verwegensten Räuberpistolen. Im Tschad hatten sie sich als Exkursionsstudenten der Kartographie auf die Seite der Rebellen geschlagen und die Französischen Kolonialschweine artilleriekartenmäßig (1 zu 100000) an die Kandare genommen! Wir andern sagten uns: »Verdammt noch mal! Bodensee, gut und schön! Aber nächstes Mal gehts in den Tschad!«

Die Forschungsstation Bardai im Tschad stellte eine Besonderheit dar. Sie gehörte zum Institut und somit zur Universität.

---

* Vgl. Lenin, Was tun?, Berlin 1953.

Eine Außenstelle der Freien Universität Berlin, 4000 Kilometer entfernt von U-Bahnhof ›Dahlem-Dorf‹. Man trieb Wüsten- und Gebirgsforschungen dort. Vollwüsten und Halbwüsten, Staubhäute und Felsfußflächen, thermische und äolische Erosion, das waren dort die Tagesthemen. Um hinzugelangen, mußte man zunächst den gängigen Abschluß ›für Mutti‹ schaffen und unter Vortäuschung von hochwichtigen Forschungs- und Promotionsabsichten Anträge auf eine Verschickung nach Bardai stellen. Dann zog man sich passend an, die Gebirgswüste kennt extreme Hitze und Kälte, und fuhr meist mit dort gerade benötigten Geräten im Universitäts-Unimog über Land nach Südspanien, setzte über nach Marokko und steuerte mit viel Mineralwasser geradewegs über Algerien und Niger hinein in den Tschad. Der Wagen war meist mit Meßlatten, allerlei komischen Versuchsgeräten, Karten, Pillen und als ›Aqua tofana‹ getarntem Obstler beladen. An den afrikanischen Grenzen kam es darauf an. Dort hatte man es mit dortigen Pappenheimern und Zolleinnehmern zu tun. Sie fummeln umständlich und langwierig zwischen den Meßlatten herum, brüllen unablässig und bedrohen insbesondere den Obstler, und man weiß natürlich warum: Die wollen Bestechungsgelder. Aus diesem Grunde wird man in Berlin zunächst mit hochwichtigen Papieren und diplomatischem Hochgestapel und viel Bundesadlergefieder versorgt, allein, dies hilft nur, daß man nicht gleich vergewaltigt oder aufgehängt oder gar zurückgeschickt wird. Also gibt es darüberhinaus einen merkwürdig definierten Haushalt, eine Geheimkasse für die unumgänglichen Schmiergelder. Natürlich werden einem die Zöllner keine Quittung ausstellen. Deshalb liegt es an deinem eigenen Verhandlungvermögen, wieviel von der Gesamtbestechungssumme übrigbleibt. In der Station in Bardai will man dann das übrig gebliebene Geld wiederhaben, um es zurück in die Geheimbörse nach Berlin zu schicken. Hier wie an den Grenzen muß man also viel wehklagen und

schauspielern, um auf seine Kosten zu kommen. Wenn man da gut bei wegkommt und ein ansehnliches Sümmchen für sich ergaunert, ist man wahrhaft wüstentauglich. Die für mich übriggebliebene Summe diente drei Wochen nach meiner Ankunft dem Kauf eines Kamels, das ich gewinnbringend an die Freie Universität Berlin vermietete.*
Nur eins noch: Von wegen die Wüste lebt. Kunststück lebt sie. Sie lebt insofern, wie Hegel sagt, daß wir im Leben stehen, dank dessen, was tot ist. Nichts war dort schöner, als der Tag, nachdem wir das ›Aqua tofana‹ gesoffen hatten, daß die Schwarte krachte. Am Morgen stand ich mit vollständiger Amnesie verirrt, weit weg von allen Menschen im vollkommen Anorganischen und fragte nicht: »Wo bist du?« oder gar ganz blöd: »Wer bist du?« Sondern: »Herr, gib uns Neutronenbomben! Damit Platz wird. Alles auf Erden ist schön, nur diese verfluchte organische Chemie hätte nicht sein müssen. Oder?« Da taten sich die Wolken auf, und es sprach einer, der wie Professor Ergenzinger aussah: »Sieh zu, daß du dein Kamel findest, Arschloch!« Weiter war wieder nichts.

Knut Lagerfeld. Pinsel am Kopp, die neue Tendenz. Ich bekam Heimweh, ging heim und wurde Bohème. Man konnte seine existentielle Schlichtheit zumindest ästhetisieren.
Täuschung, Scheinfertigkeit, all dies war ja im Kampf um die Miete schon propädeutisch bewältigt. Jeder klamme Versager versuchte es 1980 auch mal als Künstler. Ich auch.
Was habe ich in meinem Leben bereits auf grün und auf Bier gewartet! Da konnte ich nicht noch auf Künstlerverschickung nach Amerika warten. Und wollte gar nicht unbedingt hin, obwohl die Amerikafahrt ein Höhepunkt und ein Muß ist für Künstler und Erfolg. Unerwartet bin ich aber doch hin! Und nun sind die Künstler dieses Jahr auch wieder und wie immer

---

* Kapielski, Aqua botulus, Berlin 1992, S. 11 ff.

sehr entschieden mit Amerika und Erfolg beschäftigt, und ich habe das bereits erledigt, war schon da, hab mir Gedanken gemacht. Ich vermute, die aktuelle Amerikabegeisterung kommt daher: Sie wollen hier, insbesondere in Berlin, nicht verosten. Also Verelenden. Das ist das gleiche wie Verosten. Sie bevorzugen die amerikanische Okkupation und den Westen. Mit Amerika verbindet sich auch eine gewisse Versorgungsvorstellung und insbesondere soziale Sicherheitsgarantie (Carepaket). Wenn Völker sich dahinschleppen und zu Sklaven herabsinken und Schütteltänze zum Lebensinhalt machen, das ist so, wie wenn Männer geistesschwach werden und ihre Wirtschafterin heiraten. So ist das jetzt. Die alte Angst vor dem Osten, vor den Russen, die wohl unbewußt noch von der Erinnerung an tatarische Einfälle herrührt. Andererseits die gewohnte dialektische Weltordnung, die von Hegel gedacht und wahr geworden war und die ja für alle recht angenehm und funktional hochgradig simpel war, weshalb sich auch insbesondere Blödmänner für die Politik eigneten und es sich in Berlin angenehm leben ließ. Man hat ja das Fraktale und Simulakrum und all diese verstiegenen Gedanken geliebt, und nun ist auch das wahr geworden. Diese neuartig fraktalen Zustände sind beängstigend, und der Amerikaner kümmert sich nicht mehr um unsere Versorgung. Aber der amerikanische Kunstmarkt wirft, ob solchen europäischen Defaitismus, seine Bataillone entschlossen nach Europa, um die Stellung gegen die in diesen obskuren tatarischen Weiten lauernden, undurchsichtigen russischen Künstler mit Bärten zu festigen.
Derweil sieht es aber noch so aus: Gewisse in die Jahre gekommene Künstler der zweiten Garnitur versuchen gerade deshalb ihr Glück im Osten. Sie fahren nach Moskau oder Smolensk und verteilen Kugelschreiber. Die dortigen Artisten hängen ihnen an den Bubenzipfeln und sonstwie, um einmal im Gegenzug nach Deutschland ins Glück geladen zu werden. Das Elendsgefälle erzeugt ein gegenstrebiges Be-

gehrensgefüge und ist für alle Beteiligten mit Wonnen aller Art verbunden.

Es hat keinen Reichtum ergeben, aber den Höhepunkt meines Lebens, von wo an alles nur darunter changierte. Meine Reise nach Amerika: Treffpunkt Flughafen Tegel. Die Reise war dienstlich! Im Museum für Modern Art hatten sie eine schräglastige Ausstellung von Berlinkunst aufgebaut, merkwürdige Mischung; da hatte eben einer alle angerufen, die er kennt, und genommen, was er kriegt, und ein paar von den hochwichtigen Künstlernamen darüber hinein und ein paar befreundete Künstlernieten aus Freundschaft noch darunter hinein, und fertig ist die Ausstellung, wie man sie kennt. Also nicht ganz das joachimidische Prinzip mit der Wasserverdrängung und dem Eisbergbeispiel mit der güldenen Blut- und Ehrwurst oben drauf, wo es heftig um die Eisbergspitze schwappt, weil die kleinen Arschlöcher von knapp unter der Wasseroberfläche gierig hinaufschnappen und weil das Feuilleton mit Wonne um solche Hauptsachen und Berühmtheiten herumdelphiniert, nein, so wars nicht, sondern da gabs eine herzhaft inzestuöse Spießkameradenausstellung, mehr nach Vereinsart und mit noch was berühmter Garnitur durchwachsen, somit also was von über und noch was von unter Wasser, aber alles gemacht von einem im Grunde vernagelten Schergen, der von Kunst gar keine richtige Ahnung hatte. Das war etwa 87. Pitz war damals aufstrebend; da müssen die dann kalkuliert haben: »Pitz nehmen sie jetzt überall, also nehmen wir auch Pitz!« Ich will jetzt hier nicht auf den Pitz hauen, denn das kann auch genau umgekehrt gedacht worden sein; es ist sowieso tautologische Evidenz. Jedenfalls: Herzlichen Glückwunsch, armer Pitz! Und Jammer und Kummer den übrigen Glücklichen! Denn alles hätte auch umgekehrt gehen können. Jedenfalls so kommt dann einer, der gar nicht schlecht ist, unter Ausschluß anderer, die gar nicht schlecht sind, an die Stirnseite des Eßtisches. Und dieses Schicksalsspiel brauchen wir auch wieder gar nicht zu bejammern, denn diese Inszenierungshitze bei der Auswahl führt zu einer subtilen Schwächung des Sinns und der Wertung, und da haben wir eben den Tietze-Ludwig-Effekt, und das ist das schlimmste nicht! Also standen dann dort im modernen Museum die Amerikaner vor Pitzens geschmücktem Fenster und vor den invitrinösen Fluxusabfällen und wie die Ochsen vorm Hödickeschen Brandenburger Tor und den gerade wertheckenden heftigen fettingschen Duschdioramen und den andern Bekannten und Verwandten und machten: »Marvelous!« Das war eine der 80er-Verschikkungen von Künstlern von hier nach da.

Irgendwie haben wir aber auch den Pitz gemacht, Butzmann und ich, denn wieso kamen ausgerechnet wir ins Imperium nach New York? Wir hatten ja damals das lustige, laute, musikalische Duo, das war gar nicht übel, es hat aber auch keiner so recht gewürdigt; dabei wars schon merkwürdig! Das muß ich jetzt mal so sagen; wir waren verkannt! Aber auf einmal rufen die Staaten! Wir waren für das musikalische Rahmenprogramm dieser Berlinbildner avisiert, das vom vernagelten Gesell in beschriebener Art zubereitet wurde; der hatte, weil er ja wie gesagt nicht so recht Bescheid wußte, seine Altfreundin Sabine Vogel angerufen und gefragt, ob sie nicht noch wen kennt, und da wir damals ständig mit Vogel und Höge zusammen hockten, hat Vogel uns sofort kollegial promoviert, und wir waren mit nach Amerika verschickt! Unter Ausschluß anderer Lärmender natürlich. So kommt man also als blindes und präpariertes Geflügel und allgemein anerkanntes Arschloch mit nach Amerika! Ins Musikbeiprogramm. Da sagst du nicht nein! Museum für Modern Art, New York, da bist du nicht bombenfest genug, um sowas zu refüsieren! Auch wenn du einer bist, der im Prinzip immer ›In dubio pro domo‹ entscheidet, nie von zu Hause wegkommt und Furcht vorm Flugreisen hat! Und vor überschwenglicher Aufgeregtheit, ob unserer ›Entdeckung in Amerika‹, haben wir uns völlig ver-

stiegen und als bräsige Cagekenner gleich ein Stück ›Präpariertes Geflügel‹ offeriert. Man muß sich immer auch auf geschickte Weise lächerlich zu machen verstehen! Dann traten wir unseren Blindflug mit der Lufthansa ins gute Hotel mit der guten Gage an.
Also unausgeschlafen Flughafen Tegel, Butzmann, Kapielski und Nachtrab. Tödliche Doris, Frau Blumenschein, es waren auch andere noch angeworben, von den großen älteren Geräuschlern der obligate Maultrommler, die Flöte, was weiß ich, bumm, bumm, bumm, es waren außer einigen neuen auch wieder alle da, die immer da sind. Da standen wir nun mit unseren Proletenaktentaschen wie die Frühaufsteher vorm Erstschluck am Bahnhofskiosk Papestraße und fröstelten eingedenk der vielfach vorher beschriebenen New Yorker Mordbuben, und die Butzmannsche Freundin und auch die geliebte meinige, die warfen sich an unsere dicken Hälse und Brustkörbe, und meine fleischige derbe Last sagte: »Fege nur frisch davon, mein scharmanter Kabolski, und mache dir unterwegs keine Gedanken, du aparter Mensch!« Prima! Und das Duo Butzmann/Kapielski, zwo arme desperate Hausmenschen, standen beömmelt da mit ihren Hausschuhen im Koffer, und dann wurden noch weitere Abschiedsworte gesprochen, jetzt aber die Frauen betreffend, ungefähr so: »Also, Torten, gibts ein Wiedersehen für uns, dann im Himmel oder zu Hause. Wir hoffen zu Gott, das letztere!«
Im Innern, in der zollfreien Zone des Hafens, kaufte ich sofort ein mittelgroßes Sedativum europäischen Whisky, nicht gleich die große, mein Ruf ist noch nicht ganz ruiniert, aber der Nachtrab fing gleich zu feixen an: der Kapielski, der Säufer, schon wieder Schnaps, bä! Demonstrativ habe ich das Fernrohr gleich aufgeschraubt und ins Gesicht gesteckt und nach oben in den Westen geguckt, Arschlöcher! Ich sah, daß alles gut werden würde.
Dann sind alle à la polonaise mit ihren Aktentaschen in den

Vogel geschlurft. Er war nicht klein, das kann man nicht sagen, aber für Amerika war das Flugzeug nicht groß genug. Wir versetzten uns gedanklich in die Treibstofftanks, wir dachten nach, wo die sein könnten. Dann wackelten wir an die Startrampe. Kurz hoch, rumpeldipumpel, ein Sandwich und bumm, alle aussteigen: »Hannover!« Das war komisch, das war wie Möckernbrücke umsteigen. Und warten. Butzmann hatte Hunger, ich hatte Hunger, wir wackelten in die Hannoversche Flughafenkantine. Auf der Karte steht: ›Weißwurst‹! Es war gar nicht zu fassen. Wir fuchtelten in Eile den alten Hannoveraner Flughafenkellner an den Tisch. Ein alter Musterkellner mit verkämmter Glatze flog ein in weitem Bogen mit Tablett, machte Honeurs, und wir orderten die Weißwürste. Nein! Sonntags Weißwürste, wo gibts denn derlei!? Er pikiert wieder ab, und ich glaube, ich habe jetzt eine Münchner Weißwurstflughafengeschichte über eine Hannoveraner-Aale-Worst-Geschichte gelegt, denn wir waren ja übrigens, und das nur nebenbei, schon zwomal in Amerika! Da ist dann schon soviel Routine drin, daß man die Weißwurstgeschichten vertauscht.

Wie auch immer. Über New York Gewitter. Der Vogel kreiste endlos über diesem Gewitter rum, und alle versetzten sich wieder einfühlend in die Benzintanks. Großes Sich-ganz-leicht-Machen. Alles war schwer am Ausdampfen der angstgetriebenen Taufwässer, und das Personal hielt nun auf einmal auch noch die Spirituosen zurück! Fürchtet Euch nicht! Zur Beruhigung gaben sie Cola aus; man kann schwer nachvollziehen, wie der Lufthansa-Psychologe auf sowas kommt. Andererseits doch, ein bei der Lufthansa verbeamteter sanfter Gehirnwäscher mit Bart und Porschebrille schwebte mir vor, und alles war plausibel. Plötzlich empfanden sie alle, daß Kapielski mit der Whiskyflasche eigentlich immer schon einer ihrer besten Freunde wäre. Die sich sonst meidenden diskrepanten Zirkel, Müller – Kapielski z.B., sollten sich näherkommen? Nein, die bewährte Abneigung hielt dann doch. Und ich bin doch nicht doof! Der Nachtrab versuchte den Momento mori mit Kapielskis Sprit zu verzuckern. Aber der Milbenpöbel bekam nichts! Außer Butzmann.

Landung. Tür auf, 30 Grad! Es brach frischer Jammer über uns aus und ein, Schlangestehen, Luftfeuchtigkeit, blöde als auch peinliche Befragung durch Immigration officers, subtiler Verlust des Sinns angesichts der Hitze, und es ging überhaupt zu wie zu Passierscheintagen, Friedrichstraße. Schließlich war aber alles ›Helmstedt!‹, und wir durften ins Heiße. Geld ausgeben.

Im Hotel Farbfernsehn und Klima. Wir akklimatisierten mit Büchsenbier. Plötzlich Türklopfen. Wir waren gewarnt worden! Im Türspalt ein dunkles Knochengesicht: »How many?« Butzmann, außen blaß vor Zeitverschiebung, innen gerötet von Sparkling-Grape-Soda: »Nothing! Everything okay.« Was wollte der jetzt? Wir wußten es nicht. Wir wußten auch nicht, was die anderen alle wollten. Aber sie taten allerlei Merkwürdiges, typisch Amerikanisches, also Unerklärliches, auf der Straße und überall. Vielleicht nur das unentwegte Ausschäumen des ›besoin de faire quelquechose‹, von dem Gehlen immerzu schreibt, ohne Sinn. Wir suchten auch Erklärung bei Baudrillard, sein Buch ›Amerika‹ war gerade bei Matthes & Seitz erschienen; wir hatten uns damit im Flugzeug schon affirmativ gestimmt. Ich habe damals die schwerwiegende Bemerkung in meine Kladde geschrieben, daß nunmehr leider sogar Baudrillard im Baudrillardstil schreibt. ›Warum‹ das alles? Ich sagte mir, all die ständigen Unerklärlichkeiten und Verblüffungen begleitend, wie so oft: sunder warumbe!* Alles sinnlos. Ich verschanzte mich etwas auf abendländische Gelehrtheit, irgendwie mußte man ja ›wahrnehmen‹. Nächsten

---

* Vgl. Arnold Gehlen, Urmensch und Spätkultur, Wiesbaden 1986. Jean Baudrillard, Amerika, München 1987. M. Eckhart, Werke, Frankfurt 1993.

Tag kam wieder der finstere Mr. Howmany. Wir machten abermals auf Gebrüder Nothing. Tags darauf war der wieder da! Und nun stellte sich endlich heraus, daß es der Hotelkammerjäger war. Ich hatte es an seinem ansehnlichen Giftsortiment erkannt, hinten hatte er so eine Taucherausrüstung am Rücken, ein schwarzer Mäuseparze; er wollte erkunden, wie häufig die Kakerlaken auftauchen. Wir haben europäisch gedacht und ihn reingelassen, damit er Ruhe gibt und seine Stelle nicht verliert, und er hat grinsend ein bissel in die Dusche und unters Bett gesprüht, und wir zwei jetlägrigen Teutonen waren etwas überspannt und erleichtert und haben immerzu »How many!« und auf deutsch »Mäuseparze, Mäuseparze!« gemacht und uns alle totgelacht. Allgemein heiterer amerikanischer Gebißeffekt. Deutschamerikanisches Astlachen. Er muß uns für zwei völlig Bekloppte gehalten haben, zwei Wikinger aus der geschlossenen Alten Welt.
Bei Bleeker-Bob-Records sollte uns ein Landsmann vorgestellt werden. Wir standen gefaßt da und überlegten, was für ein weiteres bekanntes Landsmannsarschloch wir zu gegenwärtigen hätten, als mit einmal Bleeker Bob hinter dem Plattentresen einen Verschlag aufriegelte und eine Deutsche Dogge uns mit vielmaligem ›Heil Hitler‹ verbellte. Wir befeuerten das Tier noch ein wenig, und noch am selben Tag mußten wir von einem Columbia-Dozenten Judenwitze anhören. Ich habe gleich gesagt, ich höre nicht zu, ich kann mir das aus bestimmten Gründen nicht erlauben. Sie traktieren die Deutschen, je nach Bildungsgrad, mit solchen delikaten Historia, weil sie selbst so unverschämt unbefangen mit ihrer ›Kauft nicht bei Indianern!‹-Geschichte umgehen und gern zusehen, wie wir wehmütigen, vom Ideal getriebenen Utopisten am Gewissen moralisch leiden und im wahrsten, schopenhauerschen Sinne zu Grunde gehen, als endloser Versuch jedenfalls. Diese unsere Lüsternheit der Gewissensqual ist ihnen einzig unbekannt und folglich exotisch. Sie versuchen diesen Lust-

gewinn jetzt auch zu figurieren: ›Political correct no smoking for South Africa women‹ und dergleichen perverse Operette, wo sie letztlich doch nur auf der Pisse der 3. & 4. Welt vergnügt kahnfahren. Sie meinen es gut. Unsere abendländische Tiefe erreichen sie aber nicht! Ihre p.c.-Kampagne heuer ist europäischer Luxus für sie, simulierte Moral mit medialer Tötungskraft, also Machttechnik, weiter nichts. Das sind reine Hologramme.

Butzmann hat mir dann doch einen von den problematischen Witzen erzählt, den ihm der Columbiagelehrte erzählt hat: Tanzdiele. Mann fordert Frau zum Tanz auf. Die sagt aber, sie tanzt nur mit Indianern und mit Juden. Darf man fragen warum? Oh doch: Indianer sind geschmeidig und tanztüchtig, ursprünglich usw., Juden charmant und gebildet usw. Der bekannte Klischeehaufen. Der Mann denkt kurz nach und sagt: Gnädige Frau, ich darf mich wenigstens vorstellen? Mein Name ist Winnetou Wiesenthal. Wir haben dann daheim Winnetou Galinski draus gemacht. Um den Dozenten eurodünkelnd zu foppen, habe ich eine Literaturdiskussion angetäuscht: »Die Leiden des alten Bahnwerther Thiel. You know?« Er machte autoprophetisch lächelnd einen auf »surely!« und hatte irgendwie wieder gewonnen!

Um uns unsererseits zurechtzufinden, haben wir Bücher dabei gehabt: Tocqueville: Amerika; Baudrillard: Amerika; Knut Hamsun: Amerika; Kafka: Amerika; A. Warhol: Amerika; Jean Paul: Feldprediger Schmelzles Reise nach Flätz und Arnold Gehlen: Urmensch und Spätkultur.

Man mußte soviele neue Namen abspeichern. Wir bringen Namen rüber, Baudrillard, Heiner Müller, Bahnwerther Thiel; die bringen Namen herüber, General Schwartzkopf, Jesus, Pettibone, Susi Sonntag, Bahnworth Thiel. Die bringen aber mehr Namen rüber als wir. Du kommst doch bei amerikanischen Künstlernamen gar nicht mehr hinterher. Deshalb legen sich alle auf Jeff Koons fest und weigern sich die neuen

Namen zu merken. Das ist sein Bonus. Alle wollen jetzt hier mal ein Jahr Ruhe haben mit neuen Namen. In einer Kölner Galerie habe ich mitgehört, wie eine Gattin ihren Jäger und Sammler fragt, wie noch der junge amerikanische Künstler heißt, den er gerade ständig kauft und der so sympathisch war die vielen Male daheim im Sauerland.

Um es kurz zu machen: Unser Auftritt im Museum war erste Sahne! »First class«, sagten sie. Die Anderson brüllte wie narrisch nach Zugabe, Cage wirkte nachdenklich, am Zufall zweifelnd, manche schämten sich, dachten an aufhören. Denn die Amerikaner tun nur so. Am Ende sind die erfolgreich und für uns war es wieder nur eine episch nützliche Episode.

Verlust der Mittel. Ich fragte mich bisweilen: Bist du bekloppt? Sieben Jahre Parmenides-Studien! Immerhin mit endgültiger Übertragung des berühmten, von allen Großmeistern einmal übersetzten zweiten Fragments. Meine Fassung lautet: ›Zwei Wege: Entweder es ist oder es ist nichts, Punkt!‹ Dann wurde ich auf meinem weiteren Studienwege in einer ontologischen Rechtskurve bei Heidegger aus der Bahn ›geworfen‹, und als man mich nun eines Tages am Telefon um einen Beitrag für eine Zeitschrift bettelte – und es sogar 250 Mark Vergütung geben sollte! –, da ward mir seltsam und Argwohn, denn: »Warum gibt es überhaupt etwas und nicht vielmehr nichts?«*

Gab dann auch nichts. Es telefonieren ständig Menschen in die Wohnung, dieses Blatt und jenes Heftchen: Kapielski, mach uns einen Text. Für umsonst. Und schreib schön besoffen, beleidige uns wieder tüchtig eine bekannte Persönlichkeit und vermassel für uns schön gründlich deine Aussichten auf künst-

---

* Vgl. nur mal zum Vergleich: Parmenides, Vom Wesen des Seienden, Übs. Hölscher, Frankfurt 1986, S. 15 f. sowie andere Übersetzungen; dazu insbesondere auch: ›Von Nichts kommt nichts‹, in: TAZ, 17. 7. 80.

lerischen und beruflichen Erfolg! Verhau für uns die Mächtigen und Einflußreichen! Das sagen sie natürlich nicht. Das schwingt stumm mit, man hört im Hintergrunde das strapsende Händerubbeln der Nachtigallen. Doch ich spiele ja mit.
Weil es plausibel ist. Die einen machen irgendwelche Zeitschriften, da machen sie den Kommandanten, wollen damit natürlich auch an die Sonnenseite gelangen und stopfen ihre Postsparbücher in diese Komplimentfischerei auf den weiten Blattmärkten. Sie verdampfen ihr Geld und Arbeit, machen Konzept und Layout und können dann nicht auch noch alles selber schreiben. Also werden wir schreibtüchtigen Etappenschweine für die Füllung benötigt. Und wir wollen ja auch an die Sonnenseite und veröffentlichen und berühmt werden und schreiben mit der Wurst über die Speckseiten, notfalls umsonst. Und das muß dann natürlich durchschlagen. Du willst eine cum laude-Benotung für deinen Deutschaufsatz. Also eine durchaus plausible Arbeitsteilung mit ausgewogenem Lohnverzicht.
Immer eines Tages kommt es vor, daß man die Seite wechselt. Dreimal kam jemand auf die Idee, Kapielski macht den ›Herausgeber‹. Warhol wußte ja bekanntlich, daß heute bei jedem Menschen einmal im Leben für fünfzehn Minuten die gute Fee mit den drei Angeboten zur Herausgabe eines Druckwerkes vorbeikommt. Meine war bereits erschienen. Dreimal durfte ich den Körnel machen, der Herausgeber sein. Dreimal hat mich das auf erlebnisreiche Weise in den Marasmus getrieben, drei unterschiedlich begriesmulte Vorhaben.
In den Jahren 80/81 wohnte ich wohngemeinschaftlich. Und sozusagen philosophisch vollmöbliert. In der Güntzelstraße hatte Gente eine Fünfzimmerwohnung gemietet. Da wohnten außer ihm immer noch drei, vier andere hochstudierte und sogar abgeschlossene, manchmal auch etwas verwirrte Menschen, Merve-Menschen aus dem Kreise der Freunde der zunächst marxistischen, dann psychoanalytischen und ›franzö-

sischen‹ Denkungsart. Also was man heute französisch nennt: Die Universitätsneffen und Hirnbestien Lacan, Deleuze und wie sie alle heißen, gaben uns sinnsüchtigen Gerechtigkeitsschelmen um 1976 Neuigkeiten zu bedenken: »Sollen wir es euch nicht mal zur Abwechslung französisch machen?« Na, das war doch was! Und so kam es, daß ich mitten in der Merve-Kultur wohnte, montags mein Anti-Ödipus-Oberseminar im hinteren Zimmer belegt hatte, worauf immer ein Saufen am Winterfeldtplatz folgte, und einmal dienstags früh, ich marschiere reststramm zum Pissen durch die Wohngemeinschaft – bumm! –, da verunfalle ich über Paul Virilios Reisekoffer! Das muß man sich vorstellen, Virilio, Reisekoffer, durch Pißreiz verursachte vektorielle Geschwindigkeit, Unfall, Akzidenz und einmal im Leben auf Pauls Reisekoffer ausgeglitten, wie weiland der besoffene Außenminister Schröder auf einer Fruchtschale, die dann tatsächlich eine Bananenschale gewesen war! Was das Außenamt zunächst verschwiegen hatte, wie nebenbei auch die vollfette Befindlichkeit dieses Pomadenmannes im Außenamt. Ein deutsches Geschichtsorakel! Wir waren damals auch schon so ästhetisiert, daß ich gleich den wichtigen Fotoapparat eingestellt und den Koffer geknipst habe. Ein kleiner flotter Kunstlederkoffer, ein gewissermaßen sowohl real als auch virtueller, also unscheinbarer Koffer mit einer korrekten Angabe über den Eigentümer unter so einem durchsichtigen Plastikschieberchen am Griff. Der Heimathafen des Dromokraten. Der nappalederne Begleiter des Dromologen. Das Knüllerfoto des Künstlers Kapielski! Es war eine sehr kompakte Zeit.*

Zu der Zeit begab es sich auch, daß Wolfgang Müller öfters im Verlag bei Heidi und Gente saß, und es wurde viel gescherzt und gebrainstormt. Wenn du solches siehst, ahnst du natürlich,

---

* Vgl. Abb.: Virilios Reiskoffer, in: Thomas Kapielski, Der bestwerliner Tunkfurm, Berlin 1984.

da wird was erscheinen. Es erschienen die ›Genialen Dilletanten‹ mit zwei ›l‹, und das war eine glückliche, gedeihliche Sache, für Merve gut, für Müller gut, für Berlin als Hauptstadt einer neuen Bewegung bestens – denn es lief ja damals mit dem Markenzeichen ›Geniale Dilettanten‹ bald schon so wie heuer mit den Olympiabärchen, so ein epidemischer Selbstläufer, den man nimmer los wird –, und letztlich auch gut für die doof und neidisch dastehenden distinkten Zirkel aller Art. Zu diesen congregatiae distictae zählte auch ich, und im Nachlicht dieses Bucherfolges muß Gente auf den Gedanken gekommen sein, der Kapielski könnte sowas nochmal machen. Na schön, habe ich gesagt. Ein Mann muß in seinem Leben einen Baum gefällt, ein Haus gebaut und einen Merveband gezeugt haben. Warum nicht? Ich würde gegebenenfalls sogar eine Ballettbühne übernehmen. Könnte man als Außenseiter durchaus was Ordentliches daraus machen. Zunächst mal, daß die Weiber nicht immerzu auf ihren großen Zehen umherstochern müssen und sich die hübschen Füße ruinieren.
Was also schwebt euch vor, hochverehrter Merve-Verlag? – »Thema Berlin.« O no! Habe ich gedacht. Das geht doch nicht! Das war also keine gegenstrebige Fügung, sondern eine gefügte Gegenstrebung diesmal, und das hieß Scheitern. Von Anfang an. Zunächst aber mal nicht. Man weiß es ja nicht gleich, und ich bin ja nicht doof! Tauben nach Berlin tragen ist besser als ein Dings aufm Dach, oder so ähnlich. Ich machte mir Gedanken statt Bedenken. Wollte diesen Berlinmuff austricksen und dann ein resches, keckes Bändchen daran vorbei zwischen die Säue schmettern, habe Briefe aufgesetzt, an Fischli-Weiss und Hinz und Kunz und sonstwen petitioniert und gemerkt, Scheiße, du willst was von denen für umsonst, aber drinnen – also immerhin Merve-Verlag! Aber du bist der Fürbitter, der gewundene Implorant. Du mußt diesen deinen ganzen Wunschärschen und Wasserträgern verklickern, daß sie was für dieses Bändchen machen und daß sie sich aber bitte-

schön ganz viel große Mühe geben! Und alles gefälligst nach meinen Vorstellungen. Also Bittbriefe ballen, Begehr bannen. Klapphornvers und Assonanz. Gesuch und Rhapsodie. Dann Warten.

Dann kommt erstmal gar nichts. Du stellst fest, daß die alle erstmal zögern. Wenn sie nicht gleich denken, du liebe Güte, Merve, die vielen Druckfehler, und Kapielski, das blöde Arschloch, dann hast du Glück, aber dann hast du sie noch lange nicht. Sie drucksen und zaudern erstmal rum, wer macht denn noch mit? Ein Geziere geht los. Nur die Ungewünschten, die Nieten schicken ihren Dreck. Da mußt du ihnen ihren Mist refüsieren, und sie können dich fortan nie wieder leiden. Die Erwünschten aber zaudern fürderhin und sind faul und ohne Antrieb. Kurz, dein herausgeberisches Ansinnen muß sich voll unterirdischer Verschlagenheit und Tücke allein aufs Ernteziel bündeln. Das ist die ganze Kunst. Es ist von Vorteil am Anfang, einen impulsiven Namen vorzuweisen, eine hier rundum geachtete Berühmtheit, und weil dein eigener noch nicht den rechten Effet impliziert oder gar abschreckt, einen anderen, einen bekannten und beeindruckenden Teilnehmernamen. Man braucht für den Anfang einen echten Bunsenbrenner, am besten sowas wie Heiner Müller, da fühlen sich alle anderen irgendwie nach inter pares gehievt und gebauchpinselt. Und das ist ja überhaupt ein Phänomen, der ist irgendwie universalkompatibel, dieser Müller; wenn du Heiner Müller hast, kannst du auch Friedrich Hegel und Diedrich Diederichsen und den Hamburger Hafen kriegen! Da gilt: ›Rhodos – hic salta!‹

Bei mir in Latein hat das mal einer in der Not seiner Unkenntnis genial mit ›Hast du Rhodos, hast du Salz!‹ übersetzt. Ihm zu Ehren benutze ich die alte ›hic et nunc‹-Regel seither strikt in jener Reformfassung. Hic Heiner – hic Einstürzende, zum Beispiel. Aber die wollte ich nicht.

Zu Beginn also ein Bunsenbrenner, der den Heini Müller

macht. Den macht aber derjenige auch nur, wenn andere ihm genehme, höherwertige Namen und so weiter. Du kommst dir wie ein Penner vor: keine Wohnung, keine Arbeit, kein Fischli-Weiss und was weiß ich. Mit irgendwelchen Verfahren muß man zwanzig, dreißig Figuren wie ein chinesischer Tellerjongleur über die Dead-line rütteln. Daß es klappen kann, sieht man an der Vielfalt und Fülle solcher herausgegebenen Drucksachen. Es gibt sie, die ›ars editionis‹, die Konvolute der ertragreichen, oftmals englischsprachig verbrämten Unverschämtheiten. ›Handling‹, ›Story mobbing‹, Hochstapeln und Antichambrieren, gegenseitiges Abseifen. Feindbildung ist auch nütze, man kriegt unter Umständen ein ganzes gutes Heft voll, wenn man sagt, jenes Arschloch dort macht auf keinen Fall mit! So ein Horx-Effekt. Da hat man auf einmal alle Kali-Kumpels auf einmal im Sack! Der Herausgeber muß ja gegebenenfalls kaltblütig sein: »Dein Beitrag ist Scheiße, du riechst nach Pißpott! Also kack ab, du Sackpinscher!« Oder noch fieser: Er kann ja irgend einen Heiner Müller für zweihundert Mark aus dem Telefonbuch mieten, daß er mitmacht. Dann kann er mit einer gebluffen Größe multiplizieren, die am Ende, wenn alles im Heftchen ist, dezent abgezogen wird. Alles sowas!

Ich wußte, du mußt deinem Feind letztlich beim nächsten Mal Rasieren in die Augen schauen! Soweit braucht es nicht zu kommen! Ich bin aufs Klo vor den Spiegel und habe ihn gefragt: »Kannst du das?« – »Klar!« – Dann hat er mich gefragt: »Willst du das?« Und ich habe ihm gesagt: »Nein.« Ich bin kein Lump genug, ›herauszugeben‹. Ich kann nicht schwindeln. Ich möchte, daß alle gute Freunde sind und mich lieb haben. So, wie die ›Glücksbärchi‹ untereinander sind. Ich habe einmal mit meiner Nichte diesen Film anschauen müssen, und ich danke dem Fatum bis heute für dieses hochpsychedelisch, glückhafte, läuternde Erleben! Ich will ein guter Mensch bleiben und unter den Angeschissenen verweilen. Also wurde nichts. Mal abgesehen davon, daß keine guten Beiträge kamen.

Der zweite Streich. Er allerdings erbrachte ein gelungenes, begehrtes und brisantes Heft beim Verlagskonsortium Karin Kramer/Petersen Press/G.S.P. mit dem Titel »Ein Fall von verdeckter Erotik in der Neugriechischen Malerei. Ein Exkursionsbericht«* sowie ein lebenslanges Hausverbot in einer griechischen Gaststätte und kostete mich eine Freundschaft sowie 600 Mark. Das ist aber eine andere Geschichte. Ich will auf diese hinaus: Es gab mal eine recht ordentliche, sehr Fluxus-orientierte Kunstzeitschrift mit dem neckischen Namen ›Zweitschrift‹, herausgegeben von einem Herausgeberpaar, Mann Erlhoff, Frau Brandes, die hockten da in irgendeinem 120 qm Merzbau mit Zentralheizung in Hannover, und wir kommen ja noch gleich auf sie zurück; jedenfalls gabs gegen diese Zweitschrift nichts weiter zu sagen, fanden wir ganz gut, war soweit gebongt. Sie haben 10 Nummern durchgehalten, und das will was heißen, bei so Heften mit vorwiegend Bildbeiträgen. Diese Hefte leiden in kaufmännischer Hinsicht ja darunter, daß man sie sich bei König in einer Minute umsonst angucken kann. Wenn man nicht an Sammelgier leidet, reicht das ja. Die Nummer 10 war dann die letzte Ausgabe**, und man ahnt jetzt schon? Mit Nummer 10 hat Kapielski zu tun. Genau. Und das kam so.

Ich war seinerzeit angenehm verantwortungslos, lediglich dickfreundschaftlich verbunden an der Peripherie eines fotokopierten Kunstblattes Namens ›Gepein‹*** mitschuldig. Sie selber nennen es heute im Nachhinein ›artcopymagazin‹. Gerti,

---

* Kapielski (Hg.), Ein Fall von verdeckter Erotik in der Neugriechischen Malerei. Ein Exkusionsbericht, Berlin 1991.
** Baacke, Buschmann, Brandes, Erlhof, Fietzek (Hg.), Gleichsam. Zweitschrift, Nr. 10, Hannover 1982.
*** Baacke, Buschmann, Fietzek (Hg.), Gepein, Nr. 1 bis 6/7, Berlin 1980 bis 1983.

Peter, Ingrid – die zwei Anfangsbuchstaben des redaktionellen Zentraltrios ergaben ›Gepein‹. Das hört sich schlimmer an, als es war. Die Zeitung war den Umständen entsprechend schon eins-a-eff-eff und jedenfalls DIN-A-3. Und es war auch mehr so, daß Gepein und paar andere und ich im Sporteck, Ecke Rönne oder im Kucheleck täglich Bier gesoffen haben, bis die Schwarte krachte. Auf wundersame Weise kam dann immer wieder eine neue Nummer nebenbei hinzu. Das war also mehr ein verdinglichtes Abfallprodukt; denn was wir da sonst an Ideen und Projekten ins Nichts geschleudert haben, ist unfaßbar. Manchmal ist man vors Sporteck einfach so raus und hat mit voller Kraft irgendwas Averbales, Asignifikantes gebrüllt. Damals war schon irgend eine dieser ewigen Berliner Bausubventionen im Gange, vor jedem zweiten Haus standen die Baugerüste. Je besoffener man war, um so öfter und höher ist man da hoch und hat von oben auf alle geschissen oder gekotzt, je nachdem. Wir waren so fertig, daß wir nicht mal mehr Autos klauen konnten. Wir haben grad noch welche Kabel rausgerissen, aber mit dem Schielauge den Zündkontakt nicht geschafft. Es war göttlich, wir waren die schärfsten, wir wußten hundertprozentig Bescheid, und alle andern waren Pisser! Das muß dieses Hannoveraner Zweitschriftenpärchen auch so gesehen haben. Die müssen auch ein wenig orientierungslos gewesen sein damals und ratlos; deshalb telefonierten sie eines Tages und wollten uns mal dringend sprechen. Wir ins Auto, noch den Philosophen Böhringer als sich gerade anbietende Verstärkung mit eingeladen und über die Intershops mit Osborne und Jim Beam nach Hannover. Dingdong, alle rein in den Merzbau, Bier aufn Tisch, sie wußten schon, hatten ordentlich Herrenhäuser gekühlt, und nu sagt, was wollt ihr? Sie hatten sich ausgedacht, daß wir mal eine Nummer Zweitschrift in eigener Regie herstellen, als vorübergehende Herausgeber oder Redaktion. Macht, wie ihr wollt! War das Motto. Ja, was sollten wir weiter sagen? Alles in Ordnung!

Wird gemacht! Dann wurde noch tüchtig geklugscheißert, viel mit Namen rumgeschmissen, die Herrenhäuser wurden weggestemmt, dann kümmerten wir uns noch um diesen Osborn, dann kam eine dunkle Phase, lallendes Fleisch wälzte sich lallend im Merzbau rum, schließlich alle irgendwo zu Boden, Nickerchen, schnarchen wie die Geisteskranken und hoch und wieder zurück nach Berlin ins Sporteck: den Zweitschrift-Auftrag begießen. Jetzt fing jeder für sich, also die drei Gepein und ich, wir vier fingen an rumzurennen und Leute anzuhauen. Jeder hatte so seinen Draht in gewisse Randgruppen, bespielte noch andere Sportecken und hatte seine Knüller irgendwo rumlaufen.

Ich war gewillt, der Zweitschrift etwas tiefere Gedanken zu vermitteln, nicht immer nur diese doofen unbedachten Zeichnungen und Abbildungen; habe erstmal Walter Seitter angerufen, Aachen. Ich stellte mir vor, wie er in seiner Lodenjoppe am Telefon zwischen den Büchern hockte mit Blick auf ein Feld und den Dom. Ich wagte das Unvorstellbare und stellte mir ein Foucault-Poster vor. Unvorstellbar! Pierro della Francesca-Poster, o.k., Gummibaum, eine Stehlampe, das konnte gehen. Er war sehr umgänglich, es gab keine Komplikationen, er hatte seine ›Menschenfassungen‹* in Arbeit und wollte den Schneeflockenteil schicken. Ich fand alles prima und erklärte, er braucht sich keinen Kopp zu machen, ick druck dit und dann kriegste deine Belegheftchen per Post wie üblich. Danke und Aufwiederhören. »Herrlich, herrlich, pflegeleicht! Das sind die wahren Meister!«

Tage darauf lief mir Mutfak über den Weg. Ein begabter junger Mensch, ein heiterer, seinerzeit wohl nicht mal 20 Jahre alter Kyniker und Pogokönner, sehr eloquent; man kannte ihn als Verfasser eines forschen Fanzines. Das Heft hatte die große

---

* Walter Seitter, Menschenfassungen. Studien zur Erkenntnispolitikwissenschaft, München 1985.

Kraft des unreflektierten, intuitiven Richtigmachens aus dem Stande der von Kleist im ›Marionettentheater‹ so überzeugend geschilderten Unschuld heraus; es befaßte sich mit Musik, Erlebnissen bei Auftritten spezieller Bands, mit Saufen und Mädels. Es war nicht sehr objektiv gehalten, ein Tendenzblatt, ein nihilistischer Pfahlbau, aber ehrlich! Und es hatte den plausiblen Titel ›Xkrrlmff...‹ oder so ähnlich. Der Name nun dieses heiter sarkastischen jungen Mannes selbst war etwas rätselhaft, aber letztlich wohl ein Inkognito, dem Firmennamen einer türkischen Wurst- und Nahrungsmittelfabrik namens Mutfak entlehnt. Nehm ich an. Man fand damals meist so neumodisch verbumfidelte Künstlernamen super, da fing es auch an mit dem super sagen, und nun meinetwegen Mutfak.
Also er kam besagten Tag mit einer Staffel kichernder und sich in der Reifezeit befindender, auch möglicherweise angetüterter Damen in offensichtlich höchstem Unternehmensfuror schubsmobil durch die Gaststätte Cafe-Zentral gewetzt, und ich ging ihn beherzt um einen Bitte-bitte-Beitrag an. Er soll machen, was er will. Ich hielt ihn für einen, dem man das so sagen kann. Hat er ja gesagt und ab.
Ach herrje! Das vergißt der dezent, hab ich mir gedacht. Für voll nahm der mich sowieso nicht. Drei Tage später lag ein mehr als mehrmals und vollends verbrauchter DIN-A-4-Umschlag im Briefkasten und roch. Eine leicht meskaline Schülerschrift, Absender Mutfak. Ich ging kurz raus und brüllte: »Et looft doch! Wer sachts denn?« Zu der Zeit war man im Grunde immer auch schon durchaus geisteskrank, und dadurch kam es, daß immer alles eigentlich wie geschmiert lief. Äußerlich gefaßt war ich wieder an meinen Arbeitstisch geschritten und hatte den säuerlichen DIN-A-4-Umschlag erbrochen. Er enthielt drei klägliche, ja bedauernswerte DIN-A-4-Lochhefterblätter »Rechenpapier, kleinkariert«, also diese an den Ecken gerundeten, komischen, gelochten Blätter mit den vielen Locherlöchern zum Abheften in den Lochhefter, respektive

Ringordner. Darauf befand sich nun folgendes, und ich muß jetzt rekonstruieren, denn die Blätter sind verschütt gegangen oder die hat jemand geklaut oder sogar purifiziert, aber davon später.

Also das ging in etwa so: Alle drei Blätter waren mit blauem Kuli bearbeitet, sehr akribisch, so, wie man seinerzeit, während endloser Schulstunden, ganze Hefte mit idiotischen Kugelschreibern vollgemustert hat, um den Übeln der langen Weile zu fliehen. Ich habe die drei Blätter angeguckt, bin wieder raus und hab mit aller mir zur Verfügung stehender Kraft »Heilige Mutter Gottes von Torgau!« gebrüllt. »Vom feinsten!«

Es war ja überhaupt alles vom feinsten! Seitter hatte seine Schneeflockengeschichte geschickt, sie schickten und schickten vom feinsten, und nur eins hatte nicht geklappt, Jägermeister war zu doof, und sogar die an sich für jeden IQ-Scheiß zu habende Werbeagentur GGK/Düsseldorf war auch zu doof gewesen. Ich wollte eine dieser unverwüstlichen Jägermeisterreklamen ins Heft rein haben. Foto: Edith Seiffert, die große vor-Zizekianische Lacanianerin mit Schnapsgläschen: »Ich trinke Jägermeister, weil wer Sorgen hat, hat auch Lacan!« Diesen außerordentlich guten Ausnahmeeinfall hatte ich! Gehabt! Es kam dann ein imbeziles Schreiben von einer Frau ›GGK‹ Kwade aus Düsseldorf, die natürlich keinen Schimmer von Lacan und schon gar nicht von Ernst Wilhelm Busch hatte und das nicht so zugeben wollte und aus ihrer Verstandesnot heraus behauptete, daß der Vorschlag »total vom Jägermeister-Konzept abweicht«. Na denn Prost, ihr Idioten! Werbefittis sind notwendig doof und Penner! Heute mehr noch als früher! Egal, ich hatte ja sonst alles und diese geschickt anästhetische Zimelie von Mutfak! Es war unfaßbar! Auf der ersten Seite dieser drei ärmlichen Ringordnerblätter war genau in der Mitte, den Linien des Karopapiers folgend, ein kleines Hakenkreuz mit blauem Kuli eingezeichnet. Am unteren Rand stand

wieder mit dieser puerilen Mescalinschrift »Oh, ein Hakenkreuz!« geschrieben.
Zweite Seite mehrere, vielleicht 30 in Reih und Glied angeordnete Hakenkreuzchen, er mußte das genau abgezählt und vermessen haben; darunter stand so in etwa: »Au weia, noch mehr Hakenkreuze!«
Seite drei auf den ersten Blick wie Seite zwei, vielleicht noch

paar mehr, aber genau wie vorher ordentlich übers Blatt verteilte kleine ins Karierte kugelgeschriebene Hakenkreuze. Was soll das jetzt, hast du gedacht und nach unten geguckt, was diesmal drunter steht. Es stand unten: »O je, noch mehr! (Und das dicke in der Mitte heißt Adolf).« Bumm. Du hast wieder raufgeguckt und tatsächlich, das in der Mitte befindliche eine war mit Kuli noch mal nachgezeichnet und also etwas dicker!

Was soll man sagen? Die Ästhetik war gut, das Mutfaksche Werk kehrte sich einen Scheiß um Kunst und war übers Banale virtuos an ihren Fallen vorbei zu eigener, schlichter, heiterer Anmut gelangt, hatte nebenbei die deutsche Geschichte auf den Punkt gebracht und hatte selbst eine zeichentheoretisch fundierte Moralfalle aufgestellt. In die man dann auch gerne tappte. Ich habe das hier mal für dieses Buch rekonstruiert. Schlußredaktion. Ich apportierte gespreizt wie die Ahnen meine Knüller, und Gepein fanden das Mutfakding nicht gerade so sensationell wie ich, aber gut. Dann war alles hervorragend und fertig, und wir haben ein rundes feines Heft abgeschickt. Paar Tage später große hannoveranische Aufregung! Alles ganz schlimm! Nach 45 mit Gas gekocht! Großes Geraune. »Wir müssen sofort mal nach Berlin kommen zum Diskutieren. Es gibt da ein paar Punkte.« Also gut, kamen sie angerauscht, Erlhoff/Brandes mit den Vorlagen retour. Diesmal hatten wir die Flens im Kühlschrank, plopp, plopp, alle an den großen runden Tisch und nun aber alles nicht mehr so lustig, alles ganz schlimm. Kein »Macht was ihr wollt!« mehr. Adorno, Horkheimer und die alle wurden mobil gemacht und gegen meine drei karierten, vermutfakten Lochhefterseiten geworfen. »Das geht nicht! Faschismus!« Auf einem Nebenschauplatz wurde mein Seittertext gequält: »Französischer Irrationalismus, Spinner, eigentlich auch Faschismus!« Es war unheimlich, die zwei an sich entspannten und weltläufigen Menschen mit einmal wie die Zeugen Hannovers und wie narrisch, an allem, was ich ihnen stolz apportiert hatte. Stiere Blicke. Es wurde exorziert. Wie im Irrenhaus. Ich stellte alle fünf Minuten die Frage, ob sie noch richtig ticken? Alle 40 Minuten piepte Erlhoffs Digitaluhr und dann pickte er sich gewisse Nitropillen oder was weiß ich für Pillen aus einem unglaublichen Pillensortiment heraus und warf das Zeug, als wär nichts. Bumm, bumm! Dann kamen wieder unerhörte Hammerschläge wider den Faschismus. Es stand ja noch weit

O je, noch mehr! (Und das dicke in der Mitte heiβt Adolf.)

und breit kein rechter Skin im Land, 82, aber man merkte schon, die Erregung, man brauchte unbedingt welche. Sie mußten gemacht werden. Wir Kyniker aber schmunzelten: Faschisten? Ich doch nicht und Mutfak nicht und Seitter schon gar nicht, sondern die! Man war schon zu der Zeit mit Detektoren unterwegs und feilte an schalen Empörungsriten, die aber durchaus brisant werden konnten, als erfrischte Zensur

und als durchaus bisweilen rabiate Sprachpolizei. Die depressiven Kräfte des guten Willens und der Linksliberalität arbeiteten sich vor in die Abgründe des Bösen. Verbrämt als Abwehr dagegen. Der historische Treppenwitz war unterdessen, daß unter den frei erzogenen Nachkommen ein ethikleeres Fleisch aufwuchs, das unbekümmert totschlug und die zugewiesene Stelle einnahm. Fazit: Seitter und die Ringordnerseiten wurden verboten. Mutfak ist verschwunden. Seitter muß weiterhin Faschismusvorwürfe hinnehmen; er wird schmunzeln darob und weiter zwischen seinen Newtonschen Kriemhilden rumhumpeln. Ehrenmann Kapielski zog schweigend davon mit sich und seinen Beiträgen, und Kamerad Mutfak wird sich dazu gedacht haben, der Kapielski hatn Nagel im Kopp, Sporteck und alles aufs Spiel zu setzen!
Bernd Kramer sagte, da mußt du eben bei uns was machen. Gut, sagte ich, im Grunde sind wir ja alle Anarchisten, das entlastet sehr. Wir haben in jeder Hinsicht alle nicht viel zu verlieren. Wenns wieder mißlingt, haben wir immerhin die Geschichten gehabt.

Blitzblanke Attraktion. Wir hatten noch überhaupt keine Kunst, kein gar nichts von Oskar Huth gesehen, da stand fest, wir würden uns eine Ausstellung mit ihm und den unbesehenen Sachen sehr wünschen. Oskar willigte ein, etwas entsetzt. Wir luden ihn zu einer Art erfrischungsgeladenen Vorbesprechung ins Nürnberger Eck ein, soffen zwei Flaschen Bismark, Petersen und ich stützten Oskar anschließend behutsam zurück an den Savignyplatz, und im Februar 88 gab es sie dann, diese Ausstellung im Hotel Nürnberger Eck. Oskar Huth bezeichnete das Hotel als ein Plüschsanatorium im besten Sinne.
Nun gab es aber eigentlich gar nichts zum Ausstellen. Das war uns egal. Darum ging es nicht. Es sollten dort sowieso lieber nichts darstellende, nichts präsentierende, niemanden belehrende, ›leere‹ Ausstellungen stattfinden. Und es ging diesmal

darum, daß wir uns freuen, daß es jemanden wie Oskar Huth gibt. Und das sollte besoffen werden und so.

Plötzlich bieten uns unbekannte Menschen am Telefon an, »etwas von Oskar mitzubringen«. Vom Gemälde bis zum illustrierten Bierdeckel. Es handelte sich um Freunde aus Oskar Huths vielen Leben, Lebensepochen, Doppellebensepochen. Oskar hat nie eine Linie gelebt. Es hat Aussetzer, Sprünge, Doppellinien, Generalpausen und Schnörkel gegeben. Es gibt sowieso Leute, die beschwören, sie hätten ihn in zwei verschiedenen Kneipen zum selben Zeitpunkt die gleiche Geschichte erzählen hören.

Gut, wir haben diese Sachen dort aufgehängt. Das war aber nebensächlich. Für Ausstellungsbesucher geht es um die blöde Frage: gut, schlecht? Das haben wir sabotiert, wo wir nur konnten. Die Leute sind durch die Zimmer gewetzt und haben »Wo hängen sie denn? Ja, wo hängen sie denn?« gerufen. Ich habe dann Seitter eingeladen, der sich selbst als Zimmer-fünf-Beratungsschreck ästhetisch inszeniert hat. Es gab nichts zu

sehen. Nichts Übliches. Es ging eher um die zentrale Lebensfrage: Wie kann man es anstellen, wie kommt man über die Runden, wie scheitern wir beherzt und undramatisch? Da war Oskar Huth der große Könner. Gegen die Nazis hatte er keine plump ideologische Gegenposition Aufstellung nehmen lassen, sondern paradoxe, geschmeidige, gebrochene und komische Lösungen erfunden. Er war als ein Herr Huth nach Bremen gegangen und kehrte als ein Herr Haupt heim. Seine Könnerschaft im graphischen und restaurativen Gewerbe nutzte er geschickt zur Produktion von Buttermarken und falschen Wehrpässen, die echter waren als die echten. Oskar hat sich auf immer sehr verblüffende Weise den Disziplinierungen, Normen und Kontrollen entzogen. Er muß Mut gehabt haben.
Oskar Huth war ein Gentleman! Die Kunst und das Werk betreffend beeindruckte uns, wie er sich einen Dreck um Erfolg scherte, um Größe und Bekanntheit und Besser-sein und ›gesund leben‹. Er war da und sprach bisweilen.*
Neulich standen wir auf dem Spaziergang an Oskars Grab an der Zossener Straße. Sie haben ihm so einen komischen Grabstein aufgestellt. Ein gut gemeinter. Ich sagte zu Katrin: Ich finde, der sieht aus wie ein Lutscher. Da sprach Katrin im Angesicht der Ewigkeit mit tiefster Erkenntnis das banal Treffliche trocken: »Dauerlutscher.«

Die Alltagslage hat eine so absonderliche kompakte Gewissenhaftigkeit, aber dennoch doll doof. Oskar Huth erzählt Jes Petersen und mir in Jes Petersens Galeriekabuff in der Goethestraße.
Also, was in der Politik, was Laune für eine Rolle spielt, und zwar in der simpelsten und unvorstellbar fatalen Art, nämlich,

---

* Vgl.: Für den Fall der Nüchternheit. Almanach zum 60. Geburtstag von Oskar Huth, hg. von der Oskar-Huth-Gesellschaft am 26. Februar 1978.

wie der Mensch gerade gegessen hat, wie er sich physisch fühlt. Und die Deutschen, die man hören wollte, was denn nun nachm Krieg gemacht werden soll, ja man holte die Leute ran zum sogenannten Arbeitsessen – aus dieser Zeit ist mir der Begriff sehr geläufig und sehr widerwärtig geworden –, die Leute waren erschöpft, konnten soviel essen, fressen, wie sie wollten, fraßen unheimlich und waren danach im Nervenkostüm und auch rundum erschöpft. Und die Amerikaner, das soll nun kein Vorwurf sein, waren doch aber ahnungslos und hatten wirklich wenig Phantasie, sich hineinversetzen zu können, wie ein erschöpfter Mensch vor Hunger, Ängsten und Schlaflosigkeit nicht mehr imstande ist, vernünftig zu konzipieren. Ja, die Maschine im Busch, die dröhnte, dröhnt und strömt, eine Geräuschmixtur, die jeden Gedanken erlischt, und man hat nur noch optische Wahrnehmungen, die sind auch fatal. Die Leute entweder unbegreiflich seichter Frohsinn oder gedrückt stumm oder total ohne Ausdruck. Ja, wenn man will, durchblutete Maske. • Na, davon haben wir heute auch reichlich von. Fahr mal U-Bahn, da hast du ja die Bänke so vis-à-vis, das sind Portraits! • Dann die Scheußlichkeit, den Walkman der Mitreisenden zu hören, nicht selten sinds zwei, was die Leute dabei erleben, die müssen einen Krach im Ohr haben! Ach, daß der Mensch es nicht schafft, bei allem, was sich machen läßt! • Das sind für mich nur Bilder. • All das Erlebte in der ersten Nachkriegszeit kommt jetzt, wo ich älter werde, in einer solchen Intensität zurück, wie ichs nie vermutet hätte. Gut, ich dachte auch nicht, daß ich das mal vergessen würde, sowas kann man nicht vergessen, diese Erlebnisse. Aber daß sie so zurückkommen und zur Bedrückung werden! Ich kann manchmal durch die Stadt nur belastet gehen, weil Straßenecken, Häuser mich erinnern, was da passiert ist, wo Freunde umgekommen sind. Die Fatalität und das total Irrsinnige, in den letzten Jahren steht es mir fast täglich immer wieder vor Augen. Also ich kann nur sagen, es ist so, und kann

es kaum beschreiben. • Kriegsende? • Man hörte übrigens in diesen Tagen schon die Artillerie, die Russen, glaube ich, ich kann es jetzt nicht ganz sicher terminieren, auf jeden Fall hörte man die Artillerie von der Oder aus schon in ganz Berlin. Und das setzte in der späten Abendstunde pünktlich ein und hatte dann am Morgen eine Pause, vielleicht fällt mir noch ein – da kommen so die Bilder zurück und dann kann ich mich plötzlich an Uhrzeiten erinnern, im Augenblick funktioniert das nicht so ganz. Ich gehe Straßen lang und sehe da den Toten liegen und sehe da den im Hausflur, der sich an die Hauswand stützt, man guckt ihn genauer an, er ist tot. Die Stadt war bereits umstellt. Es ist aus. Mit dieser Firma ist Feierabend. Aber, da gabs was anderes. Also, wie man sone Stadt, in der man aufgewachsen ist, erlebt hat, zertrümmert, alles war weg. Es war für etliche Leute eine richtige Erlösung! So, jetzt haben sie das bekommen, was sie den anderen zudachten, und wir glaubten damals, so, den Quatsch wirds nie wieder geben, Deutschland wird nie wieder militarisiert. Das hat jetzt gereicht. In den Bildern, die zerstörte Stadt, und so war ja – du fragtest mich nach dem Gemütsklima, wie waren die Menschen temperiert, die wenigen? – Ja, abartig! Wir habens teilweise genossen, diese totale Zerstörung. Wenn Hitler von den Gotteshäusern redete, die von unsern Feinden bombardiert werden, dann war Hitler der, für den ein Gotteshaus keine Bedeutung hatte. Das kann man an all seiner kitschigen, sentimentalen Zeichnerei sehen. Das war der sich selbst autosuggerierende Hysteriker par excellence!
Der Wahnsinn ist kaum noch vorstellbar. Die Alltagsbedürfnisse, die einigermaßen balancieren zu können, forderte ein fast wahnsinniges Lebensbegehren, mit einem unbegreiflichen Optimismus gepaart, man war so ausgelastet, dann Feuer, Heizung, Einrichtung zu machen, aus Stein, wo man einen kleinen Ofeneffekt hatte, wo man drauf kochen konnte, aber man hatte ja nischt zu kochen. Also auf jeden Fall wurden die

Vorgärten, besonders im Bayrischen Viertel, das ja nicht so sonderlich gelitten hat, die Vorgärten, da wurden die Leute begraben. Und wenn man Muße hatte, dann machte man auch einen Hügel dazu. Und auf diesen Hügeln haben die Kinder gesessen und gespielt, mit Kullerchen, was sie auch sonst so hatten, Schiffchen gefaltet. Ja, und gleichzeitig, da, wo die Leute begraben waren, stellt euch vor, jemand hatte eine Kartoffelpflanze, und gleich neben das Grab kamen auch die Kartoffeln, die allerdings nicht so besonders gediehen waren. Das Brot, was man bekam, war feucht und klitschig, man mußte lange nach anstehen. Tja, ein fataler Effekt, aber der in diesem ganzen Blödsinn auf eine makabere Art Humoriges bewirkte, ich muß es mit deftigem Wort sagen: Von diesem Brot pupte jedermann im Rhythmus mit den Kindern. Es stank allerorten!
Nirgendwo hatten die Nazis den Charme der Operette. Die Obrigkeit ist eine von Gott gewollte Sache. Im guten Sinne kann man so etwas verstehen. Aber nur der leiseste Mißbrauch verletzt das Ganze und macht es zu einem psychischen Schutt. Aus bisweilen einleuchtenden merkantilen Gründen, wie man Gesellschaft balancieren will und glaubt, es unbedingt zu müssen, aber meist tun das ja die Leute, die keine Empfindung für Leben haben, die es alles in die Präparatur ziehen wollen. Aber ich wünschte mir immer noch die Kraft, beten zu können. Im Krieg konnt ick dat noch, dann überarbeitet vom Krieg, hab ichs, ich muß es mit Bedauern bekennen, verlernt. Aber bin dennoch kein Atheist. Scheinbar sind wir reizüberflutet, daß es aus allen Nähten kracht. Also jedenfalls neige ick zum Rückschritt, wenn ich so im Zwiebelverzweiflungsfisch sitze, aber ich gucke dann auf den Savignyplatz und da, wo früher Pferdchen standen, stehen heute alles Blechmaschinen, ja, und es ist soweit gekommen, daß der Mensch glaubt heutzutage, oh, was ist alles an so einem Rolls-Royce und einem Mercedes dran! Im Vergleich zum Klavier, an einem Klavier, einem

guten Instrument ist viel mehr Mensch dabei als bei diesen Blecheimern! Mögen sie auch noch so luxuriös poliert und durchgefummelt sein. Schluß. Ja, du, und kannste nicht dazu mal n bißchen bellen, Jutty? • Den Glauben mußt du ja verlieren. ›Für Gott und Vaterland!‹ • An der Koppel stand das. • Hat die Kirche das nie zurückgezogen? • Nein, nein, gewisses Bemühen um Traditionsbewahrung hat die immer gezeigt. War damit auch erfolgreich. • Es gab doch auch ein paar sehr mutige Widerstandsleute bei der Kirche. • Es gab einige Leute, ja. Aber im gesamten Klima war alles so vermatscht, daß die gute Gesinnung nur höchst selten noch eine Möglichkeit hatte, erkannt, erfühlt zu werden und sich entfalten zu können. Und der Zwang, durch den Alltag zu kommen, war so permanent, daß eine spirituelle Entfaltung für den Menschen außerordentlich beengt war. War das verständlich, was ich gesagt habe? Ja. Und Politik; ist der Mensch machtlos! Gegen Natur, Liebe und Kunst ist der Mensch machtlos. Das ist ne Trivialäußerung, aber mit meiner Wahrnehmungstüchtigkeit komme ich darüber nicht hinaus. Und eben, daß ich bedaure, darf ichs wiederholen, begehre, wieder beten zu können, aber außerhalb der Konfessionen. Na, hoffentlich werd ick nich erschossen. Prost! • Prost!! • Ja! Ein guter… und kommt direkt aus dieser Flasche. Och ja. Au warte. Das ist ja das Edelste! Und wieviel Volt hat der? • Der hat, warte mal, dreiundvierzig Prozent. • Dreiundvierzig!? Also durchaus vertrauenerweckend! • Wer glaubts? Und wer glaubte? • Die Introvertierten, die theistisch vom Charakter, vom Gemütshabit her geartet waren. Das ist eine subjektive Auskunft jetzt. So, ick trink een uff mein Vadda und eenen uff meine Mutta! • Prost! Es ist doch gar nicht so einfach. Ich meine, heute gibts natürlich ganz große saubere Arschlöcher, die behaupten, sie hätten ja schon 1925 gewußt, wie das wird mit den Nazis und den Juden und dem Krieg. Ich glaube, gerade so grüne Ökogerechte haben im Grunde eine große Affinität zur Scholle und zum Blut und zum Eichenbaum und zu baumwollenen Dirndelparteien. Im übrigen gabs ja seit 1922 in Italien einen Faschismus ohne das Dumpfdeutsche, wer konnte denn wirklich ahnen, wie das wird? • Oskar, durch deine Herkunft hattest du gegen die Nazis auch ne andere Wappnung. • Ja, in der Tat, ein Geschenk des Schicksals. Ich konnte mich durchaus hineinversetzen, wie der Mensch in einen Beruf hineingedrängelt wird, man erwartet etwas von ihm, den er gar nicht begehrt. Insofern habe ich ein, doch etwas über die Alltagslage hinaus, wohlwollendes Kismet gehabt. Fällt mir ein bißchen schwer, es zu erklären. Im guten Instrumentenbau, in einem vitalen Handwerk, und vitales Handwerk ist nur dann da, wenn der Mensch auch sensibel ist, das grobschlächtige Gemüt kann kein nerviges Handwerk betreiben, zu einem nervigen Handwerk gehört: feine Nerven und, Geschenk der Natur, die Kraft. Ohne Kraft kann man nicht sensibel sein! Dann heißt es nicht sensibel, dann ist man hysterisch. Und da liegt ein Unterschied. Sensibel geartet zu sein, Entschuldigung, das ist jetzt nicht so gemeint, dazu, dazu gehört Kraft, nicht nur des Gemüts, ooch des Körpers. O ja, nu is lange her, aber jetzt kann ick eigentlich noch Eenen kosten, die Kraft ist noch übriggeblieben! Dat is der Rest. • Das merkt man, wunderbar! Ich wollte jetzt nochmal... • Dein Gedächtnis ist ja fabelhaft! Da, wo du dein Gedächtnis hast, da hab ick pünktlich und solid mein Vergessnis, heute. • Ach Oskar! So, Oskar, ich muß dir mal... • Und daß du mich an Bremen erinnerst... Na sdorowje! • Wieso, was ist mit Bremen oder ist das indiskret? • Ja, ich wollte dann auswandern aus dem Klima der Epoche. Also nein, nochmal zum Militär gehe ich nicht, zehn Tage war ich mal dabei. Ich habe auch schon mal zehn Tage im Gefängnis gesessen. Aber immer nur zehn Tage. Beim Kommiß war ich nur zehn Tage, erlaubte mir eine kleine Spaßelei, habe es dann so balanciert, den kleinen Spaß, daß ich aus Mangel an militärischen Kenntnissen nach zehn Tagen entlassen wurde. Aber ich habe mich nicht vergiftet, ich hatte mir gegönnt: einen Hungerstreik. Wie die Rekruten, die jungen Eingezogenen alle so einen köstlichen Appetit hatten! Die mußten doch immer fressen, und ich konnte mit meinem Teller immer den Nachschlag, es mußte ja die ganze Veranstaltung gefördert werden, die geplante, noch einen Nachschlag, noch n Nachschlag. Die haben ja nicht gemerkt, daß ick garnischt aufm Teller hatte. Da sitzt man wieder zusammen am Tisch und tut so, als frißt man. Die haben meinen Hungerstreik nicht erkannt. Ich habe mich also nicht vergiftet, mit Drogen oder..., sondern dachte mir, wenn de pünktlich erschöpft bist und zum Appell und die Klamotten müssen wieder gewaschen werden, also na, da, und der Vizefeldwebel oder dazu: bums, dann fällste pünktlich um, weil de eben erschöpft bist und nicht vergiftet. Und dann wird der gemütsberatende Militärarzt feststellen, ja also der Mensch ist ja doch also zur Zeit nicht so ganz, den stellen wir ab. Wat hat er denn für, wo kann man ihn nutzen für, na und so weiter und dann wieder raus. Ja, wars noch verständlich? Na und dann dachte ich, nein, diese Firma liegt dir nicht, da gehste nicht wieder hin. Nu ja, und dann habe ich illegal gelebt und habe eine... • Feuer? • Empfindlichen Dank! ... Freundin, der habe ich viel zu verdanken. Wäre ich da ertappt worden, aus! Nicht nur ich, sondern sie und ihr Sohn Thomas, wir wären alle auf dem Schafott gelandet. Es war so in einer richtigen, gut balancierten Spießergegend. Wenn einen die Leute immer schon vorher gesehen haben und man sich grüßte, da kam überhaupt kein Mißtrauen auf. Man muß so leben, daß die Leute immer glauben, ach, den kennen wir ja, das wissen wir ja alles. Und ich hatte die Gunst, daß ich, um die freischaffenden verschiedenen Künste studieren zu können, daß da Kautsch war. Kautsch war damals an der Hochschule für verbildende Künste der Kustos. Und der Kustos Kautsch war ein gediegener Preuße von der vornehmsten Art. Und so war ich befreit vom Schulgeld. Gerd Röhricht war mein Lehrer, ein respektwürdiger, solid handwerklicher Zeichner, na, also dem muß ich einiges danken, habe ich doch bei ihm was gelernt. Entschuldigung bitte, in der Erinnerung ist das so schwierig, da glitzert es so durcheinander, dann hat man, was vorangegangen war, erzählt man später und später erzählt man das Vorangegangene. Da habe ich einen, son, damals kaufte man noch Brot und Butter und es wurde einem verpackt, na, es war ein bißchen anders als in einem Selbstbedienungsladen. Nichts gegen die Unternehmer, aber gegen verschiedene Unternehmer aber auf der Stelle alles! Dagegen! Wenn man so in die Konfektion hineingerät, da wird es schauergünstig. Also son Butterbrotpapier genommen und darauf geschrieben: Mein Freund ist gerade in Bremen, ich kann diesem Gestellungsbefehl nicht folgen, denn der Gestellungsbefehl hatte eine kleine Unternote, ganz dünn gedruckt: Wer diesem nicht folgen kann, der hat sofort ans Wehrbezirkskommando den Gestellungsbefehl zurückzuschicken mit plausibler Begründung. Und det war meine plausible Begründung auf dem kleinen Schmierzettel: Ich muß unbedingt nach Bremen, mein Freund ist da, den muß ich besuchen und bitte, liebe Mutti, mein Vater hätte Bange um mich gehabt, mein Vater war ja keen Preuße, so gute Preußen, aber das war er ja nun ganz und gar nicht, so etwa nach Anweisung zu arbeiten, nee, da kommt selten was Gutes bei raus, es sei denn ne Massenveranstaltung. Ja, und dieser Zettel sollte nun bewirken, also ich komme gleich wieder zurück, aber da waren gerade die Luftangriffe, Bremen, und da dachte ich mir, die Mutti wird den Vati trösten. Und so war et ooch, hat die Mutti immer dem Vater gesagt: Ich fühle, unser Sohn lebt noch! So hab ick psychisch tröstlich balanciert.

Und denn haben wir uns ja auch wiedergetroffen, hat n paar Jahre gedauert. Ja, und dann war ich weg! Ja und meiner Freundin der Gemahl, der Freund, war gefallen, also es ist mir das eine, was ich mir da selber an Sünde zurechnen müßte, sie besuchen, ich müßte mit ihr reden. Da habe ich dann meine

Werkstatt im Keller einrichten können. Es gibt heute nur noch einen Mann, das ist der Konrad von Hammerstein, der sich erinnern kann, daß ich da im Keller eine Werkstatt hatte. Ich druckte auf der lithografischen Presse, die ja so technisch konzipiert ist, daß man alle Verfahren, Hochdruck, Flachdruck, Tiefruck, kann man alles auf so einer drucken. Und dann gingen die Leute alle in den Luftschutzkeller, und da lasen sie nun, ja, der Herr Haupt, diese kleine Veränderung nun, ich hieß ja Huth und nun also Herr Haupt, den kenn wa ja alle und der Blockwart auch, der arbeitet fürs Botanische Institut. Dann lag immer das, was ich fürs Botanische Institut drucken mußte, vorne und dahinter dann die gefälschten Papiere, hat keener jemerkt, nee. •

Also ich möchte... • Also gemeinsam kommen wa erstmal gemeinsam von draußen, vom Waldi her. • Also ich möchte etwas mal vorlesen. • Laß es glitzern! • Also, es geht hier um ein physikalisches Weltbild: Schopenhauer, gab es heiter die weitere Richtung an, wie stellen Sie sich das vor, die Stelle, wo der Raum ein Ende hat? • Jei, jei, jei, das kann nur ein Suppenhauer erklären! • ... das laß ich jetzt mal aus. Weiter: Unser Gehirn entwirft vereinfachend, biologisch ausreichend, einen dreidimensionalen, euklidischen, verschwommen unendlichen Raum, eben ein Stückchen Tangentialebenen. In Wahrheit aber ist diese in sich zurück und in einen vierdimensionalen hineingekrümmt. Denken Sie an die Kugeloberfläche im zweidimensionalen Beispiel, also mit endlichem, in Zahlen ausdrückbarem Durchmesser. Unbegrenzt, aber nicht unendlich... • Also, der Arno Schmidt hat ja gigantisch gegrübelt. Aber dennoch mit faszinierender Reflexion. Wenn Thomas Mann sich immer bemüht, die nackte Wahrheit sagen zu wollen und mit welcher... Der hat mit ner Empfindung, ja, also, das ist so fabelhaft, das ist einzigartig und bloß es kommt ja dazu, der redet ja so deutlich den Menschen an, daß man plötzlich wieder merken muß, wie dumm man ist. Also, Freunde, über eure

Lebensstrecke, hattet ihr schon mal den Genuß, eure, also hattet ihr schon mal den Genuß, euch richtig erkennen zu können, was Reflexion, Verstandesleistung..., nein, das ist nicht im leisesten eine Kränkung, aber konntet ihr mal, konntet ihr tatsächlich mal genießen, wie dumm der Mensch sein kann? Bin behaust, gelegentlich in einem kummerträchtigen, ä ja, kummerträchtigen Mangel an Geistesgegenwart. Aber, das war schon deutlich, der hat gegrübelt mit respektwürdiger Lebendigkeit. • Der macht da aber so ein Brimborium über ›unbegrenzt‹ und ›unendlich‹, das ist so ein Geistesprogramm, das bläht sich so auf... • Das war das Wort, es könnte sich aufblähen. • Er versucht sich doch aus der Realität des Bösen, Krieg, vermittelst solcher Theorie herauszudenken. • Nein, unserem, unter uns, entre öng, sind wir doch so balanciert verrucht, daß, wenn nicht Böses von außen auf uns zukommt, wir doch immer balancetüchtig sind, auch wenn wa mal n bißchen bedämelt sind. Aber was da konzipiert wird, wir werden langsam umzingelt. Selbstbedienungsladen! Gibts ja gelegentlich janz freundlich geartete, freundlich geartete, freundlich, freundlich, freundlich geartete Fräuleins. Aber wie ist es schauerlich, es mangelt an Gestus, es hat den Charakter einer Idiotenperfektion! Jetzt kommt die dröhnende Pause, weil, wir empfinden es alle so, und schon fällt uns wieder nichts ein.

Aber Schnaps is ne Wucht! Wozu ist der Verstand nütze, no? Bewirkt er absonderliche Merkwürdigkeiten, der Mensch gerät ins Grübeln, und dann weeß er nich mehr, wo er hin soll. Und dann noch die probate Umständlichkeit. Wie balanciert man die Alltagslage, den mehr oder minder verklapperten Vermögensstand? Da geht es bei mir, na, alltäglich, aber nicht mehr einwanderungstüchtig, sondern absonderlich rumgeschubst mit treulich gearteten Umständlichkeiten, die mir, wo ich mich bedanken muß, aber mit zartmobiler Attraktivität, mir zu Herzen gehen. Aber dennoch kann ich nicht mehr so

richtig durchhalten. Warn bißchen umständlich, wa? Der Verstand, der Verstand sollte ja ein Geschenk des homo sapiens sein, aber wie fiel er so bisweilen, man kann ihn nicht genügend verfolgen, wie fiel dieses Geschenk so absonderlich rum. Mann! Also, die infinitive Festigkeit, den Alltag bewahren zu wollen. Is ja gar nicht so einfach. Trinkste jut weiter, aber nur per Unfall, und der muß gut geatmet sein. Hat man wieder das Erlebnis: tatsächlich, es gibt ihn noch! Warn bißchen zu laut. Und das war ne sehr subjektivische, aus der Gemütslage schlüssige Bemerkung. Aber jetzt muß ich erst mal strampulativ ein bißchen mich einer unabwendbaren Leibesengigkeit befreien.
Ihr ahnt gar nicht, wie balanciert durch die Alltagslage remembrisierend verkehrt Klavier gespielt wird! Dett warn Bekenntnis. Und, ach, ich will mich ja nicht mit Pianisten anlegen, die spielen ja immer so wie, ooch, schubsmobile Ultraakrobaten. Aber wenn wir aus dem Zeitmobil der Epoche, Alexander Bralowski, er hatte ein Gespür, wer hört ihm zu und wer nicht, das war eine Darstellung, die hatte nicht diese Ultrafestigkeit, aber Musikant war der! Man spielt doch jedes Stück mit dem Klima, wie atmet gerade der Raum, die Leute. So ist es. So, dett hab ick aba jetzt heftig jeäußert! Jeder ist mal, bin ich euch zu betrunken, ja schon.
Mein Vater hat mich im Prinzip überlebt, aber ich bin noch übrig geblieben. Der ingeniöse Militäroffizier Tschukow mußte organisieren mit militärischem Verstand: Jetzt soll der Krieg pünktlich zu Ende gehen. Na, der Krieg war mühsalsträchtig. Wie kommen wir denn pünktlich, und wie nehmen wir Berlin ein? Tja. Der Marschall war, so konnte ich glauben, ein doch ethischer Sozialoffizier. Ah, die gesamte Organisation, so Herr Tschukow, haben Sie die meisten Verluste, um den Krieg beenden zu können, um die Einnahme von Berlin gehabt, und ick bin keen Hitlerist! Der ingeniöse militärische Aufwand, Berlin zu kriegen, war ungeheuerlich. Und da fragte

ich dann den Marschall, sagenSe mal, wie haben Sie denn das organisiert? Da sagt er: Das haben wir militärakademisch gelöst. Und wie war das mit den Verlusten? Ungeheuerlich. Stalingrad und Berlin zu fassen, das kommt euch heute alles sonderbar vor. Sie hatten die Verluste um Berlin wesentlich höher wie um Stalingrad. Und das will keener mehr hören. Weil immer solche Reißbrettfunktion, man meint es im Griff zu haben, und dennoch geht alles dröhnend durcheinander. War ich zu laut? • Nein, Oskar! • Es mangelt mir an Beweiskraft, aber dennoch an Erlebnisstabilität mangelts mir nicht. Ich kann mich noch erinnern, bar jedweder Forderung oder Zudringlichkeit besonderer Befragung, ich sage euch, wie ichs erlebt habe. Bin zu erschöpft, der zur Alltagslage, der der Alltagslage vis-à-vis steht, hat keene Pause, um lügen zu können. Ja, das hatte eine balancierte, atmende Prosa. Aber unsereiner, als freischaffender Trinker. Prost! • Prost! • SagenSe mal, Sie sind ja auch ein Laster, der privat spezial…, hab sowas von balanciertem Ungeheuer lange nicht erlebt. Guten Morgen. Tatsächlich, es gibt ihn noch. Freimut oder Halluzination? Guten Morgen! • Ist der Hoffnungsschimmer am Ende Wunschdenken oder was? • Nein, das ist sabbelhaftes Alltagsbegehren. So gehts alternden Leuten bisweilen. Denen kommt nichts Besonderes mehr in den Sinn, aber möchten doch nicht beengt im Alltag rumstrampeln müssen. • Und was wäre der Alltag? • Die nackte Dummheit. Guten Morgen. • Und wenn man diesen genormten Alltag gar nicht meint? • Da hat man sich ein bißchen verwedelt. Ach hoppla, kann doch unter uns bleiben!? So strampulativ sind wir nicht. Wir wissen, daß gelegentlich die Gemütslage reflexionstüchtig ist, aber muß ja nicht permanent verfolgt werden. Guten Morgen. BleibenSe weiter so balanciert heiter, aber brüllenSe doch nicht verstandlose Leute immer so umzingelt an! Guten Morgen. In uns sollte doch, in unserem entre öng sollte atmende Freimut hausen. Aber wieviel kantterativen Aufwand muß man erst haben, um atmende Freimut, zu einer solchen erst...: Erstens, die atmende Beobachtung, daß man spürt, och, hoha, das ist Freimut, was!? Und dann pünktlich mit sensitiver Gemütsakrobatie durchhalten. Wat, die Freimut, wo kam sie denn her? Von draußen. Von draußen. Wie kam sie denn rin? Von draußen kam sie nach innen rin. Und schon ist man wieder köstlich atmend... SagSe mal, Sie? Balancierter Unhold, Sie! Na, man darf doch mit Demut ein bißchen freimütig, bar jedweder Polterei direkt zur Alltagslage fragen? Wie lange sind Sie schon so jung? Seid ihr vital oder nebulös? Seid ihr ein, ein gewissenschaftliche, köstlich balancierte Schmonze? Na, det quietscht n bißchen in unserer Gemütslage. Wie lange sind Sie schon so professionell? Welcher Fakultät Unholderei haben Sie sich mit atmender Besandung überantwortet? Sind Sie, na, also Boxer auf der Stelle nicht? Aber Freimutsakrobat? Könnte ja so sein. Na sagenSe mal, Se sind ja pünktlich zergrübelt. Fummelation, nicht balancierte Gemütscourage, heute sind wir in absonderlicher Weise der konzentrierten Fummelei überantwortet, Fummelation.

Atmende Stille oder träumt ihr schon wieder? Träumt ihr radikal besser? Träumt doch mal radikal besser! Die Alltagslage hat eine so absonderliche kompakte Gewissenhaftigkeit, aber dennoch doll doof. Guten Morgen. Das bleibt aber unter uns. Freischaffender Gemütsakrobateur. Gelegentlich muß man sich ja erfrischen, könnenSe och noch mal ein Zigarettarium, absonderlich... Also du bist ja ein appetitlicher Schläuling! Kuckuck hat sich auf dem verfeinerten Zwitscherwaldi. Guten Morgen. Seid ihr auch so kummerprächtig elektrisch und solid? Och, bei euch geht doch alles zart mobil und pünktlich durcheinander. Guten Morgen. Ja, könnenSe noch n bißchen rational grübeln? Oder halten Sie den Alltag für vermeintlich unkommod? Rumps, och sowas, ja. Über welche Alltagsstrecke waren Sie so jung? Naja, früher oder später muß ich dann tödlich sterben, aber ungern. Da habt ihrs! Und so dröhnt die Alltagslage. Guten Morgen. Tjaja, das ist der kompakte aber dennoch balancierte Unverstand. Guten Morgen. Stört mich überhaupt nicht. Bitte, Wiederholung! Guten Morgen. HabenSe mal gelegentlich nachgedacht, also in der Art reflektiert, habenSe eine Denkung begehren wollen? Na, ihr seid ja atmende, balancierte Schönlinge. Und ich bin freischaffender Erfrischungsakrobat. So, da habt ihrs! Hm, naja, und so weiter. Der Verstand enthausel mir. WarenSe n bißchen aufmerksam? Alltagsnonsens, Subtilbalance. Guten Morgen. Bin freischaffender Sozialtrinker… SagenSe mal, können Sie mich mal gemütsvalenztüchtig kamodetisch beleidigen? Wat, ick sitze so rum, und ihr habt den grandiosen Atemzug? Weil ick so dumm rumsitze, aber abjesprochen, ich sitz denn eben so n bißchen dumm rum. Darf den Mund halten, keine läppischen Äußerungen, introvertiert, gemütsbalanciert, den Mund halten und dann sitzen und so. Ham wa ne Sitzung.

Aphorismus. Komisch, daß die Hals-Nasen-Ohrenärzte Hals-Nasen-Ohrenärzte heißen. Meiner Auffassung nach müßten sie entweder Hals-Nase-Ohrärzte heißen oder Hals-Nase-Ohrenärzte, weil man einen Hals, eine Nase, aber zwei Ohren hat (man allerdings nicht unbedingt an beiden Ohren erkrankt), oder sie müßten allgemeiner gefaßt Hälse-Nasen-Ohrenärzte heißen, weil allgemein aufgefaßt alle Hälse, Nasen und Ohren haben (immer aber übrigens in summa zweimal mehr Ohren wie Hälse oder wie Nasen. Oder noch besser durchdacht: in summa genauso viel Ohren wie Nasen plus Hälse!). Daß die Ungenauigkeit der Hals-Nasen-Ohrenärzte schon bei der Berufsbezeichnung anfängt, sagt alles. Abgesehen davon, Hälse, Nasen und Ohren derart isoliert zu betrachten.
Philosophie ist Denksport oder billige Tröstung. Mehr nicht. Philosophie lehrt weder leben noch sterben. Beides müßte man probieren, um es zu können. Sterben kann man nicht proben. Jede einschlägige Erfahrung wäre tödlich. Leben kann man

proben. Aber nicht, indem man philosophiert. Sondern lebt. Immer ohne Probe probierend.

Behauptungen muß man rausschmeißen. Wie erwachsene Kinder. Sie müssen selber sehen, wie sie zurechtkommen.

Wieder beide Beine ab!* Gespräch mit Helmut Höge, Bernd Kramer, Karin Kramer, Heinz-Werner Lawo und Katrin Schings in Kramers Küche.

Das mußt du dir mal vorstellen, so ein diskretes Fleißprogramm, sie hat die Mittlere Reife nachgeholt, anschließend hat sie Abitur gemacht, und plötzlich hieß es: »Ich fange an, Zahnmedizin zu studieren!« Irgendwann hörste, die is fertig...! • Und denn is sie bei olle Ulli Pomanske... • Genau, bei dem is sie jetzt Rekrutin da. Und wir saßen die Jahre über ständig in der Kneipe. Sie eigentlich auch. Die hat das nebenbei gemacht. Ich kannte die ja Jahre aus der Kneipe; sie war die Freundin von einem unserer überqualifizierten Wasserträger bei der Kunsthalle, die sind alle Kunsthistoriker und müssen dem blöden Rockheberle die Wasserkübel und die Ölschinken rumschleppen. Also diese waren die Versager, die Suffköppe. Und jenes Mädel, boing! Zahnmedizin! Die brauchen dann vor der Prüfung so exemplarische Fälle, sone Handvoll Leute mit problematischem Gebiß, und da hat die den kompletten Lindengarten an die Zähne untersucht. Und natürlich gut untersucht. Da gehts nicht um Zeit und Zahnschein sondern um ordentliche Prüfungsabschlüsse. • Nimmst du schon auf? • Ich probier mal, es leuchtet! • Leuchtende Zähne! Wir sind wunderbar untersucht und behandelt worden; man kam sich

---

* »Sie haben im Zweiten Weltkrieg an der Ostfront gekämpft?« • Hans-Joachim Kulenkampff: »Wen interessiert das?« • »1943 wurden Sie mit erfrorenen Zehen in die Heimat entlassen.« • Kuhlenkampff: »Ja, die Zehen habe ich mir selbst abgeschnitten. Das hat auch Amundsen gemacht. Warum soll ich das hier erzählen? Jeder anständige Mensch schneidet sich im Winter die Zehen ab.« So stand es in der ›Zeit‹!

mal etwas priviligiert vor. • Also damit sie ihre Anerkennung als Zahnärztin kriegt? • Ja, das Meisterstück sozusagen besteht aus einer Reihe gründlich behandelter schlechter Gebisse. Jetzt is sie soweit, sie ist fertig und könnte jetzt lospfuschen auf Kasse und läßt sich aber immer noch Zeit. Sie ist ein guter Mensch! Ich schicke alle hin zu ihr. Bevor sie einen anbohrt, kann man immer noch ein bißl plaudern, und dann gibt sie einem ein Handtuch, das man notfalls werfen kann. Das sind Beziehungen! • Ich wußte ja gar nicht, Ulli Pomaske, als er da auftauchte, da dachte ich erst, der läßt sich auch da behandeln bei Geli. Es stellte sich aber heraus, daß ihm die Praxis gehört. • Er ist der Boß! Er kümmert sich auch tüchtig um modernes Praxisdesign. Ich hab ihm mal eine Kiste Binningerlampen mitgebracht. Er hat auch alles Binningerglühbirnen da überall reingeschraubt, aufm Klosett und überall, wos Flimmern nicht stört, hast du gesehen? • Kunst hat er auch irgend n Quatsch da hängen. Und jedenfalls, ich hab mit dem früher beim DAAD zusammen Stadtrundfahrten gemacht, wir waren da angestellt. Aber das paßt zu unserm Projekt jetzt überhaupt nicht; das sind überhaupt keine Gescheiterten. Im Gegenteil; eine pupvornehme Praxis! • Obwohl, der hat mal angefangen, der is ja auch oft im Lindengarten und fing mal an zu jammern, wie schwer das ist, heute Zahnarzt zu sein. Wie schlimm, und die Bezahlung, Krankenscheine und alles eine große Last und Bedrückung. • Dann geh doch mal hin mit Tonband und lassen abproben. • Der rückt nich richtig raus. Nennt keine Zahlen, du verstehst, was ich meine?! Die sind von zu vielen Kranken umgeben, sowas macht einen ja zumindest gemütskrank. • Naja, die Abrechnungen, das ist problematisch, aber das gibt man doch weg! • Ja, Höge, du vielleicht. • Da schafft man sich einen Computer an, und läßt es darüber laufen. Ich zieh mich etwas zurück • Wieso? Mach doch mit. • Ich fühl mich nicht kompetent. • Nu mach kein Quatsch, Frau Kramer. • Na gut. Aber hast du mal die Surrealisten gelesen, die haben Protokoll

geschrieben bei ihren Sitzungen. • Das tut ja dieser Umberto Ohrt noch heute; schade, daß er uns nicht zur Verfügung steht, dieses Bänderabschreiben ist eine verdammte Scheißarbeit, aber im Ertrag dann tröstlich. Und Umberto Ohrt steht für vollen Erfolg; schon der Name hat alle so bezaubert, daß sie sein Buch erworben haben.
Mein Gott, wenn man loslegt, vom Scheitern zu erzählen, dann bringen alle so wunderbare Geschichten, da könntest du den ganzen Tag mit dem Tonband rumlaufen. Die ganzen Offenbarungseide, du meine Fresse! Dann gibts um einen rum nur Leute, die haben ständig die Führerscheine weg. Wußtet ihr das? • Das würde ich doch nicht unter Scheitern verstehen. • Na also, wenn du wie ferngesteuert dreimal hintereinander den Führerschein los wirst? Muß ja nich sein. • Aber woran scheitern die dann? • Tja, an sich selbst... • Das widerspricht der Fernsteuerungsthese. • Die scheitern am Hochprozentigen. • Mensch, ich bin neulich besoffen mitten aufm Kudamm vorm Kranzler auch noch beim Linksabbiegen mit meinem Fahrrad zusammengebrochen. Die ganzen Touristen sind an den Ecken stehengeblieben und haben geglotzt, kannste dir ja vorstellen, det is Berlin! Alle haben gehupt wie verrückt. •
Mensch, sag mal, der Apparat blinkt so, bei mir blinkt der nie. • Der is professionell. • Vielleicht kann man das bißl abdecken oder dezenter machen, das macht einen vielleicht verrückt. • Na, da sieht man, daß er aufnimmt, darum gehts ja wohl. Ich habs extra so gemacht, daß man das Blinken sieht! • Das macht mich verrückt, so Apparate. • Siehste. • Gerade nich abdecken! Der Kramer muß sich doch endlich einmal in seinem Leben an Kameras und Mikrophone gewöhnen! • Aber laß mal wenigstens den Blumentopf davor stehen, Mensch! • Den hab ich extra weggenommen! Der versaut die Akustik! • Son Quatsch! • Jawohl, diese Trockenblumen nehmen den Schall weg! • Ihr habt ja wohl überhaupt keine Ahnung. • Das ist jetzt eine mediale Frage, offen oder versteckt. • Gut, nehm wir den blö-

den Topf weg. So. • Ich werde mal versuchen, einen Trockenblumenhall beim Patentamt unterzubringen. • Ich kann ja das Blinken etwas wegnehmen, dann ist aber die Kontrolle etwas beschwerlicher. • Kontrolle ist immer beschwerlich.
Übrigens Thomas, der Georgio hat jetzt einen wunderbaren Rezina aus Kreta, Heraklion, ein fantastischer Harzgeschmack, ein Bouquet! • Wer? • Der vom Kleinen Griechen. • In Griechenland trinken sie Rezina mit Cola, habe ich gehört. • Futschinos heißt das! (Brausendes, keckerndes Gelächter) • Wie hieß der Spruch mit der Toleranz? • »Wir haben Verständnis für Toleranz.« (Hähä!) • Lieber arrogant als tolerant! (Haha.) • Ich hab heute auch einen prima Spruch gehört: »Alles ist auch nur da, damit das, was nicht da ist, entlastet wird.« Das hat Gosewitz gesagt. •
Gut, ich habe mir das so gedacht: Wir treffen uns hier jeden Donnerstag bei Kramer in der Küche oder sonstwo und unterhalten uns beim Tonband. Damit jeder entlastet ist von der Kacke, daß er hier als verewigter Redner nur Perlen absondern darf, und weil einige auch brisante Dinger erzählen, machen wir die Dialoge nachher anonym. Subjektlose Rede; dann sind wir den Autorenquatsch auch los, und von vornherein ist klar, jeder hat das sichere Gefühl, er kann hier jeden Scheiß erzählen, wie er will und wie es kommt, risikolos und unzensiert. Vorn kann man ja meinetwegen alphabetisch die Gesprächsteilnehmer auflisten. • Ja, Kapielski, und dein Name kommt vorne fett druff. • So wird es sein müssen. Es ist egal, wer was sagt. Und dann hätte es noch den Grund, daß Ernst, wenn er da über seinen Offenbarungseid und über Gläubiger redet, nicht um seine Ruhe fürchten muß. Und jeder, der abschreibt, kann besser schummeln; es schmerzt dann keinen so. • Und ich schlage vor, wir setzen uns jeden vierten Donnerstag hier bei Kramer zusammen und unterhalten uns n i c h t. Es gibt ja wohl nichts Blöderes, als sich zu unterhalten. Mal ehrlich. •
Warum is Funken nich da? Kapielski, durfte er nicht kommen?

• Ach was, von mir aus kommt er; ich will bloß nicht, daß es hier immer so voll ist. Man versteht dann kein Wort aufm Band. • Es reicht, wenn w i r voll sind. • Und Sabine is noch...? • Nee, die is schon wieder da. • Ihr Vater ist aber nicht gestorben? • Nee, er hat sich wieder erholt. • Recycling. (Hähähä.) »Vater is noch nicht gestorben« – schönes Thema. War der krank, der Vater von der Sabine? • Jaja, der hatte paar Herzinfarkte. • Paar sogar! • Zwei! Mehr als drei macht man ja nicht. • Ist auch unanständig. • Oh doch, der Genosse Zielke hat überlebt, immer. Der is dann an Krebs gestorben. Hat drei, vier Herzinfarkte gehabt. Kennste den? Der mit Viesel zusammen war immer. Alter SED-Genosse. • Habt ihr ihn mal erlebt? Peter Zielke? Den kennst du doch, der war alter SED-Genosse und ist geflogen wegen der Viererbande in Tempelhof damals; China und Tempelhof: Die Kombination ist natürlich vom feinsten! Fünf alte SED-Genossen, natürlich die harte Garde, und die waren Abweichler. Gabs ein Parteiverfahren und – fft! – sind sie rausgeflogen. Kennst du den? • Zielke? Der Name kommt mir bekannt vor, aber ich weiß nicht... • Nicht Mielke! • Mielke gehts jeden Tag besser. Ich glaube, der ist jetzt überhaupt kein Verlierer. Das ist ein verkappter Gewinner. • Wie wärs mit Erich Zielke? Da haben wir Loser und Winner ausbalanciert. • Geht gar nicht! • Der Honnecker hatte immer so einen vergriesten Vogelkopp früher und war nie so eine richtige Staatsfigur. Beim Prozeß hatte er als alter Rotfrontkämpfer dann endlich wieder echte Pose, so mit der geballten Faust! Gar nicht so gescheitert, oder doch mit größtem Vergnügen. Das sind eben ein für allemal ewige Widerstandskämpfer. Linke überhaupt. Und deshalb automatisch immer lieber Loser. • Gescheitert, jetzt nochmal: inwiefern? Jetzt nicht verstanden als allumfassend, sondern in bestimmten Situationen und an bestimmten Begebenheiten, denn sonst müßte man ja sicher ein Altersslimit setzen. • Mit 80. • Da könnte man Leute unter 30 ja überhaupt nicht befragen. • Ich finde, man sollte mit Leuten unter 30 sowie nix ... • Die Arroganz des Alters, du Runzelrocker. • Man soll sich das nicht so einfach machen. • Es stellt sich heraus, womit das zu tun hat. Berliner Ökonomie. •

Neulich fragt einer, welches das schönste Geräusch ist, das er kennt, da sagt der: »Zentralverriegelung«. Wie bitte? Das ist, wenn du im Auto sitzt, kannst du mit dem Schlüssel sämtliche Schlösser, Türen, Kofferraum, alles auf- und zuschließen, das dreht sich dann so »Krllbsch« einmal um dich im Kreis rum, is wundersam und wunderbar. Und E-musikalisch. • Was ist denn jetzt mit Funken; wißt ihr nicht? • Nee, der war nur etwas düpiert, weil er nich eingeladen worden is. • Er hat ihn doch eingeladen, war ich doch selber dabei. • Nein, hab ich nicht. Ich dachte, der kommt sowieso. • Der quatscht doch gern dusselig dazwischen, warum kommt der denn nicht? • Na, weil er ihn nicht einladen wollte. • Das ist gar nicht die Frage, so ein Quatsch. • Muß man doch nicht abtippen, immer was Funken redet. • Au! Jetzt gehts los! Ist ja wunderbar! • Ich weiß doch, das ist das wunderbarste: Ich tippe nie ab, was ich rede, und dann rede ich zwanzig Minuten und kann vorspulen. Wieder zehn Seiten gespart. Man braucht Aussetzer aufm Band, sonst wird man verrückt. •

Wie heißtn der noch? – Albrecht! • Albrecht war der Typ von der Konkret, der immer die Anzeigen rangeschleppt hat. • Nein, der war Ministerpräsident da oben. Celler Loch. • Au, Celler Loch, der hat ein Buch, Titel hab ich jetzt vergessen, der war orginal für den Fangschuß, dieser Albrecht. • Der is doch Jäger. Alle Jäger sind für den Fangschuß. • Das ist ein Arschloch, absoluter Mistkerl! Bahlsenkeks. • Der kriegt übrigens immer noch sein jährliches Keksdeputat, obwohl er nicht mehr Vorstand bei Bahlsen ist. Gewisse Mitarbeiter vergessen sie nie, die kriegen lebenslänglich Kekse. • Um Gottes Willen, den ganzen Tag dieses Zeug zermahlen, haste immer so Schleim im Maul. • Familie Albrecht versackt in den Keksen.

Der Sohn macht im Hobbykeller moderne Musik. • Zusammenhänge? Nee? • Die Kekse zu meiden. • Übrigens, ihr müßt mal was von Günter Lüling* im glorreichen Hannelore-Lüling-Verlag lesen, das ist ein islamistischer Querulant vom feinsten, der stellt die Schwerter vom Kopf wieder auf die Beine und weist nach, daß die Büttenrede mit den zwölf fahrbaren Kanzeln im Tempel soundso zu tun hat, und hat viel für Blutrache übrig. Neoneolithisches Denken. • Fahrbarer Mittagstisch. • Nee, mal ohne Quatsch, ich habs vom häretischen Theologen Gärtner empfohlen bekommen. Das ist vom feinsten. • Is der von der Seelsorge? • Wer jetzt? • Dein Buchberater. • Nein, der macht jetzt theologisches Antiquariat. War mal Seelsorger. Und sonst einiges. Zumindest ist er ein großer gebildeter Leser. Und eben die feine theologische Ausbildung, Altphilologe, Hermeneutik, bumm, bumm, bumm. Einer, der ›Sein und Zeit‹ wirklich mal gelesen hat; es hat jedenfalls den Anschein. Und der kam jetzt mit dem Lüling. Der den Antennengriff rumdreht, und es wird aus dem Schwertgriff eine fahrbare Kanzel. Und dann die Geschichten, wo die Vögel Eisen fressen und Stahl kacken, Metallveredelung vermittelst Vogelkacke bei den Ahnen. Es ist sehr aufschlußreich. Spitzenbuch. • Euer Verlag is ja nun auch so eine Erfolgsstory! • Na Scheiße, haste Ideen? • Ja, Kramer, mach eine neue Kritische Ausgabe von Hanns Heinz Ewers, das ist der Tip! • Das macht wohl wieder als erster ein Düsseldorfer Verlag. Die Düsseldorfer schnappen hier alles weg, deshalb wird mit Berlin nie was, und das müssen wir auch gut so finden, da ist die Herausforderung hier größer. • Berlin zieht die Gescheiterten an, Hundertmillionen, jetzt die Ostler, davor Hugenotten, Polen und faule Studenten aus Bielefeld. Jetzt, alle die ehemaligen DDR-Botschafter zum Beispiel: Gruner und Jahr, ›Unsere Stadtzeitung

---

* Günter Lüling, Sprache und archaisches Denken. Neun Aufsätze zur Geistes- und Religionsgeschichte, Erlangen 1985.

wir mal Heinrich Müller hat einen Videoladen eröffnet, jetzt hat er neun Läden. Und zack, zack ist er der größte Videohändler Europas. So. Das ist so die Erfolgsstory, die amerikanische. Das Gegenteil ist der Osten. Sie wollen ja auch in der russischen Verfassung das Recht auf Unglücklichsein verankern. Oder doch mal das Beispiel Ploppy. Ein Bekannter ist im Schwimmbad, trinkt eine Coladose, ist eine Wespe drin, er schluckt, wird gestochen und denkt: Scheiße! Und paar Tage später: Da muß man was machen, und er erfindet einen ›Ploppy‹. Womit man die Getränkedose verschließt. Geht zur Gummifabrik: »Hört mal zu, wie ist das? Das ist so ein Ding aus Gummi, das man da reindrückt, hat sone Nase, hat aber hier so ein Einschlitz – hat so eine Einbuchtung in der Nase, also ›Ploppy‹!« Und die Gummifabrik sagt ihm, ja, das können wir Ihnen herstellen, gibt noch einige Auflagen, ist ja Lebensmittel, usw. Und da kostet aber dieses Rohstahlding, die Preßform, müssen wir erst herstellen, und da kosten hunderttausend Stück, also das Stück kostet 32 Pfennige, können Sie dann vielleicht für 40 verkaufen; ja und dann geht er zu Cola, zu Supermärkten, es ist Frühjahr und alle sind begeistert: »Ja, das ist toll, das können wir als Werbegeschenk weggeben, die Händler kriegen jeder für eine Kiste Cola zwanzig Ploppys!« Also er sah, bumm!, es looft, er ordert eine Million Ploppys. Er nimmt einen Kredit. Und denkt gleich, Cola, die wollen nur zwanzigtausend abnehmen, das reicht nicht, ich muß jetzt das ganze vertretermäßig anleiern. Kauft sich auf Pump einen neuen BMW, kauft sich zwei neue Anzüge, um mit den entsprechenden Großhändlern zu können. Ist eine wahre Geschichte! Jetzt gehts los. Die Gummifabrik hat sich wahnsinnig Zeit gelassen. Darüber ging der Sommer hin. Cola und diese eine Handelskette haben gesagt, ja, jetzt ist das Geschäft gestorben, fragen sie noch mal im nächsten Frühjahr nach, wenn die Wespen wieder da sind, ob wir das im nächsten Frühjahr wieder machen wollen. Dann hat er angefangen, zu

klagen gegen die Gummifabrik. Kurz und gut, er ist jetzt völlig verschuldet und hat seinen ganzen Keller voller Ploppys, die hat er auch so eingeschweißt, jedes einzeln, Ploppy-Schriftzug entworfen und das ganze Drumrum. Und das ist der Normalfall, das Scheitern, und das passiert überall ständig. Solche Geschichten passieren zu tausenden.
Oder mein erster Offenbarungseid war folgendermaßen... • Meine erste Kommunion auch. • ... also ich wohne in Bremen in der Wohngemeinschaft. Bin dann nach Lissabon sozusagen ausgewandert, bin dann aber zurückgekommen. In der Zwischenzeit war meine Wohngemeinschaft aufs Land gezogen. Bin ich eben auch da hingezogen. Dann haben die Frauen angefangen, so bißchen Landwirtschaft zu machen, weil sie da nunmal auf dem Land gewohnt haben, und die Männer sind weggezogen, weil sie dazu keine Lust hatten. Und dann haben die Übriggebliebenen, vier Frauen und ich, gedacht, so ein bißchen Landwirtschaft machen, haben gedacht, ach, wir haben jetzt hier ein Haus, aber nicht so richtig Land, und wenn man Landwirtschaft machen möchte, braucht man Land. Und da haben wir eines Tages in der ›Zeit‹ gelesen, Anzeige, Gutshof zu verkaufen. Haben uns den angeguckt, ein wahnsinniges Ding, 150 Hektar, mußt du ein Fernrohr haben. Von Bodmer hat das gehört, ist eine andere Geschichte, das ist eine Sippe, die überall drinhängt, an der FU, überall. Und dann haben wir uns folgendes ausgedacht: Wir suchen jetzt einen Käufer für diesen Gutshof, aber unter der Bedingung, daß der Käufer uns dann da mit reinnimmt, daß wir die Landwirtschaft übernehmen. Wenn das ein reicher Typ ist, der will ja nichts mit Landwirtschaft zu tun haben, der wohnt dann da, und wir machen die wogenden Felder ringsum. Uns haben das Land und die Arbeitsgebäude interessiert. Es mußte also wieder eine Anzeige her. ›Zeit‹. Die kostete irgendwie 480 Mark. Dann hatten wir auch Leute gefunden, die das mitgemacht hätten. In der Zwischenzeit hatte aber ein anderer auf die andere Anzeige

hin den Hof direkt schon gekauft, daß wir jetzt also plötzlich ohne Objekt, aber mit Anzeige dahingen. Und das ist jetzt im Grunde schon alles, bis auf daß die ›Zeit‹ jetzt immer und immer mahnte, die 480 Mark. Und da dachte ich: Scheiße, da mach ich doch einfach einen Offenbarungseid! Das war der erste. Der zweite war auch so ähnlich. Und das war jetzt zum Beispiel ein Landwirtschaftsscheitern. Aber nun andersrum, du siehst Leute, die haben einen Hof und Land und du denkst: Ah! Florierende Landwirtschaft! – Käse! Erste These: D a s sind doch die Gescheiterten! Stell dir doch mal vor, sowas Bescheuertes, baust eine Mast auf und dann mußt du jeden Morgen aufstehen und dies und das. Also die Leute, die sowas realisiert haben, sind die wahren Gescheiterten. Du siehst aber, und das ist das zweite, du siehst nie, und kannst du ja auch nicht sehen, die 900 anderen, die gescheitert sind. Die auch Höfe angefangen haben oder sonstwas und die völlig am Arsch sind. Tellerwäscher, Millionär, na, den einen, den siehst du, aber die Millionen anderen Tellerwäscher und Fahrstuhlführer, die siehst du nicht. Du siehst immer nur Edward Teller. Und von den andern im Kellerfenster die Schuhe. Ich glaube aber nun überhaupt, daß die, die es schaffen, die sich am Markt behaupten, daß das die wahren Versager sind.

Also Reiner Rilling zum Beispiel oder mein Freund Hans mit der Sesammühle, son Körnerladen, die nicht gescheitert sind, sondern einen Laden haben, das sind ja nun die am grauenvollsten gescheiterten. Also, wenn du bei einem Projekt hängenbleibst und sich das trägt und du jahraus, jahrein da hinstiebelst und den Scheißkäse rüberreichst und das Biogemüse rumschleppst oder Bücher rüberreichst, die halte ich für völlig verbittert, und die sehen mit 35 aus wie 60 und quälen sich jahraus, jahrein mit ihrer Umsatzsteuer und Umsatzsteigerung und Mieterhöhung und dem ganzen Quatsch. • Wir quälen uns auch andauernd mit Umsatzsteigerung, stimmts Karin? Da sind wir Duplizität des Scheiterns. • Bei euch ist das noch was anderes. Anarchismusverlag. Deshalb ist es für euch immer idiotisch zu überlegen, was für ein Buch ihr machen könntet, das sich gut verkauft. Das könnt ihr nie! Ihr könntet den absoluten Renner rausbringen, das würde auch wie Blei im Regal liegen. Euer Karma. • Wieso, unser Karma? • Nee, schwarzes Loch. Oder zumindest Neutronenstern. Oder Karin-Karma-Verlag... • Nein, das ist Marketing. Die Verlage kriegen eine Identität, jeder Verlag, ob er will oder nicht. Manche steuern das am Anfang. Und Wagenbach beliefert eben immer die silberstrümpfigen Buchhalter, ä, Buchhändlerinnen, also dasselbe Buch bei Wagenbach und bei Kramer ist ein völlig verschiedenes, und da kommt man auch nicht raus, da kann man sonstwas machen. Das ist das Marktsegment, das einem zugeteilt wurde und das man vielleicht auch am Anfang wollte. Da kannst du sonstwas machen. Da rief mich gerade hier einer an, der Verlag Eichborn, wir brauchen unbedingt einen Bestseller, uns gehts so schlecht, so schlecht. • Was, Eichborn? • Is egal, Eichborn interessiert doch nicht. • Oh doch! • Na, is egal, ich hab dann gesagt, ich hab kein Interesse an Büchern, ruf Bröckers an, und da hat Bröckers dann drüber nachgedacht und da kamen sie dann gemeinsam drauf: Weizsäcker! Wir brauchen ein Buch von Weizsäcker! Und da hat Weizsäcker dann auch tatsächlich ja gesagt, also Richard, der Präsident. • Das is aber schon eine Weile her. • Halbes Jahr. Dann haben sie auch das Buch gemacht, das ist aber auch völliger Quatsch, weil das gerät auch nur in die Regale Eichborn und das wird überhaupt kein Bestseller, während wenn Jobst Siedler das macht, der immer Weizsäcker macht, dann wird das was. • Wie hieß der Typ auf der Buchmesse, der das organisiert hat mit dem Weizsäcker? • Albert Sellner. • Der sah etwas grauenhaft gestylt aus, der muß anscheinend etwas sehr viel Currywurst fressen; auf jeden Fall, der hatte so beigefarbene Curryklamotten an, so wie Drewermann, den mag ich nun überhaupt nicht, weißte warum? Weil er einen selbstgestrickten Pullover hat, den hat er selber gemacht, grauenhaft. • (Gesungen:) Eugen Drewermann nachts um halb eins. • Ja. Ick sach, Albert, wie siehstn du aus? Nicht bösartig. So senffarben, Senf in Senf in Senf, und er sagt zu mir, er macht über Weizsäcker was. Ich sag, über Silberzunge? Ja. Was über die Parteien, die Zausel, aber der Sellner erzählt mir, das würde unheimlich gut laufen, das Buch. • Ja. Aber das reißt den Verlag nicht raus. Weil Eichborn ist Eichborn. • Meinst du, daß die pleite sind oder was? • Nein, das interessiert mich gar nicht, das wäre auch kein Verlust, aber ich meine, es nützt überhaupt nichts, das hat jetzt aber nichts mit Scheitern zu tun, jetzt zu überlegen, was könnte erscheinen, daß das in allen Kaufhäusern, in allen Fnacs und Schnickschnackläden haufenweise verkauft wird. Das gibts eben einfach nicht. Da ist eben Heine und Goldmann drinne. Und so isses eben. • Machen wir einen Karin Goldmann-Verlag. • Bring ›Mein Kampf‹ raus, das muß ein Anarchismusverlag machen. • Ach was, auch nichts. • Ist in Polnisch rausgekommen, hab ich auf der Buchmesse gesehen. • Na gut, dann ›Dein Kamm‹. • Mein Kamm? • Ja, Kramer, da hättste mal einen. • Du Penner könntest auch mal wieder zum Friseur gehen! • Für mich gibts noch einen Unterschied zwischen objektivem und subjektivem Scheitern. • Oh, jetzt wieder Häkelgruppe! • Um mal beim Verlag zu bleiben. Verlag finanziell, also objektiv gescheitert. Dann sagst du aber, nee, ich will unbedingt diese Bücher machen, dann ist das überhaupt kein Scheitern. Oder jemand, der sehr viel Erfolg hat und nur eine Sache nicht erreicht, der ist vielleicht subjektiv gescheitert. •

Van Gogh ist subjektiv gescheitert, aber nicht objektiv. Vice versa. Die feinsten und fidelsten Menschen, die ich kenne, schwanken und wanken am Abgrund rum. • Du guckst runter, dir wird schwindlig, und du denkst, das kann doch wohl nicht wahr sein. • Van Gogh inzwischen und sowieso ausgenommen. Diese Bilder kann ich nicht mehr sehen. Ich bin froh, daß die

Japaner die uns vom Hals schaffen. Die stopfen die in ihre Safes und machen die mal für ein paar hundert Jahre unsichtbar, was ziemlich teuer ist. Aber Erfolg durch Erfolg im blödesten und effektivsten Sinne. Bon! Außerdem könnten sie damit einen erneuten Atombombenwurf vielleicht abwenden, falls der betreffende Bombenwerfer Kunstfreund sein sollte. • Das beste am Scheitern ist, wenn man sich dann klar wird, und es trotzdem läuft, bloß anders lang, daß man die Chance bekommt, erneut zu scheitern. Das ist zirkulär. Wir sind doch alle Donaldisten, wir haben es doch im Buch ›Bismarc Media‹*, wo, Heilmann ist da ja der Spezialist, und wir sind alle mit Donald groß geworden. Das bedeutsame ist nun, Donald scheitert doch in jeder Geschichte. Egal was er macht. • Der Erpresser von der Bundesbahn, der heißt doch auch Donald. • Der heißt Dagobert. • Das ist jetzt aber ein Lapsus schlimmster Sorte. Heilmann wäre jetzt auf die Barrikaden! • Wieder beide Beine ab! • Also Donald ist meinetwegen Museumswärter und träumt von Abenteuern, während sie die van Goghs abgreifen, und wird gefeuert. Nächstes Mal ist er wieder was anderes. Das ist es doch! Wenn er diese Träume nicht hätte und keine Scheiße baut, dann würde er doch ewig als Museumswärter, Hühnerzüchter oder sonstwas da rumsitzen. Das ist das grandiose daran; das macht ihn zum Vorbild. • Oh Gott, Kunstwächter, das ist was ganz Grauenhaftes, der niedrigste Blutdruck, der mir je begegnet ist. Kennt ihr den Witz, wo einer den Wärter fragt, von wem das Bild ist, und er sagt, tut mir leid, ich bin auch nur von der Nachbargalerie ausgeliehen. (Schwaches Gelächter) Na gut, Bataille. Der sagt doch auch, daß die interessanten, nee, funktionierenden Ökonomien, oder beides, diejenigen sind, die nicht hecken, sondern schleudern. Potlatsch. Das ist auch Risikofreudigkeit gegen solche vorauseilende kissenpuperische Le-

---

* Bismarc Media, Babelsberg. Eine Endlos-Recherche, Hamburg 1991.

bensversicherung. Freude am Fatum. • Hast du die? • Muß ich doch. • Quatsch. • Das mit dem Risiko streite ich ab. Weil dieses Scheitern, wo ich dran dachte, das hat schon etwas mit Kalkül zu tun. Die 480 Mark, das ist ein kalkulierter Verlust, bumm! Mehr kann man dabei nicht verlieren, außer vielleicht den Ruf, aber das ist Wurscht. • Das kann man doch nicht als Scheitern verstehen, 480 minus! Ich bitte dich. • Na klar, wir hatten doch schon Pläne, wie wir den Schweinestall umbauen. • Umbauschweine. • Aber ein Risiko, das ist was anderes. Der Hof kostete, glaube ich, zwei Millionen, da hätten wir dann unsere Eltern und Verwandten anpumpen müssen und Banken lutschen, Kredite, und dann wären wir wahrscheinlich auch nicht gescheitert, verstehste? Dann hätten wir ackern müssen, es hätte einen ganz anderen Verlauf genommen, wenn man auf Risiko gespielt hätte, ich weiß es natürlich nicht sicher. Es war ein kalkulierter Verlust. • Komm, 480 Piepen. Gut, für manche ist das ein Vermögen, aber auch kein Verlust. • Ist doch egal. Ich habe neulich die Kongreßhalle einen Tag für 8000 gemietet, das ist auch kalkulierter Verlust. Das war wegen Betriebsräten im Osten. Da war die Frage, funktionierts oder nicht. Wenn nicht, hängen wir nicht mit unendlich viel im Dauerschicksal. Das ist, wenn hier in der Braunschweiger Straße einer einen Videoladen aufmacht... • Unten ham wir einen. • Verdammt, der sieht ja sehr vertrauenerweckend aus. • Die Schaufensterdekoration! Wie sie die Videos da aufgespießt haben, sowas! • Neuköllner Lichterkettenmassaker. • Du, der Laden läuft! Der Typ hält sich, ist irre. Sieht ein bißchen aus wie son Runzelrocker, ganz kleiner Typ, etwas verpuckelt. Tochter sieht ganz hübsch aus, komischerweise, weil die Frau sieht auch nicht ganz so gut aus, eben Wunder der Natur, die Tochter, na so 14, 15, wunderbar, spielen Billard drin, ich dachte sofort, solch ein Laden muß eingehen. Ist jedoch nicht gescheitert. • Na, da kommt jetzt so eine metaphysische Dimension. Studentenbewegung, du wolltest die ganze Welt ver-

ändern. Wird nichts. Ist jetzt mit Video schlechtes Beispiel, aber überlegt mal, Studentenbewegung, was da einer alles für Pläne hat, du mietest in der Braunschweiger Straße einen Videoshop und hast nur ein Leben. Du hast nur ein Leben und verbringst dein ganzes eines Leben in einem relativ gutgegenden Videoshop in der Braunschweiger Straße. Er scheitert nicht. Aber ist das nicht eine grauenhafte Vorstellung, ein ganzes Leben zu verballern, in einem Video in der Braunschweiger Straße zu verbringen. • Die Braunschweiger Straße ist übrigens so elend lang, wie Braunschweig selbst elend breit ist. Ist euch das schon aufgefallen? • Wirklich bißchen lang. Und ist es nicht grauenhaft, mit diesem Verlag ein ganzes Leben in der Braunschweiger zu verbringen? • Vielleicht. • Braunschweiger Straße 26, 25 Jahre Scheitern, na Guten Morgen! • Oder Reiner Rilling, Buchladen am Savignyplatz. • Der heißt Wolfgang. Na, das ist ja nun wirklich ein Barbier, der weiß wirklich Bescheid! • Was wollte er denn nun sagen? •

Na, paß auf. Ich weiß ja nichts über den Videoladen unten, was der für Träume in seiner Jugend gehabt hat, aber vielleicht wollte der ja schon immer solch einen Laden, deshalb Rilling. Aber wenn du wahnsinnig bis China und alles um- und dummwandeln wolltest und du machst auf dem Weg Buchladen Savignyplatz Station und bist da nach 22 Jahren immer noch, um dich rum weiterhin der Wahnsinn und der Savignyplatz eine grauenhafte Szenerie geworden, dann ist das doch das beste Beispiel für im Erfolg scheitern. • Pilotenspiel. • Na gut, der Rilling, das ist nun wirklich ein Eierkopp, und der hat vor Jahren, sind jetzt bloß Geschichten, aber spielt ja keine Rolle, ist trotzdem wichtig, vor Jahren haben wir die schöne Reihe ›Unter dem Pflaster liegt der Strand‹* gemacht, und der Arsch mit Ohren wollte oder mochte unsere Dinger nicht, politisch, wie auch immer, auf jeden Fall sind Hunderte von den Dingern geklaut worden, konntest du mitm Koffer hin, konntest du aufstellen, jedenfalls waren sie weg. Ich sage, wo sind die? Da standen die irgendwo am Arsch der Welt, sie mußten die suchen. Warum? Weil der sagte, die Bücher werden zu oft geklaut. Ist doch ganz einfach, sag ich, stell sie neben die Kasse, hast doch zwei Augen. Zwei, drei Weiber auch dabei, haben da auch Arbeit, können die doch observieren ›Unter dem Pflaster liegt der Strand‹, hat er nicht gemacht. Und der ist auch so verbiestert geworden oder ist immer so. Ich sage, mußt du bißchen locker, locker, locker..., aber is nich. • Obwohl, ich hab immer noch 5000 Mark Schulden da, aber ist egal. Die will er gar nicht mehr wiederhaben. • Geklaut? • Nein, ich habe da früher mal gearbeitet. Und mir jede Menge Bücher natürlich gekauft. Alles aufgeschrieben. Mach ich doch bei Heine immer noch, bloß seh ich zu, daß ich nicht über 500 Mark komme. • Also wir haben ja in unserer Straße Peters Getränkeshop. Das

---

* Unter dem Pflaster liegt der Strand, Hg. Hans Peter Duerr, Nr. 1–15, Berlin 1974 bis 1988.

ist Ladenwohnung mit Getränkeladen, und da sitzt immer eine Runde sechs, sieben Leute hinten in der Stube, du kannst freimütig reingucken, zwei Frauen, sechs Männer, Schäferhund, da hängt so eine Lampe wie hier, warmes Licht, ab morgens um neun sitzen die da, trinken Bier, Sekt, auch mal Kaffee und verkaufen alle paar Stunden eine Flasche Bier. Und wenn man die fragen würde, ob die gescheitert sind, würden die sagen: n i e ! Denen gehts prima, die sind ihre eigene Community, halten zusammen wie Pech und Schwefel, alle arbeitslos, alle krank, aber glücklich. Selbstgenügsam. Und die halten sich. Es ist natürlich auch ein Coup, sie saufen zum Großhandelspreis und finanzieren sich durch paar andere Säufer, die dort einholen. Aber optisch so ein verranzter Laden, unten Auslegeware und alles voll Schäferhund. Ja, und dann sitzen sie schön da und schimpfen über die Asylanten, das ist die zur Zeit erfolgreichste Politik, die die Versager unterstützt. • Prost. Hoch die Trompeten! Aber trotzdem, ich muß mich mit Scheitern erst noch anfreunden. Ihr meint das mehr philosophisch. • Nö. Also auf einen Erfolg kommen 99 Scheiterer. • Scheiterhaufen. • Und früher wenigstens noch Luftballons ... • Ja, und dann hat das natürlich was mit dem Lebensplan zu tun. • Je länger man drüber nachdenkt, um so komplizierter wirds. • Da ist eine Unschärferelation wirksam. •
Ich kenne eine Madame hier, was heißt Madame, mittlerweile ist die 45, die war Betriebsrat bei einer großen Buchbinderbude in der Zossener Straße, Inge heißt sie, war liiert mit einem Kerl, der hieß Hanne, der mußte in'n Knast, weiß nicht warum, auf jeden Fall, der hatte eine andere Madame, und mit Inge ging es total bergab. Die war politisch ganz gut drauf, so Gewerkschaftsebene, nicht direkt links, aber gut, jedenfalls Hanne haut ab, und die stürzt ab in einer Geschwindigkeit, die ist unglaublich. Die war immer gepflegt, was heißt gepflegt, sah immer propper aus, jetzt Brandenburger Tor, hier fehlt ein Zahn, da fehlt einer. Die wohnte hier an der Ecke über der Pinte

vis à vis. Jedenfalls die trennt sich oder der trennt sich, wie auch immer, jedenfalls die ist fix und fertig, pumpt sich hier einen Fünfer, da einen Fünfer, arbeitet nicht mehr, kriegt Stütze. Jetzt hat sie so einen kleinen Beschäler, so einen Wiedehopf, mit dem sie zusammenhaust, siehst sie früh mitm Sechserpack. Völlig runtergekommen. Sowas würde ich als Scheitern bezeichnen. Was wir so machen, ist ein bißchen intellektuelle Spielerei. Du, die geht mir ausm Weg, weil sie mir noch 25 Mark schuldet. 45 hab ich ihr insgesamt mal gegeben, ein Pfund hat sie mir wiedergegeben, und das Irre ist, inzwischen gehe ich ihr auch ausm Wege, weil ich denke, die kriegt n Schreck, weil sie mir noch 25 Mark schuldet. Das will ich ihr ersparen. • Geh doch einfach mal zu ihr hin und sage: Ey, du kriegst noch 25 Mark von mir! • Ja, dreh um den Scheiß! Nicht nur immer: hau weg den Scheiß! • Also das sind doch die Verlierer unter den Gescheiterten! Es gibt die Gewinner und die Verlierer unter den Gescheiterten. • Wobei, manche landen natürlich in der Frauensuffanstalt in Bonnies Ranch und kacken völlig ab, Schluß. Aber zehn Jahre Abschmieren kann auch mal sein, vielleicht berappelt sie sich wieder, geht zum Zahnarzt, schmeißt den Typen raus, was für den auch gut sein kann, jedenfalls man kann es nicht zu so einer traurigen Geschichte machen, die ist ja noch nicht zu Ende. Und dann leidet die. Bei uns ist die Markthalle Ackerstraße, und da ist zum Beispiel einer, der schiebt die Einkaufswagen zusammen und macht die Kartons klein, und das war der Parteisekretär von Berlin Mitte. • Hoho! Haha! • Der hat auch ein Buch geschrieben nach der Wende. • Als ich Karton war, oder was? • Nein, nicht über diesen Job, über die SED. Und der ist total gut drauf, und der findet das auch ganz wunderbar, daß er jetzt da in der Ackerstraße den letzten Scheißjob macht, den kannst du jederzeit ansprechen, der ist gut drauf, ein wahnsinnig intelligenter Typ. Oder ein anderer, der Parteisekretär der WAE, Batteriewerk, der war schon früher gut, der ist jetzt bei der Poststelle der AOK, die zufälligerweise auch die Parteizentrale Köpenick mal war, dasselbe Gebäude, und der war bei allen beliebt, auch bei den Antikommunisten, weil er sich um alles gekümmert hat und gut war. Und der ist überhaupt nicht verbittert, obwohl er diesen Scheißjob macht, früh halbsieben kommen, halbdrei weg, muß man sich nicht viel anstrengen, und der genießt das, weil er jetzt Zeit hat, sich das alles in Ruhe anzugucken, liest viel Zeitung, ist über alles informiert, interessiert sich für alles. Also ist der nicht gescheitert, das ist auch eine Frage der mentalen Einstellung. Ich kenne da noch den ehemaligen Botschafter der DDR in Burma, der ist jetzt beim ›Neuen Deutschland‹ in der Leserbriefabteilung. So ein Notjob. • Fälschen, wa? Wie bei der ›Wahrheit‹. • Quatsch, das ist ein ganz saublöder, aber aufrichtiger Job, Gnadenbrot. Und der hat eine Tochter bei den Grünen mit einem bärtigen Freund, und da renoviert er denen jetzt, weil die soviel politisch engagiert unterwegs sind. Und dann macht er Handverkauf fürs ND, lernt Leute kennen und findet das alles auch ganz wunderbar. Weil, er sieht auch ein, daß bei seinem Scheitern als Kommunist man dann wirklich ganz unten wieder anfangen muß. Alles andere davor war schöne Erfahrung. In Burma war kein Bananenmangel, weshalb sich dann die Tochter, die ist in Burma geboren, sich dann auch gewundert hat, als sie nach Deutschland zurückkam, weshalb die hier so auf Bananen scharf sind. Bananen ist das allerletzte in Burma. Da schmeißen sie die auf den Misthaufen, weil der ganze Garten mit Bananenpflanzen verunkrautet. • Die Unvermeidbarkeit des Scheiterns und trotzdem dagegen angehen und Bananen wegschmeißen! • Das ist so ein Diktum; Scheitern von Gott gegeben. Also du mußt Scheitern. Ist doch Blödsinn. • Wenn man den Tod als Scheitern sieht. • Sobald du anfängst zu leben, fängst du an zu sterben, wirst alt, alles läuft auf die Kalte Kiste hin. • Ick bin im Schmorverein, da gibts warme Urnen. •

Ist zu telosmäßig gedacht, sonst kannst du dich doch gleich einsargen, wozu dann die ganze vorherige Anstrengung. • Das frage ich mich durchaus öfters. • Mach dir doch mal wieder ne kleine Freude, kauf paar Blumen oder guck Vögel an. • Genau das ist doch der Quatsch, die christliche Scheiße, du hast Apokalypse, vorgegebener Weg, es gibt kein Paradies und keine Utopie, bumm, und genau das ist der Punkt, was mich stört. Wir müssen scheitern. Jetzt kokettierst du mit Scheitern, gut, dagegen hab ich nicht mal was, damit kann man brillieren. Aber vom Denkansatz gefällt mir das einfach nicht. • Das soll doch keine Totaltheorie sein. • Ich glaube, das Christentum ist eine Urtheorie, die das Scheitern gerade beseitigt. Nämlich erstmal gibt es das absolute Scheitern, nämlich dann, wenn man stirbt. Das ist das Ende. Ein Lebensentwurf fängt an, es wäre besser, nicht geboren zu sein, und prompt ist man da, schon scheitert man. Trennung von Mutter und Kind. • Zähne kommen... • Und diese Geschichten. Das ist dieses unaushaltbare Scheitern, daß ein Leben sich nicht vollenden kann. Christentum ist gerade durch die Idee der Erlösung nach dem Tod das Versprechen, daß sich das tägliche Scheitern nach dem Tod mal aufhebt. Also genau umgekehrt, Christentum ist eine Anti-Scheiterntheorie. • Bei den sozialistischen Theorien ist das genauso, da gibt es einen Katarakt an Generationen, die zwar zunächst in Elend leben und sterben, aber, wie die Wurst an der Hundekutschenangel, vorne die große metaphysische Versprechung von der utopischen Gesellschaft. • Es gibt eine Form des Scheiterns, die eine andere Form des Scheiterns unmöglich macht. Zum Beispiel krank, ohne Geld, an sich schon tot und Leiche auf Urlaub, Zombies. Die keine Möglichkeit mehr haben, Entwürfe sich auszudenken, an denen sie scheitern könnten. Solche, die von einem Scheitern ins nächste stolpern, das sind die sympathischen Scheiterer. • Auch das stimmt nicht, kenn ich ein gutes Beispiel. Auch wenn du völlig unten bist, mußt du nicht scheitern. Ich hab mal einen

begleitet vom Hessischen Rundfunk, der hat so Obdachlosenasyl aufm Land, gibts so Riesendinger, so Bodelschwinghsche Anstalten, wo die teilweise auch nur im Winter sind, hat der einen Film gedreht. Da haben wir einen getroffen, das war einer, der war in der SED und war Reisekader und ist im Westen geblieben und zack obdachlos geworden, weil er das alles nicht auf die Reihe gekriegt hat, alles nicht verstanden hat. Den haben wir dann interviewt, und der war total zufrieden gewesen. Der sagte, man muß auch mal, man darf nicht auf jeden fahrenden Zug aufspringen, das waren seine Worte, man muß auch mal nebendran stehen und zusehen, wie ein Zug ohne einen abfährt, also in dem Falle Zug, weil Marktwirtschaft, Westen und so, und der sitzt jetzt da, hat ein Fahrrad gehabt, im Sommer bettelt er sich durch und im Winter bei Bodelschwingh, absolut Diogenes, oder wer war das da in der Tonne. Franz von Assisi? • Das widerspricht Heinz-Werner doch gar nicht. Weil der doch noch in der Lage ist, einen anderen Lebensentwurf zu bestimmen. • Auch wer noch Kartons zerkleinert oder sonstwas, der kann daran scheitern und lebt also noch. Die sind sogar noch glücklich. • Gut, das sehe ich ein.
Übrigens sehen in Berlin ganz viele ganz unglücklich aus. Diese schmallippigen verbiesterten Gesichter. • Die sind häßlich. • Das meine ich nicht. Die können von mir aus eine dicke Nase haben. • Ich überlege immer noch. Es gibt ja die sympatischen Formen des Scheiterns, die wir jeden Tag haben. Vorhin U-Bahn, die Bahn fährt ab, ich steh da. • Scheiße, ich dachte, wir fahren mit dir nachher im Auto zurück. • Wieder beide Beine ab und zu Fuß! • Nee, das steht schon ewig kaputt in Zehlendorf. • Das is ja noch ganz schön, daß es in Zehlendorf schön steht und nicht hier in dieser schrecklichen Straße, die so lang wie Braunschweig breit ... • Also U-Bahnhof Neukölln, es regnet, also denke ich, ich gehe unten durch. Latsche da ewig unten lang, stehe plötzlich vor einer Sperrholzwand, weil da Bauarbeiten sind. Also wieder zurück. Für mich ist

das auch Scheitern, da gibt es einen Entwurf ›Abkürzung‹, dreihundert Meter trocken und warm laufen, bumm! Sperrholz. Das genieße ich durchaus. Das ist nicht so ein endgültiges Scheitern. Bastian, Kelly, das ist endgültig. • Nee, die Schwarzer hat die Leichen, die Zombieleichen wieder ausgegraben. Jetzt geistern sie wieder durchs Feuilleton. Bei ordentlich metaphysisch organisierten Völkern hätten sie die Schwarzer zum Dank für diesen Spuk erschlagen. Sowas gehört sich nicht. Zombiemelken. • Wißt ihr, wo Scheitern herkommt, ich hab gleich den Kluge bemüht. Also Scheit wirklich vom gespaltenen Holz. Und scheitern, vorher zerscheitern, Seemannssprache. Ein Boot das zerschellt. Zerscheitert. Also Caspar David Friedrich, Schiffbruch, gescheiterte Hoffnung. Fahrzeug, das sich in Einzelteile zerlegt, und man kommt nicht mehr da an, wo man hinwollte. • Gescheiter wärs, die Sache zu zerlegen und neu anfangen können. • Oder wollen. • Wollen? • Ja doch, das leuchtet mir total ein. Das ist Lüling. • Wer ist das? • Lüling. • Aus dem Hannelore Lüling Verlag. Habick doch erzählt vorhin. • Nein, deswegen waren die Schmiede ja zum Beispiel die absoluten Demiurgen, die Priester waren die Schmiede, und die wurden rituell teilweise zum Hinken gebracht, verstümmelt. Hephaistos hinkt, Wieland der Schmied hinkt, weil es gab vorauseilend für den Zerstücklungsmythos nämlich folgendes: daß man versucht hat, an den Opfertieren die Knochen ganz zu halten, damit sich der Leib wieder neu bilden möge. Man hat aber nur das Fleisch zerstümmelt, also die Sehnen durchgeschnitten und zum Hinken gebracht. Also der Reinkarnationsmythos läuft über das Sehnendurchschneiden und Hinken. Priester und Schmiede haben gehinkt. • Hm. • Aber Inkarnation ist ja auch wieder ein neuer Anfang, Auferstehung... • Klar, Zyklen von Chaos und Ordnung. Teilen und wieder vereinigen. • Erst zerstückeln und dann wieder vereinigen. • Aber das gehört jetzt nicht dazu, wenn es um Berliner Ökonomie geht. • Teilen und vereinigen,

Zerstückelungsmythologie des deutschen Volkes, diese ewigen... Erst die Vielstaaterei, dann das deutsche Reich, und der Zweite Weltkrieg wurde vielleicht nur gemacht, um wieder eine zeitweilige Zerstückelung zu kriegen. Jetzt gibts noch diesen Königsberger Klops da oben, um den wird noch Krieg geführt werden! Dieser Satellit, plötzlich hat Rußland so eine Art Danzigenklave im Fleische Polens und Dings da. Und da siedeln sich ganz viel Rußlanddeutsche an. Das wird noch Gestänker wieder geben! Ein Drittel geht dahin, der Rest geht hier heim ins Reich. Damit die Stänkerachse steht. • Von mir aus, sollen sie doch kommen. Is ne Drohung. • Und dann Wiedervereinigung. • Eine polnische Teilung ist auch wieder denkbar. Denkt an meine Worte. •
Was ihr vorhin gesagt habt, von wegen Lebensentwurf und so, meinst du denn überhaupt, daß du dein Leben entworfen hast? • Nee, da benutzen wir vielleicht ein Wort aus einer Lektüre, die wir hatten, Lebensplan, das ist so Deleuze oder Lüneburger Heidegger, das heißt nicht, daß man den plant oder daß man den vorher selbst bewußt entworfen hat. Es ist mehr oder weniger das, was als Karthographie des Lebens dabei herauskommt. Ich bin auch der großen Überzeugung, früher als Linker war ich der ganz großen Überzeugung, man könnte ungeheuer am Leben rumverändern. Ungeheuer. Von Jahr zu Jahr schrumpft der Prozentsatz an Beeinflussungszutrauen. Ist alles Fatum. Allerdings kann ich zwischen CDU und SPD und so... • Das liegt dann auch wiederum am Leben. • Das sind fatale Strategien, ich finde das wunderbar. Ich kann mit minimalen Eingriffen natürlich schon riesige Wendungen machen, aber der Witz bei der ganzen Sache ist, es ist zu 90%, Oskar Huth behauptete sogar zu 95%, Fatum. Was läuft. Was einem passiert im Leben. • Das ist vorherbestimmt, oder was? • Nicht vorherbestimmt, aber wo du keinen Einfluß hast, daran rumzumurksen. Schon die materiellen Dinge. Es gibt Glas. Konntest du, bevor du warst, sagen: Ich möchte schon gerne

auf die Welt kommen, aber nur unter einer Bedingung, daß es kein Glas gibt? Oder keine Steine oder Tassen oder Autos oder Schwerkraft oder irgendwas. Nee. Überleg mal: die Präsenz des Vorhergehenden, diese wahnsinnige, und du schwimmst darin herum. Du öffnest die Augen und da stehen zwei so komische Figuren oben, o Gott, das sind sie. Die Eltern. Ich werd mich schon dran gewöhnen. Dein Weib kannst du wählen? Du nimmst, was längs kommt! • Das kommt doch aber auch wieder darauf an, wie man lebt. Ich mache im Gegenteil seit zwei Jahren die Erfahrung, daß man Dinge bewirken kann, die ich nicht im Traum..., zum Beispiel in der Betriebsräteinitiative saßen wir da in Rostock und dachten uns zum Witz, jetzt machen wir nicht nur eine Berliner Initiative, jetzt machen wir eine DDR-weite, und bumm. Man schreibt einen Artikel und zack, das Ding läuft. • Nee Helmut, das ist Fatum. • Nein! • Die Zeit, daß es überhaupt dazu kommt, du konntest dir doch vor zwei Jahren noch nicht überlegen, daß du in der DDR Betriebsräte organisierst, das ist Fatum. • Jetzt sind wir ja sogar soweit, daß wir ein neues, BRGW nennen wir das, machen wollen. Betriebsräte für gegenseitige Wirtschaftshilfe, also der gesamte Ostblock. Aber auf Betriebsratsebene, nicht auf politischer. Und mittlerweile bin ich so größenwahnsinnig, daß ich denke, das schaffen wir auch. • Für mich ist Ross Perot, dieser Typ, der hat im amerikanischen Wahlkampf, der hat null Stimmen bekommen, hat wohl Einfluß geübt. • Der hat doch 19% bekommen. • Nein, keinen einzigen Wahlmann. • Aber 19%. Das drittmeiste eines dritten Kandidaten in diesem Jahrhundert. • Aber guck mal, was der dafür ausgegeben hat, um ein bißchen am Schicksal zu drehen. • Zwei Millionen für jeden Wähler. • Er hat sich darauf eingelassen, da mitzumachen, und selbst bis zu mir ist er vorgedrungen, und ich finde ihn irgendwie wunderbar. Er ist schon ein Arschloch. Mal davon abgesehen, die einzigen Persönlichkeiten, die ich in letzter Zeit in Amerika beeindruckend finde, sind General

Schwarzkopf und Ross Perot. Sowas bietet uns das Fernsehzeitalter! Eine aktuelle Marstype und eine Jupitertype und wir vorm Fernseher die Quirinusfiguren. USA und Rom, Dumézil im Posthistoire. • Schwarzkopf hat doch einen schlechten Krieg geführt. • Die ›Berliner Zeitung‹ druckt seine Memoiren ab, und im Bertelsmann Verlag ist ein Buch damit rausgekommen. Dieser Schweinebacken in der ›Berliner‹, ich wollte schon einen Leserbrief schreiben. Und auf der Buchmesse habe ich ein Buch abgegriffen über den Golfkrieg. Da analysieren ein paar Bundeswehrgeneräle den Golfkrieg. Und da war ein Zitat drin, daß der, Gott, wie hieß denn der, der Stratege des 19. Jahrhunderts, Clausewitz, daß der gesagt hätte zu der Geschichte, was der Schwarzkopf und seine ganze Crew gemacht haben: Das ist ein ordinärer Sieg. Gut, jetzt mal abgesehen davon, was ordinär ist und was nicht, wenn die ›Berliner Zeitung‹ jetzt anfängt, dessen Memoiren abzudrucken, finde ich das schon eine sehr bedenkliche Geschichte. • Im ›Spiegel‹ wars ja auch abgedruckt, schon vorher. • Wieso, der erzählt eben, wie er den Krieg da erlebt hat. Was ist daran schlimm? • Der Titel ist, glaube ich: ›Man muß kein Held sein.‹ Und da fiel mir ein, was die mit den zigtausend unbewaffneten irakischen Soldaten gemacht haben. Wie sie die untergebuttert haben. • Wieso, das haben die Russen mit den deutschen Soldaten auch gemacht. Da is es dann kein Skandal. Früher hat man den Gegner rituell wenigstens noch verzehrt… • Aber seitdem die zäh wie Kruppstahl und hart wie ein Wiesel sind… • Bei Cioran* steht dazu was Gutes: Es ist besser, einen Menschen zu essen als…, Mensch wie war denn das, besser zu essen als… • Es ist besser, einen toten Körper zu essen, als einen lebenden zu quälen. • Genau, ja. • Ich würde sagen: lieber Menschen essen, als Mensch in Essen. • Bitte? • Er kommt aus Essen. Is n Esser! •

---

* Ulrich Horstmann, Das Untier, Frankfurt 1985. S. 31.

Naja, jetzt dringen wir langsam vor, aber das dauert Wochen und Monate. Ich finde ja sehr erstaunlich, daß du so komisch reagiert hast auf diesen wunderbaren Fitzgeraldtext ›Der Knacks‹. • Ist doch Scheiße, das Ding. • Ist bisweilen schlecht übersetzt, aber ein guter Text, er begreift es. Das ist ja ein Schriftsteller, irgendwann hat der einen Knacks gekriegt, beschreibt seinen existentiellen Schüsselsprung. Irgendwann im Leben hat er gemerkt, alles Leben ist eigentlich ein Scheitern, unabänderlich, verflucht, wat nu? Analysieren. • Darum geht das in dem Text? • Ist doch absolut langweilig. • Denkst du? • Merve geht mir im Augenblick am Arsch vorbei. Seit der Wiedervereinigung ist Frankreich weg. • Ich hau dir ›Tausend Plateaus‹ übern Schädel, isn Ziegel!* • Obwohl, Baudrillard hat jetzt ein Buch geschrieben, ›Die Transparenz des Bösen‹**... • Find ich auch blöd. • Mir und meinem Blick hat es gutgetan. Man braucht ja nicht mehr religiöse Texte zu lesen, man kann sie ja… erstmal angucken, was man damit anfangen kann. Ich kann gar keine Bücher mehr richtig oder falsch oder schlecht oder gut finden; ich kann nur noch damit was anfangen oder nicht. Vieles lege ich nach zwanzig Seiten weg, scheiß drauf. Das kann ein Schunkelbuch sein, wo alle dran mitschunkeln. Oder ich lese was mit Wonne, wo andere aufkreischen, was? Sowas liest du?! Faschismus! Rechte! Na und. Der Fitzgerald sagt das ja nicht, um sich … um wen zu überzeugen, daß sie jetzt mal alle mal bitte einen Knacks spüren müssen. Der hat das geschrieben aus irgend einer fürchterlichen persönlichen Niederlage heraus. • Man kann das Schreiben aber auch lassen, denke ich mir manchmal. • Ja, aber mich hat der Text sehr angesprochen, ich freue mich,

---

* Gilles Deleuze/Félix Guattari, Tausend Plateaus. Kapitalismus und Schizophrenie, Berlin 1992.
** Jean Baudrillard, Transparenz des Bösen. Ein Essay über extreme Phänomene, Berlin 1992.

daß er es aufgeschrieben hat. • Was ist eigentlich der Unterschied zwischen Niederlage und Scheitern? • Äh, die Niederlage ist das Tor zur Einsicht ins Scheitern. Naja. Oder umgekehrt. Es wird immer verworrener. Irgendwo habe ich den Satz gehört, der schön klar ist: »Leben ist das, wo man hängen geblieben ist, während man auf die Erfüllung seiner Träume gewartet hat.« • Au weia, ja. • Der Satz wird traurig und tragisch, je nachdem, was du für Träume einsetzt. Ein Häuschen mit Garten oder die Abschaffung des Geldes. Deshalb setzt du als Linker die Träume geschickt so hoch an, daß sie außerhalb des Möglichen liegen und die anderen schuld sind, daß alles nichts wird. • Benn findet: »Leben ist Brückenschlagen über Ströme, die vergehn.« •
Ich kann euch folgende Geschichte erzählen, daß wir damals, als wir noch junge Menschen und voller Elan waren, die ganze Welt auf den Kopf gestellt haben, jawoll! Was haben wir gemacht? Eine Künstlerverschickung nach Hoisdorf. Ich wollte unbedingt 60 Leute – Ruhe mal bitte! – mit dem Reisebus nach Hoisdorf karren, das ist ein Dorf zwischen Hamburg und Lübeck, ein oller Freund von mit, Herr Hilber, der hat dort gewohnt. Da gabs eine Kneipe, Gasthaus Maluche, die hatten so einen Hochzeitssaal mit Klavierleiche drin und Biergarten, da wurde aufgetreten. 60 Vollidioten in bestem Sinne haben da diese geisteskranken Sachen gemacht, die hier in den 70er Jahren virulent waren und wunderbar funktioniert haben, die waren völlig verrückt, war irgendwie, ich wills nicht weiter ausführen... • War wunderschön! • Es war wunderbar. Es war auch ein Coup. Sowas macht man im Leben, irgendwie macht man mal sowas völlig Verrücktes auch nur einmal im lieben Leben, nee, drei Würfe hat man meistens doch. Das hat mich und Hilber ein Vermögen gekostet. Dem Peter Hilber hats fast seinen Dorfruf ruiniert, als Gitarrist Hahn die Jugendherberge überfallen hat, wo so zwei Dutzend zwölfjährige kreischende Mädels in Schlafanzügen und Doppelbetten lüstern und er-

lebnisbereit waren, und er rein und brüllt besoffen: »Ich bin Gott!« Drei Tage Hoisdorf. Irgendwelche bekloppten Kunstaktionen und Auftritte. Da war dabei die Gruppe ›Camping Sex‹, heute ›Die Mutter‹ mit der Platte ›Ich bin nicht dein Bruder‹. Die waren damals so siebzehneinhalb, gnadenlose Jugend aus dem menschlichen Elend, nur Väter, die Selbstmord gemacht haben, also hohe Frühbegabungen. Die Gruppe ›Camping Sex‹, die das wunderbare Lied ›Selbstmord‹ gemacht hat. Max Müller, der Bruder von Wolfgang Müller, der natürlich wieder viel besser ist als sein berühmterer Bruder, und Flori Soundso, merkwürdiger Nachname, vergeß ich immer. Derweil haben sie es übrigens auf einen Spex-Titel geschafft. Erfolg! Die haben sich sofort in dem Bus vorne neben den Fahrer gepflanzt, wo der Herr Reiseleiter gewöhnlich sitzt. Ich hatte einen Bus gemietet, da wurden die 60 Figuren reingepackt, und dann ging das Saufen los nach Hoisdorf, so richtig aufs Land und im Dorfgasthof Maluche dann das

Kulturprogramm. Jedenfalls Intershop-Dröhnung und dann diese deutsche Reisebusstimmung, und da haben die beiden, vorne gibts doch im Reisebus immer so ein Mikrofon, wo man so Durchsagen macht: Meine Damen und Herren, wir fliegen in einer Höhe von etwa drei Metern, das Wetter ist bedeckt, wir werden in etwa anderthalb Stunden landen. Großer Beifall. Kam gut an. Das wollten die nicht, sie wollten sich doch bißl absetzen von den Künstlern, wie Rahmann und so. Jetzt fingen die also an, schlechte Witze vorne durchzusagen: Mal Achtung! Achtung! Der Deutsche liegt vor Stalingrad im Schützengraben. Der Russe gibt Sperrfeuer. Plötzlich kommt einer in den Schützengraben gehechtet und brüllt: »Scheiße, wieder beide Beine ab!« Das war der Witz. Die Künstler waren etwas konsterniert, bis auf die berühmte letzte Reisebusreihe, wo die Säufer sitzen. Gut. Viertelstunde später hat der Müllermax wieder das Mikrofon in die Hand genommen: Der Deutsche liegt vor Stalingrad, der Russe gibt Sperrfeuer, plötzlich kommt Schütze Arsch in den Schützengraben gehechtet und brüllt: »Scheiße, wieder beide Beine ab!« Jetzt war schon so: hähähä. Ich sag dir, nachm dritten Tag gierten alle, auch der letzte pikierte Scheißer und die Zartbesaiteten: Bitte bitte, mach noch mal den Witz von Stalingrad mit ›Wieder beide Beine ab!‹ Sagten die: Na, das müssen wir uns noch überlegen. Sie waren hervorragend. Sie haben dieses Ding mit: ›Scheiße, wieder beide Beine ab!‹ als running gag des Scheiterns vor Stalingrad, ä..., ich weiß jetzt gar nicht mehr, was das mit dem ganzen zu tun hat, aber es paßt irgendwie. • Das wäre der beste Buchtitel: ›Scheiße, schon wieder beide Beine ab!‹ • Und dann unser quälendes Bemühen um den Scheiternsbegriff. • So ein ähnliches Ding hatte ich mir mal ausgeschnitten aus dem amerikanischen Penthouse. So eine Zeichnung, so ein Brett mit vier Rädern, und da ist ein Mann drauf, der nur noch bis hier, ohne Arme... Und der rollt so über die Straße, redet mit einem, und die unterhalten sich

und so, da sagt er: Ich hatte Glück, daß ich einen Helm aufhatte. • Das findest du komisch? •
Wir kriegen in der Firma immer dieses wunderbare Heft ›Bauberufsgenossenschaft‹. Da ist man ja in der Firma irgendwie Pflichtmitglied, und als Entgegnung kriegt man monatlich eine Zeitung zugeschickt. ›Mitteilung der Bauberufsgenossenschaft‹. Und da gibt es immer eine sehr schöne Rubrik zum Schluß, drei Seiten: Wie vermeidet man Arbeitsunfälle? Dadurch, daß man die schon bereits passierten vorstellt. Und da gab es vor Jahren schon einen wunderbaren Comic, so als Intro für diese Abteilung. Baumeister und Stift, und der Stift hat den Bauhelm vorm Gesicht. Der Meister brüllt den an: Ich habe dir schon tausend Mal gesagt, du sollst den Helm auf den Kopf setzen und nicht vors Gesicht. In dem Moment ruft jemand von oben: Vorsicht! Beide gucken nach oben, und der Meister kriegt den Stein zwischen die Zähne. • Erzähl doch noch mal die Geschichte von dem Mann mit den Eiern. • Die kommt später. Aber als Entwurf, was man machen kann, und was dann daneben geht, da ist diese Rubrik Arbeitsunfälle. • Auch mit Anschnallen und Nichtanschnallen im Auto, das ist genau dasselbe. • Ja, da gab es noch eine schöne Geschichte in diesem Blatt: Man baut da eine Halle, eine ganz einfache, vier Wände, Dach drüber. Erstmal die Mauer gesetzt, auf der einen Seite Fundament gelegt, Mauer drauf gesetzt, 100 Meter Mauer, 3 Meter hoch, und dann kommt der Architekt, muß die Mauer abnehmen und stellt fest, daß sie die Schnur, an der entlanggemauert wurde, zwar richtig gesetzt haben, aber auf der falschen Seite gemauert. • Exakt daneben. • Genau jenseits der Schnur 100 m Mauer. Ja Scheiße, sagt sich der Maurer, was machen wir nu? Kam wieder gleich der nächste Lebensentwurf, wie spart man sich die Arbeit? Man ist hingegangen und hat die ganze Mauer alle drei Meter lang durchgeschnitten, das kann man ja mit der Flex machen, den Kran geholt und gesagt: Jetzt zementieren wir jedes einzelne Stück einfach

auf der anderen Seite der Schnur. Das ging sechsmal gut, und beim siebten Mal fiel die Mauer um und erschlug jemanden. Tot! War wieder ein Beitrag für die Bauberufsgenossenschaft fertig. Schicksalszufälligkeiten, wie Odo Marquard sagt. Die Sachen, mit denen man nicht rechnet. Das war auch hinreißend: Ein Dachdecker soll ein Dach teeren, so heiß mit Teer soll er das irgendwie abdichten und ist Raucher. Hat also in seiner Hemdtasche oben ein Billigfeuerzeug und kommt dann zu diesem Teergerät, bückt sich, um seine beiden Eimer hochzuheben, und da fällt ihm das Feuerzeug aus der Hemdtasche in den heißen Teer, schmilzt sofort, das Ding explodiert, hochgradige Gesichtsverbrennungen aufgrund von Teerspritzern. Ja, das ist alles Scheitern, Scheitern passiert prinzipiell. Ich glaube, das muß man nicht wollen, da muß man sich positiv zu verhalten, das passiert erstmal. • Und ist da irgendeine Kausalität dahinter? • Nein eben nicht. • Man kann sich schon positiv zu verhalten, bei Arbeitern mit Feuerzeug vielleicht nicht, aber in dem Maße, in dem man die Schraube immer mehr anzieht, Donald Trump oder so, der hat übrigens ein Buch, das heißt: ›The Art of the Deal‹. Immer gewagter, immer größer, kann man natürlich schon herausfordern, das Scheitern. Also auch, um diesen Kitzel... • Ich meine, machen doch alle, Lottospielen ist nichts anderes als Kitzel am Scheitern. Höhö. • Deswegen werden hier auch demnächst mal Rouletteleute sitzen. • Übrigens, du hast mir ja erzählt, daß hier mal mehrere Roulettescheiterer..., aber ich kenne einen, dem gehört die Kneipe in der Potsdamer, wie heißt die seltsame Medienbar?... • ›La Strada‹ • ›La Strada‹, genau, der wohnt bei seiner Freundin, die ist Goldschmiedin, und der gewinnt immer, das ist natürlich auch interessant. • Er sucht und findet die Nähe des Goldes. • Na, wie Ute, die hat eine Weile auch nur gewonnen. • Ute hat auch eine Weile gewonnen, bis sie von einem Roulettefreund geschickt intellektuell, hochgradig schlitzohrig, verschlagen gelinkt wurde um sechsstellige Beträge. Ute hat zwei oder drei Jahre, und zwar de luxe, immer nur in den größten Hotels vom Roulette gelebt. Richtig Schweiz und immer mit dem Flugzeug hin und her. • Und sie hat erzählt, daß man dann immer dieselben sieht, also nur Leben mit Flugzeug, Hotelzimmer, Spielhölle. • Die kennt auch Paul Getty, ja, die weiß, daß der sich das Ohr selber abgeschnitten hat, weil er klamm war und die ganzen Weiber das Geld fressen... • Ich kenne seine Frauen, zwei Maoistinnen aus Berlin. • Masochistinnen? • Nee. Mao Tsetung. Die beschält jetzt der Langhans und hat natürlich gleich einen Film drüber gemacht, der heißt ›Scheeweißchen und Rosenrot‹, da muß der Getty auch noch mal dran. Muß die füttern. • Aber das ist doch kein Lebensentwurf. • Ich finde, man muß das Scheitern mit einplanen. • Ich meine, wir sind ja nicht umsonst beim Kramer Verlag. Warum mache ich das bei diesem Verlag? Ich mach das bei Kramer, da gehören wir hin, denn wir sind alle mehr oder weniger pekuniär verkrachte Anarchisten, darüber kann man sich einigen. • Das stimmt. • Doch, darüber kann man sich einigen, Kapitalismus ist mir scheißegal, aber es muß irgendwie funktionieren, und die müssen Geld abwerfen, damit wir parasitär und libertär mit dranhängen. Utopien kannst du vergessen. • Das finde ich eben nicht. •

Laß mal ziehen, dann wird mir schön schwindlig. • Was sagst du dazu, Weib? • Ich sag dazu was, wenn mir was einfällt. • Sagt mal, was anderes, wenn ich scheiter, gefällt mir das nicht, wenn andere scheitern, habe ich einen großen Spaß. Scheitern und Schadenfreude. • Kraft durch Schadenfreude! • ...weil ich irgendwie doch persönlich sehr viel Risikoabsicherung betreibe. • Eine große Risikoaversion... • Ja ja, Forderungsausfallversicherung und so. • Naja, du versuchst deiner psychischen Beschaffenheit entsprechend dein Leben irgendwie zu organisieren. • Aber ich mag Leute, die Risiken eingehen und scheitern, wie zum Beispiel diese Person, die schon angesprochen wurde. Einer, auf den ich mal in der Firma gestoßen bin. Der mit den Eiern. • Die Firma... • Ja, da kann man viel erleben. • Kunsthistoriker bei einer Gebäudereinigungsfirma. • Aber mit speziellem Status, oder? • Mit speziellem Status, ja. Immer noch der Freak vom Dienst. • Du schmeißt die Scheiben immer ein, oder was? • Er kommt und geht, wann er will, das ist so ungefähr dasselbe. • Ach, gleitende Arbeitszeit? • Jaa. • Aber erzähl jetzt mal. • Also damals, den lernte ich kennen, schon als gescheiterte Person in Berlin aus München. Ein Doktor der Theologie und fing also bei uns in der Firma als Vorarbeiter an... • Weil er geheiratet hatte. • Ja, genau, also eigentlich ein Karrierist am Anfang gewesen, Theologie studiert, war irgendwie in diesem erzbischöflichen Ordinariat in München, schon sehr bald nach oben gestiegen, bis er zu dem Punkt kam, wo er sich eben hemmungslos verliebte, heiratete... • Eine Passauer Nutte? • Auf jeden Fall war seine Karriere im Bistum damit beendet, der erste große Lebensentwurf, und dann war der neue Lebensentwurf da eben diese Heirat und Liebe und Hochzeit. Wohnung wurde eingerichtet und Möbel wurden gekauft und alles groß mit Geld, und dann scheiterte natürlich diese Ehe prompt nach einem Jahr, das ging ganz schnell. • Mit oder ohne Kinder? • Ohne Kinder, aber mit vielen Schulden, die dann an ihm hängenblieben. Und mit denen kam er dann irgendwie nach Berlin und fing bei uns an, zu arbeiten als Vorarbeiter, war ein bißchen schlauer der Kerl gleich, er konnte sehr gut reden, und hatte auch die Fähigkeit, mit allen möglichen Leuten umzugehen. Als Vorarbeiter hatte er dann auch irgendwann die Position, daß er die Vorschüsse für alle unsere Leute abholte und wieder weitergab, und das ging ein Jahr gut, bis dann jemand meinte, er hätte doch laut Lohnabrechnung viel mehr verdient, als er gekriegt hätte. Es stellte sich also raus, daß der, um seine Schulden zu begleichen, die Vorschüsse immer abholte und nur die Hälfte weitergab. Mit dem Effekt, daß wir ihn natürlich auch wieder rausschmeißen mußten, verklagen und was weiß ich alles. War die nächste Karriere gescheitert. Die letzte Information, ganz frisch, vor vier Wochen hab ich gehört, er hätte jetzt einen Eierstand. Also er verkauft jetzt Eier auf dem Wochenmarkt bei mir um die Ecke. Ich glaube, ich muß mal wieder ein Gespräch suchen. • Und die Eier sind wieder so ein Wiedergeburtssymbol, das Osterei... • Aber er ändert das Verfallsdatum... • Wahrscheinlich liefert er jetzt Eier an den Italiener, der Tiramisu für das erzbischöfliche Ordinariat in München macht, und dann stirbt das plötzlich... • Salmonellen! • Aber da möchtest du zugucken und hoffst nicht, daß es dir selber passiert? • Das kann ich mir wie Kino angucken. Mir selber soll das möglichst nicht passieren. Passiert mir dann ja doch wieder wie siehe U-Bahn, im Kleinen. Kleines Scheitern akzeptiere ich bei mir, großes Scheitern auch, das ist dieses Leben zum Tode, philosophisch abgesichert, daß man weiß, man scheitert sowieso. Also, man bleibt irgendwo im Fragment stecken, Vollendung braucht man gar nicht zu suchen, Vollendung ist, da hast du ja recht, eine Form von Scheitern. Wenn sich jemand setzt, er will Präsident der Vereinigten Staaten werden und wird es dann und stirbt auch noch über dem Amt. • Das ist auch Heiligengeschichte, die dann in der Ekstase völlig weg... Oder nach so einem Wahlkampf, wie für den amerikanischen Präsidenten, so ein Wahlkampf und dann gewonnen, da würde ich doch sagen: Oh nein! • Nein, das kann man irgendwie nicht nachvollziehen. • Doch, ich schon. • Erfolgsscheitern, wenn du da an diesen Buchladen denkst, das war ja auch ideologisch verbrämt mit Kollektiven und was weiß ich, was die dann immer haben, oder bei Computern, daß sie da irgendwie einen bestimmten Dreh reinbringen, dann endest du in so einer Ladenkette oder eben auch nur in einem Laden... • Verendest. • Verendest, das sehe ich ein bißchen anders, aber naja. • Ja? • Ich würde das auch nicht so sehen, daß der, der da Präsident geworden ist und dafür gekämpft hat, daß der gescheitert ist. • Nee, finde ich auch nicht. • Das interessante an Präsidenten ist eher so eine Schicksalsangelegenheit. Es kann immer nur einer sein, also die Wahrscheinlichkeit ist viel geringer, als beim Flugzeugabsturz umzukommen oder vom Meteoriten erschlagen zu werden! Und anderseits: Einer muß es werden! Wer und warum ist es nun dieser eine da? Er kommt natürlich aus einer begrenzten Schicht, aber einer muß nun die Häuptlingsstelle einnehmen. Stellt euch vor, es würde partout keiner mehr wollen. Dann käme rigidester Zwang! Es ginge ja wohl auch ohne, aber es ist eine dennoch wichtige, unerläßliche strukturelle Kreuzung, die notwendige Besetzung eines idiotischen Punktes. •

Es gibt eine Szene hier, die machen erfolgreiche Kneipen, und wenn die erfolgreich sind, sozusagen auf dem Zenit, dann verkaufen sie die. Und fahren ein Jahr weg, aber vom feinsten... • Das ist Einsicht ins Geschäft. • Gehobenes Freaktum. • Das ist ja die fieseste Form des Scheiterns. • Nee, die scheitern ja gar nicht. • Das sind Abzocker. • Damit müssen wir uns abfinden. • Aber die wissen natürlich über Zyklen im Geschäftsleben, die haben Kneipen gemacht und die wissen, daß es bei jeder Kneipe, wie bei Aktienkursen oder so, die kannst du hochjubeln, und dann gibt es Sentimentalisten, die sagen noch: Ich halte Treue zur Firma, ich bleibe bei Daimler Benz, solange ich lebe, ich sage: Du bist ein Arschloch, und der andere sagt: Daimler Benz ist mir genauso gut wie was weiß ich, Schütze-Arsch-Aktien, am Zenit werden die möglichst abgestoßen. • Ich glaube, das ist so eine deutsche Macke, mein Vater zum Beispiel hat nur Aral getankt. • Meiner auch. Oh, hat das Nerven gekostet. Mein kommunistischer Vater hat nur Aral getankt, und komisch, da machen die jetzt Werbung zum Thema, da scheints so eine Affenliebe zu Aral zu geben. Na, mein antifaschistischer Vati hat von der Entschädigung, die er für sein Leben gegen den Faschismus, das er geopfert hat im Knast, 25000 Mark hat er bekommen 1960/61. Jetzt passierte folgendes: 1961 sind alle, die irgendwie Grund und Boden hatten, nach Westdeutschland geflüchtet, weil sie Angst vor den Russen hatten. Wir bekamen ein Grundstücksangebot, ein riesiges Grundstück mit Haus in Rudow, ich meine, das ist pofelig, aber für 20000 Mark! Und meine Mutter, die vom Lande kommt, aus Schlesien und als Frau hat gesagt: Edmund, zu meinem Vater, laß uns das machen, das wird für die Kinder gut sein, und so Muttergedröhne. Und wie recht sie hatte! Damit wäre ich ja heute vermögend und in Dauerstreit mit meiner doofen Schwester. Nein, hat mein Vater gesagt: Nee, dit jeht nich, dit is mein Jeld. Er kaufte sich a) einen Ledermantel nach Gestapoart für 600 Mark. So einen Ledermantel, den hat er dann nie getragen, aber er war sich das schuldig, er wollte quasi die Umhüllung des Verfolgers einmal für sich haben, sagen wir es mal ganz ethno-mystisch, Stockholm-Effekt. Das zweite war natürlich, ratet mal, was hat er sich gekauft? • Einen VW, ich weiß es ja. • Ein Auto. Einen gebrauchten Volkswagen. Ja, so ein Elend, so ein agavgrünes! • Was, einen gebrauchten auch noch? • Naja, natürlich, weil Autos waren was ganz Teures. Und der Rest wurde für einen Urlaub nach Tirol ausgegeben. Weil mein Vater als Kommunist natürlich trotzdem diesen Luis-Trenker-Fimmel, diese Ästhetik von, nicht Grete Walser, von, wie heißt die Filmerin? ... • Leni Riefenstahl. • ... Leni Riefenstahl draufhatte, diese Lederhosen und der grausame Tiroler Hut, und dann sind wir, traumatisch hat der uns chauffiert, der Benzinzeiger stand seit Stunden auf rot, und dann fährt der bei Shell vorbei, und wir schieben die Karre fünfhundert Meter zu Aral rauf, o Gott! Ich habe von da alle meine Deformationen und vielleicht auch alles an persönlichem Genie, das kann aus dieser Zeit stammen. Ich vermute es zu 80%. Und dieser Tirolaufenthalt, dieser VW, diese Hinterhecks, wo man die ganze Zeit soo drinsitzt, oder dahinter diese Ablage, fürchterlich! Mein Vater war also der Scheiternde, Risikotaste, der hat immer auf rot gesetzt und schwarz kam, aber da hatte er den VW, die Mobilie, die nun längst verrostet ist. Während meine Mutter die Immobilien, diese schlesische Försterstochter mit ihrem schlesischen Scholleninstinkt und der Familiensicherheit. Verflucht, und das ist es. Wobei natürlich, das Lebenskonzept meines Alten ist besser aufgegangen, der ist auch grandios gestorben, nach dem Frühstück einfach umgekippt, währenddessen meine Mutter wird nun langsam dumm. Und, Scheiße, ich hätte heute Streit mit meiner doofen Schwester ums Grundstückel, und die Anwälte fressen es auf. Und Mutti wird komisch. • Aber etwas chaotisch, wie ich gehört habe? • Also scheitern, scheitern, scheitern, scheitern… • Das müssen wir jetzt gleich viermal abschreiben. •

Der schönste Begriff, den wir seit einem Jahr haben, ist Hauptstadtlüge. • Vorstadtlüge… • Ich habe das aus anderen Berichten in Erinnerung, daß es heißt: Schon wieder e i n Bein ab! • Nee, eben wieder beide Beine ab, weil sonst bleibt ja für den nächsten Witz noch eins übrig. Das ist ja der Witz. • Naja, damals gabs ja noch keine sogenannte… • Wiederbebeinigung. • Aber wieder beide, das ist auch kunsthistorisch so ein Symbol des Scheiterns. Da bin ich mal auf gotische Dome gestoßen. Das Straßburger Münster hat nur rechts einen Turm, der links, der rechte fehlt. Aber das schon seit 500 Jahren, wo man denkt, wieso ist das gescheitert, dieses Projekt, dieses Ding nicht fertig zu machen? Heutzutage, der Frankfurter Messeturm, da sieht man eine Baustelle und zack, ist das Ding auch schon fertig. • Häßlich, das Ding… • Und früher gab es halt scheints… • Ich find ihn wunderbar. • Der Turm ist wunderbar in Frankfurt. • Was dieses Scheißding da, dieser Griffel? • Palmengarten. Weißt du übrigens, daß die Madam… • Nee, jetzt laß uns mal… naja gut. • Daß diese Madam…? • Welche Madam? • Die Madam, die in den U-Bahnen und in der Straßenbahn immer die Haltestelle ansagt, vom Band, die Frau hat sich umgebracht. »Palmengarten, bitte aussteigen.« Für die ganze

Bundesrepublik hat die Frau die Stationen angesagt, da muß die jahrelang gesessen haben und gelesen haben, »Palmengarten, bitte umsteigen.« • Also ich habe heute in Berlin gerade festgestellt, daß die jetzt Ausländerinnen zum Ansagen nehmen. Mit Ostdialekt. Habe ich gehört, »Nächste Station Siedsterrn«, wie Flusser: »Die Analiese«. Aber jetzt laß doch mal die Domgeschichte weiter... Warum haben die Dome nur ein Hörnchen? • Das ist steckengeblieben, mittendrin. Man hat einen Turm gebaut, das kostet ja mal wieder Geld, dann hat man einen Bauschub 50 Jahre lang, hat man einen Turm fertig, ist das Geld wieder weg. • Komisch, daß sie die nicht gleich... • Inflation. • Naja, ein Turm ist ein Turm. • Solche Sachen, die nie fertig geworden sind, sehen sehr sympathisch aus. Und dann gibt es das Gegenbeispiel, den Kölner Dom. Original ist nur der Chor, dreizehntes Jahrhundert, Hochgotik, schönstes Stück. Der Entwurf selber ist aber in der Originalzeichnung überliefert. Nun hat man im neunzehnten Jahrhundert angefangen, Gotik als den deutschen Baustil zu entdecken. Und dann irgendwann, Deutsches Reich war gegründet, dachte man sich, wir können diese Bauruine nicht so stehen lassen, wir müssen diesen Dom endlich mal fertigmachen. Und dann hat man also, ganz wichtig, großdeutsche Reichsaufgabe: Man muß diesen Dom fertigstellen, also man kann dieses gescheiterte Projekt nicht im Scheitern steckenlassen, man muß es vollenden, vollenden war das Stichwort. Große Bauaufgabe, damals dieses Ding fertig gemacht, es sieht schrecklich aus, auch wenn es Wahrzeichen ist, aber das ist es eben auch wieder: Man treibt Projekte zur Vollendung, was ganz schrecklich wäre, wenn er nicht ständig abbröckeln würde. Aber das ist jetzt wieder diese andere Form des Scheiterns, der Kölner Dom ist, seitdem er fertig ist, eine totale Baustelle. Ständig stürzt da was, und täglich sind 30 polnische Restauratoren damit beschäftigt, irgendwie zu mörteln und zu basteln. Die Anstrengung, ein vollendetes Projekt in seiner Vollendung zu erhalten, ist ein permanentes Scheitern. • Das ist so schön, Stefan Wewerka, dieser Film, Stefan Wewerka, der diese schiefen Stühle baut, im Film steht er vorm Kölner Dom und sagt: Der Dom, naja, fragen Sie mich nicht, er ist soweit ganz in Ordnung, aber er hat einen Grundfehler, er hat einen absoluten Fehler. Er ist 50 cm zu weit nach Norden gebaut. Und er steht da am Dom und versucht, ihn ein Stückchen nach Süden zu schieben. Vielleicht schafft er es. Oder vielleicht war es nach Westen, mehr ins Gotische rein...? • Ich habe gehört, daß wegen der Bauarbeiten, wegen der ständigen Bauarbeiten da oben in schwindelnder Höhe, da können die Maurer und Restauratoren auch nicht immer runter gehen, wenn sie mal pinkeln müssen. Da ist da oben ein Pinkelhäuschen eingerichtet. • Ja! Die haben da ein Scheißhaus eingebaut. Hat 80000 Mark gekostet. • So ein Chemohäuschen? • So eine Dixiescheiße. Mit Fahrstuhl sogar. Wenn die Bauarbeiter pissen müssen oder kacken, sssst hoch... • Was, und dann fährt der Fahrstuhl mit der Scheiße runter, die wird unten entsorgt, und dann fährt er wieder hoch? • Das weiß ich nun nicht, das entscheidet der Prälat. • Aber ist doch sinnvoll. Die Bundesbahn ist ja jetzt gescheitert. Bei Rendsburg gibt es eine Hocheisenbahnbrücke über den Nordostseekanal. Ganz schön, Eisen, Stahl, also eine alte Eisenbahnbrücke, und unten wohnen natürlich Leute. Und da ist es so, wenn da nun irgend jemand die Toilette zieht, ... • Ah ja! • ...dann zernebelt sich diese ganze Scheiße und das Klopapier und regnet auf diese Bauern, die da unten sind. Einerseits haben sie relativ hohe Erträge auf ihrem Acker, andererseits können sie keine Wäsche trocknen, wenn die Kinder von der Schule kommen, müssen sie gleich wieder duschen und so. Und die haben nun geklagt, diese Bauern, und die Bundesbahn muß jetzt da was machen. • Ich glaube, auf diesem Streckenabschnitt darf nicht gekackt werden. • Nein, das ist zu teuer. Die werden wahrscheinlich Auffangbecken bauen... • Ist doch aber eine sehr kleine Wahr-

scheinlichkeit, daß während der Zeit gerade jemand kacken muß; obwohl, mancher wartet vielleicht extra auf die Brücke. Große anale Erlebnisse, geht unten das Loch auf und du siehst da... • Monatskarte! • Rizinustrinker... • Und Arbeitslosenhilfe. • Und Rabattmarken. • Rabattmarken ist zu oral. • Aber ich sehe schon, das Buch wird so in drei, vier Jahren fertig werden..., das Thema packen wir nicht. •
Bei Bukowski gibts auch so eine schöne Geschichte, wie sein Klosett kaputt ist und der scheißt immer in Plastiktüten. Das Schlimmste war das Hocken. Und dann verschnürt der die und fährt mit dem offenen Auto in die guten Viertel, die Scheißtüten auf dem Beifahrersitz, und schleudert die auf die Grundstücke. Keiner sollte zu kurz kommen. • Als wir da in Neukölln gewohnt haben, wo die Klos zugefroren sind, wie hieß die Straße..., wo die Apotheke war, wo das Scheißhaus zugefroren ist, in der Koppstraße, da haben die Leute wirklich in Tüten reingekackt, weil es so arschkalt war, und rausgeschmissen die Scheiße... • Das haben sie nach dem Krieg gemacht. • 47 war auch ein kalter Winter und 59 ein heißer Sommer. • Und dann ist die Scheiße noch im Fluge gefroren? • Klar, und wenn es wieder wärmer wurde, ist die ganze Scheiße aufgetaut. • Heute kann man sie in die Tiefkühltruhe packen. Das fördert die Zahlungsmoral für Strom. • 47 gabs noch gar keine Plastiktüten. • Doch, sie waren als Wunderwaffe avisiert schon 44. • Dann eben in Papiertüten, Papiertüten gabs. • Oder in Zeitungspapier. • Da gabs diese selbstgemachten Zeitungspapiertüten. Tüte, deshalb heißt es ja Tüte, bis heute war Tüte immer sowas spitzwinkeliges. • Ab 48 auch: Eßt mehr Obst, diese Tüten. Vitamine in Tüten. • Den einzigen, einzigen Überfluß, den Gescheiterte, den alle Gescheiterten haben, sind Plastiktüten. Je gescheiterter, um so mehr Plastiktüten im Plastiktütensammelfach oder direkt wiederum in einer Plastiktüte. Am Zoo sitzt eine Vergammelte mit 120 Plastiktüten, wo alle sich immer gefragt haben, was da

drin ist in den 120 Plastiktüten. Plastiktüten sind drin! Immer 120 in 120 in 120 und so weiter. Die versteht das Universum! Verschachtelung von Träumen! Sobald sie auf 130 Tüten erhöht, geht die ganze verschachtelte Serie auch auf 130. Und so weiter. • Ich bin ja sehr verblüfft über den Erfolg dieser Baumwolltaschen, die überall auftauchen. Während ja diese Jutetaschen gescheitert sind. Die Jute- statt Plastikbeutel Ende der 70er... • Jute statt Scheitern. • Jute statt Plastik stand auch in kürzester Zeit auf jedem Präserautomaten. Die neuen Tüten scheitern nicht. Und das glaube ich wieder, weil die ideologisch befreit sind von den Taschen, die die Ostdeutschen haben. • Das ist der verlängerte rechte Arm der Deutschen. Der Ballast, der jetzt jahrelang den Heil-Hitler-Gruß runtergezogen hat, die gut gestopfte Stoff- oder Plastiktüte mit Ware, mit Konsumscheiß drin. Je mehr desto besser. Solange sie die vollen Beutel hatten mit viel Ware drin, hatten wir zivile Verhältnisse. Wenn du die leer machst, geht sofort der Arm wieder hoch: Heil Hitler! So groß war der Tannebaum! Der Bunzler muß dafür sorgen, daß die Einkaufsbeutel schön voll sind mit Banane, dann geht er wieder runter. Alles Kiwi! Verflucht noch mal! Das Jute und das Böse. •

Wir machen 2000 Auflage und dann können wir remittieren nach vier Wochen. • Wer Remittenden hat, hat auch Remy Martin! • Das kann Remy Martin den Todesstoß versetzen. • Aber jetzt mal im Ernst, würdest du dich als gescheiterte Existenz bezeichnen? • Was wen, dich? Dich alleine? Da würde ich mich nicht so trauen. Vielleicht nach erfolgreichem Druck des Buches. Aber mich? Ich scheitere auch. Wie andere. • Du kokettierst. • Nicht so sehr wie andere. Ich kokettiere damit gar nicht. Ich habe auch schon Scheiternspunkte gehabt. Aber nicht gar so wie andere. So ganz auf mich ziehen kann ich das nicht, will ich auch gar nicht, aber es gibt schon so ein paar absolute Bruchpunkte. Würde ich schon sagen. Aber daß das nun mein Hobby ist... • Der Hobbyscheiterer. • Wie war das neulich? Hobby: Freizeit? • Das war der Dings glaube ich, dieser Harry Rowohlt in dem FAZ-Fragebogen. Und in demselben hat er auch auf die Frage: Wo wollen Sie am liebsten wohnen? Wo alle sagen, auf den Malediven oder sonst irgendwas, hat der geschrieben: im Erdgeschoß. Nee, aber ich dachte, ihr hättet schon alles klargemacht? • Wie, was klargemacht? • Na, mit dem Buch und so, dachte ich, wäre schon alles klar. • Machen wir ja auch. • Auf den Verlag kannst du dich doch nicht verlassen, wer weiß, wie lange die hier noch, wann sie abschnappen? • Wir haben noch eine Reserve, die hol ich mal raus. • Ahhhhh…! • Wunderbar. Ach, Kramer! • Herr Kramer, bitte. Soviel Zeit muß sein! • Meine letzte Station ist nachts immer ein Café gegenüber der ständigen Vertretung der BRD, das heißt auch ›Café ständige Vertretung‹. • Wo ist denn die ständige Vertretung? • Die ist gleich bei uns um die Ecke. • Das ist, was ständig versucht, sich gegen das Scheitern zu wehren, was auch die DDR immer versucht hat, ständige Vertretung. • Wer aber das Wort ›ständig‹ immer benutzt, ist aber, glaube ich, auch ein bißchen vom Scheitern versucht bzw. weiß, es könnte scheitern. Das trifft auch diese These von Baudrillard, die fand ich übrigens gar nicht schlecht, daß der Ostblock nicht besiegt worden ist, sondern daß die den günstigsten Augenblick gefunden haben, um sich zu verpissen. Das trifft das irgendwie gut, und dieses ›ständig‹ war im Nachhinein sozusagen ein Gegengift, daß sie sich ständig injiziert haben. So für die Ewigkeit was zu planen. • So wie die ganze Christenscheiße… • Die hängt ja mehr in uns rum, als wir denken, Bernd! Bakunin ist doch einer der größten Christusnachwuchsgestalten, die es überhaupt gibt. • Der Bakunin ist auch so ein begnadeter Scheiternder, ich erinnere mich noch gut an einen Satz, und dann hat er in Monte Verita mit Gartenbau angefangen, da ist er natürlich auch gescheitert, weil da hat er Samen en masse gekauft, und hat es irgendwie ausgeschüttet. Wurde alles Grütze, weil sich das gegenseitig… • Aber trotz-

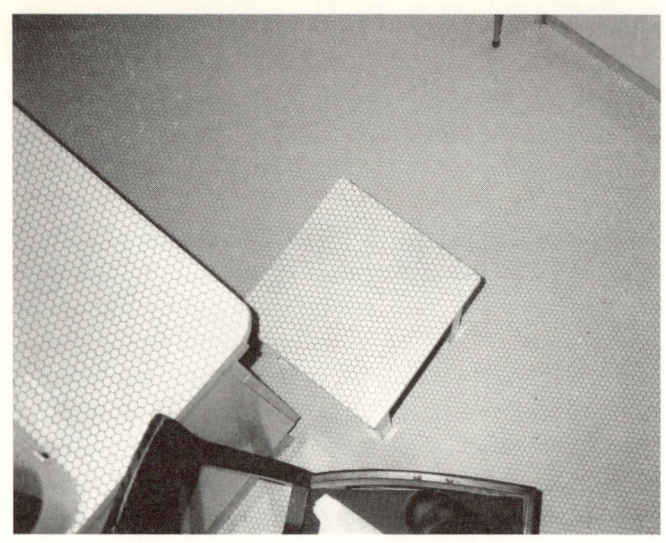

dem ist er kein Gescheiterter, vielleicht kriegen wir daran nun endlich mal einen Draht. Verstehst du, das ist doch auch ein völlig Geschei… • Vielleicht ist es ja auch so: gescheit, gescheiter, gescheitert. • Donald Duck, unser Held. • Ja natürlich, das ist eine gute Idee, das ist ja interessant. Gescheit, gescheiter, gescheitert. Wunderbar! 6 Uhr 38, bitte notieren Sie… Der Rest wird ja sowieso gelöscht. • Ach so ist das… • Die ersten Stunden der Nüchternheit kannst du alle vergessen. Jetzt kommen die Juwelen geschissen. Seitdem wir die Brücke über den Nordostseekanal überquert haben, wirds besser mit dem Gequatsche hier. Gescheit, gescheiter… • Am gescheitertsten… • Nee, gescheit, gescheiter, gescheitert. • Wunderbar. Also die Werbeblöcke für den Band sind schon mal klar. Die Fortsetzung der Teetasse ist Tee mit anderen Tassen. Wunderbar. Naja gut. • Neulich habe ich eine Frau kennengelernt, die hat immer statt schmusen schmunzeln gesagt. Die konnte gut deutsch, aber schmusen und schmunzeln kannte sie sozusagen nicht. Sie kannte auch nicht schmunzeln. Den ganzen Abend geschmunzelt. Das ist gut, Ausländer haben oft gute Ausdrücke, das ist auch die Stärke von dem einen Autor, dem chinesischen Indonesier... • Husen. Nee, nee, ich bin ja grad dabei, meine adligen Titel wiederzukriegen... • Bist du bescheuert oder was? • Ehrlich? • Ich kämpf drum. • Kapielski von der Reichsbahn. Der erste große wunderbare Weichensteller. • Von Schmunzeln... Derer von Schmunzeln, und mir soll der bloß noch nachweisen, daß jemand weniger schmunzelt als ich. Naja gut. Das sind wieder die kleinen Erfolgsstrategien, die man so hat. Nein, ich freue mich, wir werden das hier öfter machen, wir treffen uns hier donnerstags, Bernd, und wir waschen auch für dich ein bißchen ab, worüber du neulich so stöhntest, daß du hier aufräumen mußt. Wir machen das hier mal über Donnerstage und Donnerstage... • Aber der nächste Donnerstag geht nicht. • Bei mir auch nicht, weil ich fahr nach Köln zur Tomas Schmit Ausstellung. • Nächsten Donnerstag? Wie fährst du dahin? • Mit dem Zug. Eigentlich nicht nur wegen Tomas Schmit, sondern wegen Mühlenkölsch und Päffgen, ehrlich gesagt. • Wer ist Tomas Schmit? Kenne ich nicht. • Der ist einsame Klasse und hat infolgedessen nicht den großen Erfolg wie andere Penner. Der ist aber aus Intransingenz und Ablehnung irgendwie so jemand, der jeden, der bei ihm Zeichnungen kaufen möchte, vergrault, da bestehen nur 10%, da sagt der: Hau ab, du bist ein Scheißer. • Und malt der gegenständlich oder abstrakt? • Der zeichnet. Der belegt den Raum, der jenseits des Denkens steht, wo man eher mit Zeichnungen was klarmachen kann als nur mit Sprache. Manchmal hast du doch so, wenn du irgendwas erklärst, dann sagst du doch: Gib mal den Bierdeckel, ich zeichne dir das auf. Da gibts so was, was man mit Sprache nicht mehr machen kann, wo man Zeichen, eine zweite Dimension braucht. Es gibt ein Buch von ihm, eine gute Idee nach der anderen.[1] • Und

---

* Tomas Schmit, katalog, Hg. Kölnischer Kunstverein, Köln 1978.

der macht eine Ausstellung in Köln? • Der hat sich wohl entschlossen, überhaupt nichts mehr zu machen, und Hundertmark hat ihn nun doch überredet, eine zu machen. • Hundertmark ist ein Arschloch! • Was, wieso? • Du verwechselst den. • Hundertwasser. • Ach, Hundertwasser, ja. • Kramer! Mensch, wenn ich das geahnt hätte... • Hundertmark ist spitze. Bißchen still, aber... • Jaja, aber der blickt durch. Der hat so ein buddhistisches Grinsen auf der Buchmesse. • Aber der Name muß einen doch stutzig machen. Hundertmark, und seine Frau heißt Fuffi. • Nein, die Währung der Versager ist doch der Hunderter. •

Mensch, das ist ja ein Tarnkappenhocker! Wenn du da eine Luftaufnahme von machst, dann siehst du den nicht! • Den habe ich selber angestrichen, vom Müll ist der. Mit der schönen blauen Farbe. • Das sind die liebsten Möbel. Verflucht noch mal. Tarnkappenmöbel. Je kleiner der Wohnraum, um so mehr muß man sich Tarnkappenmöbel anschaffen. • Und dann müssen wir dich, Heinz-Werner, noch mal fragen, folgendes: Du hast ja auch schon mal beim Kleinen Griechen einen Vortrag gehalten, und jetzt ist folgendes wieder beim Kleinen Griechen: Es gibt da so einen Holzaufsatz, so eine Verschalung, so in der Höhe, was wird das sein, 1,50. • So einen Sims... • Und da haben die, die nun jeden Tag da sitzen, das verrückte gemacht, und zwar diese Fünfpfennigstücke... • Die Sechser. • ... die Sechser immer den Sims da entlang hingelegt. Die ersten wurden geklaut. Nach einer gewissen Menge haben die gewuchert, Gäste, die gesehen haben, lauter Fünfpfennigstücke, denken, das gehört zur Kneipe und haben geguckt, ob sie auch welche haben. Denn jeder will die loswerden, kleine Großzügigkeit. Inzwischen ist der ganze Laden, überall, wo dieser Sims langläuft, voll mit Fünfpfennigstücken. Komplett. Und jetzt muß eine Veranstaltung wieder her. • Die gehen schon in die zweite Reihe, diese Sechser wuchern. • Ich weiß nicht mehr, wie die Idee entstanden ist, aber ich lege da ein paar Sechser hin und sage zu Giorgio: Aber wehe, da wird einer geklaut. Am nächsten Tag waren natürlich drei weg, fünf hatte ich hingelegt, ich sage: Giorgio, die Dinger bleiben liegen! Bumm bumm bumm, auf einmal waren es 10 cm. • Wie kamst du eigentlich initial drauf? Aus Daffke? • Aus Daffke. • Schlicht und ergreifend wird es so gewesen sein: Du hast ein Loch in der Tasche gehabt, und andauernd fielen die Dinger runter. Du wolltest dich nicht mehr bücken und mußtest die irgendwo deponieren. • Potlatsch. • Die haben doch ständig Geldgezeter beim Griechen. Die Griechen sind Knickstiebel, wie die Schwaben sind die. Und die Stammkundschaft hat zu wenig Taschengeld. • Irgendwann war es dann eine Latte von zwanzig, dreißig Zentimetern. Da kamen dann mal unerzogene Kinder und bums, haben die erstmal einen Teil der Lage abgeräumt. • Das findest du unerzogen? • Ja, logisch finde ich das unerzogen. • Die haben es doch begriffen. Geld einsammeln, wo es zu kriegen ist. • Ja, aber, und das ist interessant, nachdem die Latte immer länger geworden ist, haben sie nichts mehr weggenommen. • Das ist sehr interessant. • Psychologisch interessant. Solange da nur so ein paar Dinger rumliegen, kannst du abgreifen, aber jetzt sehen die Leute, da liegen lauter Sechser rum, fangen an zu kramen und legen auch einen Sechser hin. Ende des Jahres müssen wir eine Veranstaltung machen. • Das ist ja wie der Montana di Trevi in Rom, in dem Anita Eckberg gebadet hat. Da wirft man auch immer, man stellt sich mit dem Rücken zum Brunnen, und wirft ein Geldstück rein, weil man dann noch mal nach Rom kommt. Das ist genau dasselbe. • Nee, das ist glaube ich nicht dasselbe. • Zehn Sechser auf 8,3 cm. Das haben wir ausgerechnet. Insgesamt sind das ungefähr 17 m. Da kommen 90 Mark raus. • Da muß ein Numismatiker her. • Nee, das hat was mit der Entwertung zu tun, daß man die kleinen Geldstücke nicht mehr haben will. • Höge, vergib doch nicht so eine schöne komplizierte Assoziation! • Fünf ist nicht sechs. Wie kann ein Fünfer ein

Sechser sein? • Da muß eine Etymologie her und freimütigstes numismatisches Delirieren, kleine Ökonomie, große Ökonomie, Überfluß und Mangel. • Man könnte ja die Sechser-Kette hochbauen, daß man sozusagen auf jeden Sechser einen anderen Sechser raufsetzt, und dann werden die natürlich auch erstmal geklaut, aber wenn die erstmal so hoch sind, so auf der Ebene, 10 cm, dann kommt das Guinnessbuch der Rekorde: der Sechsergrieche. Eine einmalige Sache. Und dann kommen alle Leute, die noch haptische Geldwerte empfinden, arabische Völker. • Giorgio nimmt glatt einen Kleinkredit über 10 000 Mark und tauscht den in Fünfpfennige und ist da wochenlang am Basteln. Ist das nicht eine irre Investition, überleg mal, auf was du da baust? • Ja natürlich! Das wäre aber nun wieder Berliner Ökonomie, daß es sich herausstellt, daß Bernd Kramer auf die Idee gekommen ist, Verrückte bei ihm zu Hause, nicht mal beim Kleinen Griechen, das spiralistisch hochgepokert haben, und er hat es dann nur gemacht. Hat zwar ungeheure Mühen gehabt, wird dann aber ganz berühmt und alle strömen in sein Lokal, weil er gnadenlos in Sechser investiert hat, wo jede Bank sagt: Sie spinnen doch. • Alles Sechser, bzw. Fünfer. Macht olle Bucher eine Speisekarte, alles auf Fünferschlüssel, Fünferplatte. Sechserpack. • Da ist doch in einem Jahr soviel drin, daß du den Verlag sanieren kannst. • Kramer stellt sich schon ein Hochhaus vor, Karin Kramer Verlag, jedes Stockwerk ein Buchstabe. 21 Stockwerke. • Hast du den Brief weggeschmissen, wo wir schon assoziiert hatten zu Sechser? • Ich schmeiße keinen Brief weg. • Fehler! • Doch ich bekenne, ich schmeiße Briefe weg. • Ich Postkarten. • Das ist nicht so schlimm. • Als ich noch zwei Zimmer für mich allein hatte, habe ich alles aufgehoben, das ist furchtbar. Es ist gut, mal ein halbes nur zu haben, da schmeißt man den ganzen Mist weg, weil man Platz braucht. Platz ist wichtiger als aufgehobene Postkarten. • Wir müssen auf die Welterscheinungen nicht immer mit Vorträgen und

Diashows reagieren! Wir müssen zehntausend Mark aufbringen für die Sechser! •
Kaufst du mir diesen Lottoschein hier ab für einen Hunni? • Hier, laß mal anfassen. Aber habt ihr gesehen, wie Helmut rumzappelt, weil ich das Ding jetzt in der Hand habe? Zack, zack, greifen, greifen. • Du spielst Lotto?! Ich hätte nicht gedacht, daß du Metaphysiker bist. • Lotto spielen und dann die Scheine nach Annahmeschluß an Paniker verkaufen, die vergessen haben zu tippen. Das wäre doch eine Idee. • Weißt du, was es in Frankfurt am Hauptbahnhof gibt? Du kommst aus dem Hauptbahnhof, und jeder will in Frankfurt telefonieren, also ich nicht, aber alle wollen telefonieren. Und überall sind da Kartentelefone, aber keiner hat eine Karte, und dann kommen da überall Türkenjungs und geben dir für 60 Pfennig eine Einheit. • Prima. Ist doch in Ordnung. Klar. Und die beschützen die Apparate persönlich, und die werden nicht kaputt gemacht. • Telefonpaten. • Das ist auch so, wenn du zu einem Münztelefon kommst, und du hast natürlich keine Groschen dabei, die schmeißt du zuhause immer weg oder was, und dann

bezahlst du eine Mark dafür. • Hab ich oft genug gemacht. • Und das neueste: Es gibt Kartentelefone für Visakarten. Anruf drei Mark! • Wie? • Hier, American Express, Diners Club. • Diese Karten, mit denen man alles bezahlen kann, mit denen kann man auch telefonieren? • Damit kann man auch telefonieren, aber die Einheit kostet drei Mark. • Boohh. • Die Schweine. • Die Freiheit nehm ich mir. • Demnächst stehen die Türkenjungs da mit drei Groschen und sagen: Macht eine Mark. • Eigentlich finde ich das gut. Sowas etabliert sich zur Zeit. Subsidarische Ökonomie. Die Gewerkschaften pokern total hoch für die paar Penner, die sie in ihren Reihen haben, die eine Lehre gemacht haben und in der glücklichen Lage sind, einen Arbeitsplatz zu haben. Für die kämpfen sie. Darunter gibt es einen Rest, der organisiert sich selber, irgendwie subsidiarisch, parasitär. • Mit dem Lottoscheinverkauf könntest du das totale Geschäft machen. Wenn du dir dann als Lottoscheinverkäufer auch noch das Image eines Glückspilzes geben kannst. • Man müßte sich so einen Fliegenpilzhut besorgen. • Was Lotto betrifft, schöne Idee vom Künstler Bernard Martin, er hat ein riesiges Tafelbild, wie es so Mode war, weil sie gern gekauft wurden, vier mal anderthalb Meter, hat er einen Lottoschein gemalt, Öl auf Leinwand, ganz fotoreal. Und er hat es sogar geschafft, in die Lottozeitung zu kommen, da gibt es so eine Lottozeitung. Jedes Bild, das heute einer malt, ist sowieso ein Lottoschein. Meist werden es Nieten, manchmal Fünfer mit Zusatzzahl. Eine hübsche Selbstbezüglichkeit, die Tafelmalerei betreffend. • Oder sechs Richtige. • Nee, soviel gibts für zeitgenössische Ölschinken ja nun nicht. • Nee, hat keinen Wert. Kriegt keine internationale Anerkennung, denn Lotto ist eine zu regionale Angelegenheit. Da muß er gleich die südwestdeutsche Klassenlotterie hinterherschieben, Rubbellose, alles. Quittungen… • Ja, gefälschte. • Aktien. • Aktien, Duchamps hat schon Aktien gemacht. • Scheiße, da muß ich mal mein Portemonnaie malen. • Nein, um Gottes

Hinweis.

Reibe mit dem
Finger über die
schwarze Fläche

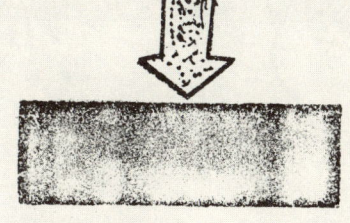

...jetzt
bitte
wenden

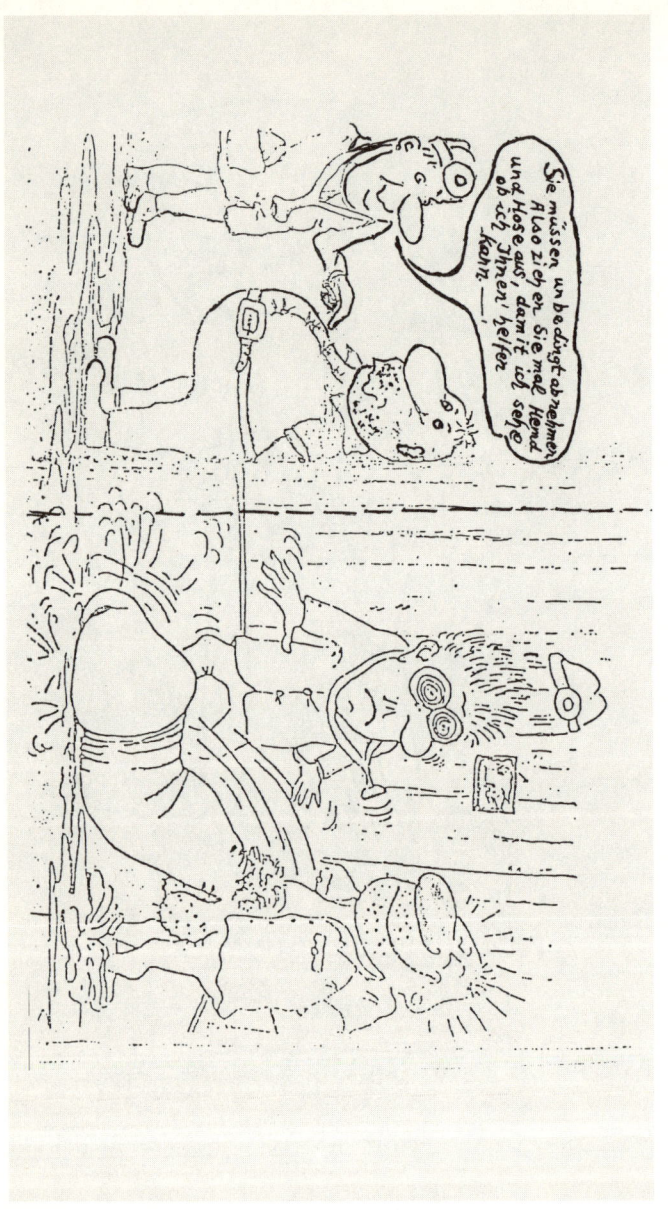

— Jungfrauen-Atoll —

willen. • Eine große Einöde. • Schöner Titel: Die Schütte. • Gibts schon. • Scheiße, gibts auch schon. Deshalb habe ich doch aufgehört mit Kunst, denn es gibt…, du kannst nichts mehr… • Deshalb sitzt du auch hier beim Scheiternprojekt. • Ja, genau, deshalb sitze ich auch beim Scheiternprojekt, denn mit Kunst bin ich gescheitert. Aber schön! Sehr schön! Es waren schöne Jahre. Die Pinsel, der Gestank, die Weiber, die Pfandflaschen und ständig Pellkartoffeln mit Leinöl.

Garmisch. Gespräch mit Bernd Kramer, Karin Kramer, Jes Petersen, Katrin Schings, Ernst und Ute in Kramers Küche und Petersens Galerie.
Siehste, sowas brauchen wir, Zimmerflak. Sowas brauchen wir. • Schönes Zitat, hier die Überschrift: Der Bürger hat das Recht, vom Staat in Ruhe gelassen zu werden. Hatn Bulle gesagt. Müde? • Wir sind gerade aufgestanden, um drei ham wir gefrühstückt. • Mensch, ich bin seit halbsieben auf den Beinen. Jeden Tag. • Ich hab heute beim Frühstück gedacht, wir scheitern nicht, wir versuchen nochmal die Firma zu gründen. • Die ham doch hier neulich auf der nationalen Großdemonstration den Bundespräsidenten mit Eiern beschmissen, auf Silberzunge; da steht jetzt hier vor paar Tagen in der Zeitung, Überschrift: ›Bonn plant strengeren Umgang mit rohen Eiern!‹ Ich denk, wat is denn nu los? Es ging aber um Salmonellen. • Eier und Gemüse. • Willste den Mitropateller? • Habt ihr auch? Wir ham die auch. • Weißte was, wir ham alle. Vom kleinen Löffelchen, bis hier, Suppenterrine. • Ich hab die mit blauem Rand. • Wir ham die neuere Kollektion. Das ist die zweite Generation. Große Teller, kleine Teller, alles. • Was is denn mit euch los? • Wieso? • Na, hier; zeigt her eure Becherchen, Mitropasammelquatsch. • Ich kann euch welche besorgen! Elke hat alles aufgekauft. Die hortet. Die nächsten Jahre verteuert die das. • Das hat die immer so gemacht. • Juppieblödsinn! • Elke is doch kein Juppy! • Ich meine, die kaufen

den Quatsch in paar Jahren für jedes Geld. • Du kennst doch Elke, die bei Wewerka war, Gurkenelke. • Wewerkaelke oder Gurkenelke? • Beides war mal. Die hat aufm Markt Gurken verkauft. Die hat solchen Marktstand gehabt und dann in den Morgenstunden vor den Kneipen Gurken verkauft. Saure Gurken. •
Die Idee von dem Rechtsanwalt, daß der Honnecker einen Doppelgänger hat, is schon grandios. • So ist Gurkenelke auch Wewerkaelke. • Kohl gibts gar nicht! Soviel noch zu Gemüse und Eiern. • Warum soll Honnecker keinen Doppelgänger haben? Stalin hatte mehrere. Heute gibts ja Fernsehn, da brauchst du das nicht mehr so. In jeder Hinsicht eine Medienschote. Die Chinakaiser hatten auch mehrere, konnten die in allen vier Himmelsrichtungen parat sein, so als heraldische und repräsentative Rizomatik.[*] • Trotzki läuft auch noch rum. Vielleicht ist Hitler noch unter uns. • Inzwischen ist er wieder da. Telematische Reinkarnation. • Whow! Was hastn da fürn Adolf Kittler gebaut? • Seid vorsichtig, ich hätte auch Palingenese sagen können. • Na, jetzt wär er Hundertzwei. •
Ich frag jetzt mal, Kapielski kennt euch ja nun, aber was macht ihr eigentlich so außer spät aufstehen, seid ihr Künstler oder macht ihr Offenbarungseide jeden Morgen oder was? • Wollen wir eine Adventskerze anmachen, is bißchen duster. • Wir haben keine Mühe und kein Geld gescheut, um ne zweite Kerze anzuschaffen. • Wir kennen uns über Jes Petersen. Tja, er hier macht Computer, und sie da hat Jahre lang Roulette gespielt, um mal erstmal schlicht vorzustellen. •
Also ich fang mal an, paß auf! Nach dieser ganzen Spielbankaffäre, diese drei Jahre, da mußte ich ja wieder was tun. Hatte nullkommanull Pfenning, Nullwachstum, und dachte,

---

[1] Sehr weitgehende Auslegung der Werke von Marcel Granet, Das chinesische Denken. Inhalt. Form. Charakter, Frankfurt 1985. Ders., Die chinesische Zivilisation. Familie. Gesellschaft. Herrschaft. Von den Anfängen bis zur Kaiserzeit, Frankfurt 1988.

ich muß was machen, Miete zahlen und so, na jedenfalls da bin ich nach Kreuzberg zur Untertitelungsfirma, hab in der Nürnberger gewohnt und bin jeden Tag nach Kreuzberg und dachte, das ist ja wie auf den Bahamas. • Es gibt vielleicht weltweit fünf Untertitelungsfirmen und dann noch lokal welche. Die machen eben bei fremdsprachigen Filmen unten die übersetzten Untertitel auf den Film rauf mit Säureätztechnik, Bleiklischees und dem ganzen Quatsch. • Na, jedenfalls nach der ganzen Spielbankengeschichte dachte ich, so, jetzt gehste dich mal vorstellen, Filmuntertitelung. Is auch mein Metier, und die haben mich sofort genommen. Und dann bin ich immer von der Nürnberger Straße nach Kreuzberg gefahren, heulend, und habe mir immer eingebildet, ach, ich bin jetzt aufn Bahamas und mache jetzt Urlaub. Na, ich dachte, jetzt machste kurz was und dann gehste wieder spielen. Und so saß ich immer in der U-Bahn und dachte, ach was, du fährst auf die Bahamas. Es war nun auch noch November, Dezember. Ich jeden Tag mit dem Türkenexpreß nach Hallesches Tor, und da bilde ich mir ein, daß ich auf den Bahamas bin. Na ja, es vergingen drei Jahre, ich dachte, du kommst hier nicht mehr raus. Und da lernte ich ihn kennen, das war 84. Derweil hat Cinetyp die Firma aufgegeben, weil der wieder in die Schweiz gegangen ist. Ich hab da Fotosatz gemacht, weil ich bin eigentlich gelernte Schriftsetzerin. • Was? Ich auch! Sei gegrüßt Schwester! Auch ich stand ständig am Setzkasten. • Na ja, guten Morgen, da wurde gleich auf Fotosatz umgestellt. Da war ich gleich arbeitslos, ich war 75 die erste Arbeitslose. Beim ›Abend‹ hab ich noch vom Bleisatz zum Fotosatz mitgemacht. • Bei der Untertitelung werden immernoch Bleiklischees hergestellt. • Paß auf: Cinetyp ist wieder in die Schweiz, große Firma da, international, und er wollte hier nur so einen kleinen Ableger in Berlin haben, weil er hier mit Steuerermäßigung und Berlinstütze und so, und er wollte deutsche Aufträge haben. Na, der hat plötzlich dichtgemacht. Und ich war leider zu der Zeit

im Krankenhaus, sonst hätte ich gesagt, ich übernehme die Firma! Bin zu spät rausgekommen und dann habe ich Ernst kennengelernt, auf einer Dampferfahrt. 84, ganz wunderbar. Und ich erzähl ihm da an Bord die Geschichte und sage, ich muß hier so eine Bude aufmachen, das gibts hier sonst nicht. Sagt er: Paß auf, das machen wir über Laser. Ich sage, was, Leser? Jedenfalls haben wir das dann ausgetüftelt, sechs Jahre lang, solange is das jetzt her. • Es geht darum, daß man am Computer schreibt, der steuert den Laser und der brennt die Texte ins Filmmaterial. Früher war das arschkompliziert. Spotten, Blei, Atemmaske, Säuremist, Wachsbeschichtung, Säurebad, Waschen mit Waschbenzin, Salpetersäure, richtig schön giftig alles. So, und ich bin auf die Idee gekommen, hab gesagt, das ist alles scheiße, wir machen das so, weil ich mit der Technik zu tun hatte, wir nehmen einen Laserstrahl und brennen direkt die Filmschicht weg. Du kannst mit hoher Geschwindigkeit auf tausendstel Millimeter genau arbeiten. So haben wir das beide entwickelt. Sie hat immer gesagt, so ging das früher und ich hab immer gesagt, so machen wir das jetzt. Der Witz ist, du schreibst in den Computer, und der Laserstrahl ritzt direkt den Film, du brauchst keine Säurebäder und den ganzen Mist nicht mehr. •
Was hastn davor gemacht? • Da war ich ein vielversprechender Unternehmensberater. • Als ich ihn kennengelernt habe, paß auf, er: kurzes Haar mit Anzug, Krawatte, weißes Hemde, mit so Köfferchen. • So Nuttenkoffer? • Und ein Jaguar! So führte er mich von der Dampferfahrt in diesen Jaguar rein. Und Ernst fand ich wunderbar! Er saß mit Erich und Werner, und die zockten da an Bord. • Neenee, ich hab zugesehen und Champagner gesoffen. • Und da nahm er mich so an die Hand und fragte, ob ich auch n Gläschen trinken möchte, und ich sagte: Natürlich! Und er wie son Loddel da, und dann fragte er mich auch noch, ob ich mit auf ein Fest mitkommen wollte, und dann führte er mich den Dampfer runter und setzt mich

in seinen alten Jaguar. Das fand ich ja nun totschick. Ich dachte, endlich kommste nun mal wieder zu Geld, kannste wieder zocken gehen und sowas alles. So, wir haben uns jeden Tag getroffen, und Ernst hatte immer, das fand ich ganz toll, son dickes Bündel Hunderter und mitm Gummi, sone Rolle. Jedenfalls, ich fand es nun alles sehr merkwürdig, jeden Tag, Tausender war wieder weg, nochn Tausender war wieder weg, warum weiß ich gar nicht, jedenfalls wir haben alles ausgegeben. Alles! • Und wo hattest du die Bündel her? • Der hatte immer son Bündel! Wir sind immer zur Bank gefahren und kamen von der Bank wieder und hatten wieder son Bündel. Jetzt gehts los. • Wie machst du n sowas? Das interessiert uns alle hier. • Ich hatte einen relativ lukrativen Job bei einer Hausverwaltung, und das war die Anfangszeit der Computer, PC usw. kurz vor den 80ern, hab mein Wissen da eingesetzt. Ich war eigentlich Musiker, hab kein abgeschlossenes Studium, das Computerzeug hab ich mir selber beigebracht, Zeitschriften und so, eben: machen! Kurzfristig war ich mal an eine Frau geraten, die hat gesagt, jetzt ist Schluß, du mußt mal was Vernünftiges machen, und hat mich zur PH geschickt. Na gut, dacht ich, machste Musiklehrer. Dann wußte ich nicht, was als zweites Fach. Sport? Icke? Nee! Erdkunde auch nich. • Doofe studieren Sport und Erdkunde. Immer! Daran erkennst du sie. • Und dann war damals, 75, 76, ganz frisch, das nannte sich Pädagogische Informatik. Also bin ich da zum ersten Mal mit Computern zusammengekommen. Dann mußte ich aber nach zwei Semestern eine Lehrprobe geben und bin da sowas von eingebrochen! Mit diesen Kindern da bin ich nicht klargekommen. Laut, fürchterlich! Ganz grob, damit bin ich nicht klargekommen. Biste aus der Klasse raus mit den 30 Affen und dann aufm Schulhof Tausende! Da bin ich zusammengebrochen. Dann zwei Semester Theater, eins Mathematik, dann war ich Bierfahrer bei Schultheiß in der Methfesselstraße. Und dann haben die bei Schultheiß intern eine Stelle ausgeschrieben als Operator. Da hab ich mich gemeldet und dem EDV-Leiter da erzählt, daß ich zwei Semester Informatik habe. Ach, sagt der, das ist gut, da kommt einer ausm Fahrerlager, der die Praxis kennt. Und das Komische war nun, daß ich weniger verdient habe als als Fahrer. Gut, ham die mich hochgestuft, und ich habe da die gute alte Steinzeit-EDV kennengelernt, ein riesengroßes Gerät, Lochkarten, ein halbes Haus voll, das paßt heute in ein Tischgerät. In der Zeit, als ich Ute kennengelernt habe, hatte ich schon Erfahrung, hab bei einer Hausverwaltung gearbeitet, Programme geschrieben, war damals modern, Miethochrechnungen zu machen, hab ich ein Programm gemacht. Das is ne finstere Geschichte. In den meisten Häusern haben die Eigentümer vergessen, Mieterhöhungen zu machen, da ham wir Abhilfe geschaffen, und das Miese war, wir haben ja auch berechnet, daß einer zuviel zahlt, da wurde nichts unternommen.

Wohnt ihr zur Miete hier? • Na hör mal, der Stuhl, auf dem ich hier sitze, gehört mir. Das ist eine Enteigentumswohnung. • Also, das hat gut Geld gebracht. Das reichte aber nicht, seit ich Ute kannte. Parallel hatte ich eine Computerfirma. Also Unternehmensberatung und Gerätevertrieb aufgemacht, und hab sogar ein System an meinen Rechtsanwalt verkauft. Mein Fehler war aber, ich habe 80 aufs falsche Pferd gesetzt. Ich wußte, PC, das wird teuer, ich dachte, das wird sich nicht durchsetzen. Ich hatte da eine amerikanische Firma, die brachte ein System, das im Vergleich zur damaligen mittleren Datentechnik sehr preiswert war. Du kriegtest ein System mit acht Arbeitsplätzen für 30 000 Mark. Das war billig damals. Ich hab mich darauf festgelegt, bloß dann ging das so schnell, daß sich die PC durchsetzten, daß ich mit meinem Ding baden gegangen bin. Und dann habe ich eine saubere Pleite hingelegt, mit Lieferantenschulden und Bankschulden. Dann war die Geschichte, wo wir zum allerletzten Mal zur Bank gegangen sind und nochmal 20 000 abgezockt haben. Bin mit meinem

Anzug hingegangen, und ich muß nochmal und schnelles Geschäft, und der sagt, gut, ich drück nochmal beide Augen zu, ausgezahlt, und dann haben wir das innerhalb von vier Wochen verbraten. • Alles! Alles! Wir hatten nichts mehr. • Wie bringt man 20000 in vier Wochen um die Ecke? • Champagnersaufen in Kneipen, dreimal täglich Essengehen. • Das geht ganz schnell. So schnell kannste gar nicht gucken. Gespielt hab ich nicht mehr. Doch! Ich hab mit meinem Geld dann nochmal, wo ich Abfindung bekommen habe. • Die drei Mille oder was? • Fünf Mille warns! • Und wieviel Schulden hast du dann nun akkumuliert? • Na, hunderttausend, einschließlich Steuerschulden. • Na, das geht doch schnell! • Jaja, der Kramerkonzern. • Ja, dann ging eine Zeit los mit sehr großer Einschränkung. • Da ham wir geklaut. • Wie? • Gestohlen. • (begeisterter Aufschrei) • Wir mußten doch leben! • Das war richtig gut, wir haben so im Monat im Durchschnitt zwischen tausendfünfhundert und zweifünf Güter rangeschafft. Und vom Feinsten! Nur vom Feinsten. • Das hatte ich auch in meiner ersten Wohngemeinschaft. Da gabs einen, der hat uns mit Klauen finanziert, oder sagen wir mal: lebensmittelmäßig unterhalten. Und dann hats immer geklingelt, und da stand einer und dann Stichwort: »Onko«. Gut, also: Komm rin! Wat brauchste? Und der brauchte meinetwegen drei Kilo Kaffee und zwei Pullen Dimpel oder Asbach. Boing. Der Mokka n Fünfer, der Sprit n Zehner. Auf Wiedersehn! •

Er hat immer den Jaguar vorgefahren, und der Abteilungsleiter hat uns die Tüten mit der Klauware zum Auto rausgetragen. Wagenschlag auf, ich rein, und dann haben wir noch Winkewinke gemacht und ab. So war das! • Wie habt ihr denn das hingekriegt? • Damals war es noch so, da gabs noch keine Spiegel, kein Video, keine gedrittelten Preisschilder. Aber mit Preisschildern haben wir nicht gearbeitet, das geht schief, weil die meisten Kassiererinnen haben die Preise im Kopf. Wenn du da was umklebst: Scheiße! So, und du konntest, weil die

Förderbänder ziemlich hoch waren, und wenn du mit dem Wagen richtig nah dran an der Kasse lang bist, konnten die nicht runtersehen. Wenn du jetzt eine Flasche Champagner klauen wolltest, mußtest du gleichzeitig eine Tafel Schokolade klauen, damit die nicht so rollt. Also Champagner an die Kassenseite und die Schokolade davor, damit die nicht ins Blickfeld rollt. Also du mußt Milch und Brot, so für dreißig Mark kaufen, aber im Korb hast du noch für 150 feine Ware im toten Winkel. Und du mußt auf jeden Fall noch soviel Geld dabei haben, daß du notfalls alles – Huch, hab ich vergessen! – doch noch bezahlen kannst. Dann drückst du eben 200 Mark ab, haste Pech gehabt, gut. • Bis sie mich erwischt haben; blöderweise im KaDeWe. Total bekloppt, ich hatte da irgendwie ne Macke. Du wirst unvorsichtig. Aber: Ich klaue seit über 20 Jahren. • (Kramer wiehert) • ... na, jedenfalls, wir gehen da beide durchs KaDeWe, ganz blöde, völlig vertorft. Mein Anwalt hat gesagt, wenn du im KaDeWe klaust, bist du selber schuld. Na, ich hatte so für düdeldüdellüt Neunmarkfuffzig eingesteckt, und die Verkäuferin hat mich verraten. So, da hab ich zu Ernst gesagt, jetzt is Schluß mit der Klauphase, denn einmal erwischt... • Zweimal! Vorher war noch blöder! Das war bei Karstadt. • Sag mal, Kapielski, wen hast denn du hier rangeschleppt? • (Blöken und Brüllen) •
Bei Karstadt war noch blöder. Es gab noch eine zweite Variante, also oben hattest du was drin, das war das eine, und dann gabs noch Wagen, da konntest du unten noch Sachen rumfahren. Und bei Karstadt, ganz blöd, hatten wir eine Kiste Katzenfutter unten. • Pfui Deibel! • Und der Witz, ich hatte die Kiste vergessen, ich wollte die noch hochhiefen und auf das andere Zeug raufstellen, also erste Variante. Oben hatten wir noch die Tafel-Schokoladen-Variante laufen. Wir kommen schon durch die Kasse und packen schon alles ein, das ganze feine, geklaute Zeug, da kommt einer und tippt uns auf die Schulter. Zeigt seinen Ausweis. Was is los? – »Sie haben das

Katzenfutter nicht...« • Ich sofort zu Ernst: »Waaaas? Du hast das Katzenfutter nicht?? Bezaaahlt?« War aber nichts zu machen, ein sturer Typ, wir mußten mit hoch. Jetzt hatten wir aber schon die anderen Sachen in den Tüten. Ich hab immer zu Ernst rübergezwinkert, wenn die die andern Sachen finden und die Tüten durchkucken, dann sind wir aber dran! • Also die Bullen. Und die bei der Kasse unten angerufen. Und wir die Scheine rausgeholt und gewedelt: »Wir klauen doch nicht.« Ich habe zugegeben, das die Kiste ein Irrtum ist. So, jetzt haben die gesagt, alles in die Tüten, aber das Katzenfutter bleibt hier, und ich mußte in die Grüne Minna. • Wir hatten verabredet, wenn die Bullen kommen, gehst du mit, weil du hast schon genug auf dem Kerbholz, und ich mußte clean bleiben. • So stand sie nun draußen mit den geklauten Sachen in den Tüten vor dem Bullenwagen, und ich saß drin mit Katzenfutter. Sagt der Bulle zu mir, wieviel haben Sie denn an Geld dabei. Na, so zweihundertfünfzig Mark. Der schüttelt den Kopf. Und dann kam noch ein Freund von uns zufällig vorbei. Der sieht Ute; erst erhellte sich sein Gesicht, wie er Ute sieht und dann die Bullen, der hat sofort unauffällig abgedreht, es war zum Schreien! Bei KaDeWe wegen dem Scheiß Gulasch. • Ha! Gulaschkommunismus! •
Das war die Zwischenzeit mit dem OE, also Offenbarungseid. • Tja, du sitzt halt zu Hause und versuchst dich über Wasser zu halten, zu ernähren, ich war auch mal beim Sozialamt, hab was erzählt und bißchen Kohlengeld abgefackelt usw. Übrigens, ganz wichtiger Tip, die haben mich ja verknackt wegen Steuerhinterziehung zu neunzig Tagessätzen à 150 Mark. Entsprechend Einkommen. Was hab ich gemacht. Ich bin auf Anraten meines Anwalts zum Sozi gegangen, hab gesagt, ok, ich hab eine Pleite gemacht, Verwandschaft tot, und ich weiß nicht mehr, ich kann nicht mehr. So, da haben die erstmal ausgezahlt. Das wichtigste war aber eine Bescheinigung, daß ich vom Sozi lebe. Damit flutschten nämlich die Tagessätze von

150 Mark auf 15 Mark runter. Ganz wichtig. Das müßt ihr euch merken! • Demnächst im Kramer Verlag. • Also du sitzt nun zu Hause und versuchst zu überleben, und alle zwei Tage klingelts an der Tür, Gerichtsvollzieher und Haste-nich-gesehn. Da gibts jetzt einen wichtigen Unterschied. Normale Gerichtsvollzieher sind privat, selbständig, das heißt, die müssen vorher bezahlt werden. Der Gläubiger zahlt vorher, damit der überhaupt loslatscht, das heißt dem Gerichtsvollzieher ist alles ziemlich scheißegal, der Mann hat sein Geld schon vorher gekriegt. Dem ist egal, ob ich nun zahle oder nicht, und wenn er nun wirklich was Ernsthaftes sieht, dann klebt der seinen Kuckuck eben drauf. Also muß alles zum Nachbarn. Wertsachen zum Nachbarn. So, das sind die normalen Gerichtsvollzieher. Die Vollzieher vom Finanzamt oder die Amtshilfeleister, die vom Zollamt, das sind die schlimmen, weil, die sind beamtet. Wenn ein Gerichtsvollzieher gut ist, hat er viel zu tun, verdient einen Haufen Geld. Mindestens hundert Mark pro Antritt. Ich habe selber mal bei meinem Hauswirt vollstrecken lassen, da kostet das Abschleppen eines Autos 400 Mark! Der Gerichtsvollzieher steht dafür auch morgens um sechs beim Schuldner vor der Tür mit einem Abschleppwagen und sagt, entweder du zahlst deine Schulden jetzt aus oder wir nehmen dein Auto mit. Bumm! 400 kostet dich das. Das mußt du als Gläubiger erstmal vorstrecken. Also: Die normalen, selbständigen Gerichtsvollzieher sind schon bezahlt. Und nicht schlecht, und die wollen ihre Ruhe haben. Ich hatte damals in Moabit einen netten, der kam parterre immer nur noch ans Küchenfenster: Hat sich was geändert? Ich: Nö. So, damit hat der hundert Mark verdient in fünf Minuten. Da sind die froh, die Jungs. Die miesen Arschlöcher, das sind die Vollziehungsbeamten, die kriegen ihr doofes Beamtengehalt, keine Erfolgsprämie, gar nichts, und die Scheißer tun so, als ob es ihr eigenes Geld wäre, das sie da eintreiben. •
Bier noch? • Ja, mach ma nochn Bier uff. Weil ja, wenn alle

drei Tage son Typ vor der Tür steht, irgendwann fängt das an zu nerven. Und irgendwann mal, aus einem ganz nichtigen Anlaß... • ... kommt Finanzamt, neun Mann hoch... • Nee! Das war Steuerfahndung, das war vorher, neun Mann bei uns und neun Mann in der Kreuzberger Wohnung. 18 Mann! Das war wegen der Verurteilung wegen Steuerhinterziehung. Ich hatte zum Schluß natürlich auch kein Geld mehr, um Steuern zu zahlen. Aber jetzt die andere Geschichte. Aus irgendeinem nichtigen Anlaß, wegen dreihundertfünfzig Mark irgendwas... • Was!? Dreihundertfuffzigtausend Mark?! • Nein, 350. • Man scheitert immer an den kleinen Summen. • Es ging nicht um die insgesamt 150000, die fassen das nie zusammen, das sind ja Einzelposten. Jeder Gläubiger muß seine Summe für sich rauszerren. Konkurs haben die wegen mangels Masse abgelehnt. Dann kam also dieser Arsch und wollte es wissen und hat wegen seiner 350 den OE beantragt. (Allgemeine Empörung). Das war, glaube ich, Telekom. Also stand der Gerichtsvollzieher eines Tages vor der Tür und sagt, hier, ich habe einen privatrechtlichen Haftbefehl. Auf die niedergelegten Schriftstücke hab ich vorher noch mit Krankschreibung retourniert, dann stand er aber da und hat gesagt, tut ihm leid, wenn ich jetzt nicht mitkomme, muß er zwei Bullen holen. Das war der Nette. Keine Chance mehr. Wenn du zum OE nicht erscheinst, dann schleppen die dich hin. Auf Antrag. So, der Nette hat mich dann gleich noch mit seinem Auto zum Amtsgericht Charlottenburg hingefahren, dann sitzt du da im Gerichtsvollzieherzimmer, dann hat der Nette einen Rechtspfleger aufgetrieben, hat eine Stunde gedauert, dann füllst du ein Formular aus, ich schwöre bei Gott und allen Heiligen, daß ich nichts habe. Das war der OE. •

Und was war mit den neun bzw. achtzehn Mann? • Das war vorher, das war die Steuerfahndungsgeschichte. Da lagen die Unterlagen im Rumpelzimmer. Ham die nicht gefunden. • Wir hatten vier Zimmer, und eins haben wir nie renoviert, war eigentlich nur Müll. Bis zur Decke hoch nur Müll. Wenn offizielle Post kam, haben wir die gar nicht aufgemacht, sondern die Tür vom Müllzimmer kurz auf und in hohem Bogen ganz nach hinten rein. Da waren die Unterlagen versteckt. Die haben nichts gefunden. • Doch einen Teil haben die schon gefunden, aber dann haben die sich vier Wochen lang bemüht, Ordnung da reinzukriegen. Es ist nämlich so, alles was ordentlich in Regalen steht, nehmen die gerne mit. Was aber in Kartons und Rumpelzimmern rumliegt, da wollen die lieber nichts mit zu tun haben. Am besten auch, die Katzen immer mal rüberscheuchen. Na gut, jedenfalls haben die dann natürlich geschätzt. Kann auch Scheiße sein. Also ich hatte den OE aufgrund eines Antrages von irgend so einem Kleingläubigen. • So. Und dann hängst du da, hast hunderttausend Schulden am Arsch und darfst nie wieder Geld verdienen. • Dochdoch, bloß nicht auf seinen Namen. Verdienen darf er. • Zunächst: Ich darf kein Geschäft aufmachen, ich darf noch nicht mal arbeiten, weil sofort Pfändung kommt. • Du bist nicht solvent, kannte ich gar nicht: solvent. Die haben mir verklickert, Herr Kramer, Sie sind nicht solvent. • Hast du auch einen OE? • Ist lange her. • Hasten wieder weg? • (Sehr verschlossen) Ja, ja. • Nun, deshalb heißt der Verlag ja wahrscheinlich Karin Kramer Verlag. • Du hast es erkannt. • Bei uns geht ja jetzt auch alles auf meinen Namen, das ist eine Frauenbewegung inzwischen. • Der OE muß aber verlängert werden, das ist der Witz, der gilt für drei Jahre. Wenn der Gläubiger nicht erneuert, dann verfällt der, dann kannst du zum Schuldnerverzeichnis in die Grunewaldstraße gehen und dich löschen lassen. Amtliches Schuldnerverzeichnis. • Amtliches Schuldnerverzeichnis, das ist ja wieder mal ein Wort! • Kennt ihr das nicht? • Nee. Ich gehöre zu den Menschen, die zwar über Scheitern abproben, aber doch ihr Taschengeld irgendwie in Ordnung halten. • Lebst du nur von Taschengeld? • Nein, das wäre ja nun noch wieder was zumindest Komisches für mein Alter, sowas muß man mal schaffen, vielleicht kriegt euer Bub das hin... (Protest) Ich meine mit Taschengeld diese niedere, ordentliche, besorgte Ökonomie, das ist vielleicht das Langweiligste, was es so gibt, aber ich beherrsche das so. So ein Leben mit OE und hunderttausend am Arsch würde mich fertig machen. • Wieso, wir leben doch noch. • Noch! • Ich muß den Netten zitieren, der sagte: Machen Sie keine Schwierigkeiten, dann haben Sie Ruhe! • Na wie deichselst du das denn jetzt so in Ruhe, mit ohne Schwierigkeiten? • Ich habe einen Strohmann. Auto, Arbeitsplätzchen alles Strohmann. Ein wahrer Freund. • Und es ist nie wieder einer gekommen? • Nein. Ich mußte nochmal zum Finanzamt für Körperschaftssteuern... • Diese Begriffe! • ... und die meinen es dann ernst. Da mußte ich den OE nochmal wiederholen. Im Namen des Volkes. Die Lieferantenfirmen von damals, die existieren, glaube ich, gar nicht mehr. Und die Bank, die hat das an so ein Inkassounternehmen verkauft. Deutscher Inkassodienst. Die schicken mir alle halbe Jahre mal einen Brief und fordern meine Immatrikulationsbescheinigung an. • Mit 56! (Gröhlen) • Nein, 43. • Quatsch, du bist ein Jahr jünger als ich... • Na ja, bin ich 43. • Ach Gott, ja, ich bin ja auch schon 44. •

Seid nicht kleinlich. • Club der alten Dichter. • Wenn du Abitur hast, kann ich nur die Immatrikulation empfehlen, du bist krankenversichert! Versicherung 107 Mark und 80 Semestergebühren, in meinem Alter! Empfehlen kann ich die Techniker-Krankenkasse. Äußerst kulant in Zahndingen, ich hab mittlerweile einen Mittelklassewagen im Maul. (Große Begeisterung) • (brüllt:) Die Kauleisten! • Zur Zeit bin ich bei Linguistik an der TU; da kannst du rein, gibt kein Numerus Clausus, andererseits alles so groß, daß du als Karteileiche da mitfahren kannst. Sinologie an der FU wäre ungünstig, da kennt jeder jeden. • Ich glaube, selbst da kennt keiner keinen, das ist so ein Universitätssyndrom, was man aber gut finden muß. Nur die doofen Studenten, Sport und so, die hocken in

Grüppchen und fahren mit ihren offenen weißen Golfcabrios mit wehenden weißen Schals, aber leider leider auch oft verdammt scharfen Weibern durch die..., die Weiber sind immer bei die Doofen, mal wieder typisch, wo war ich stehngeblieben? • Zum Glück ist das alles noch nicht komplett durchcomputerisiert. • Gut ist ja auch die Künstlersozialkasse! • Hab ich versucht. Ging aber nicht. • Ich auch, scheiß schwierig. • Am Anfang ging das ganz wunderbar. Ich kannte einen, der war Zimmermann, arbeitslos, wollte nicht mehr und hat hingeschrieben, er macht Holzgestaltung. Da ham sie ihn mit reingenommen in die Künstlersozialkasse. Dann mußt du dort so ein gewisses Einkommen finkeln, Übereinkommen, wenn du zuwenig verdienst, dann deklarieren die dich zum Hobbykünstler und beißen dich raus. Du mußt im Jahr so etwa 12000 Einkommen figurieren. Da bist du sozialversichert, rentenversichert, krankenversichert und kriegst auch Kuren. Ich kenne einen Trommler, der ist krank gewesen und konnte einen Auftritt nicht machen und hatte Einbußen, da haben die ihm Entschädigung geschickt. Sechzig Prozent. (Allgemein anerkennendes Brummen) • Ich wollte da als Pianist rein und hätte ein paar Auftritte nachweisen müssen, das war schwierig. Aber als Student ist gut, ist unkomplizierter. •
Ich glaube, wir sind Kinder, immer geblieben, naiv. • Ich dachte, du willst eine Tipse anstellen. • Nee, ich mach das lieber selber, ich lach mich doch tot, vor allem wie ich immer so als erster besoffen und besoffener werde, vor Aufregung, ich nehm mir das so zu Herzen. Du merkst mehr, wenn du das selber nochmal hörst. Drei Phasen: lauwarm, schwipsheiter, also der Höhepunkt in Stimmung und Geist, und dann das Gelalle. Scheiße, ist das manchmal unangenehm, wenn man sich da rumbrüllen und angeben hört... • So ists. Wo sind wir jetzt? • Kurz nach lau, deshalb Ernst, was machst du jetzt, lieber noch vor der dritten Phase, und wie ist mit Geld? • Ich hab zur Zeit neun Mille brutto. • Ich sag dir mal gleich mein

Konto. • Das Problem ist, da bleibt gar nichts übrig. • Weil ich wieder da bin! • Sagt mal, Kinder, wir waren doch vorhin mal bei der Untertitelungsfirma... • Da war das Klauen, da haben wir gesagt, das machen wir nicht mehr, das fiel zufälligerweise zusammen mit dem Job, den ich gefunden habe, den ich jetzt habe. Wir kamen auf normale Weise an Geld und Ware. Ich habe mit graphischer Datenverarbeitung zu tun, schreibe Programme, und das macht Spaß. Ich werde, mal hart gesagt, fürs Computerspielen bezahlt. Früher habe ich Datenbanken gemacht und nichts gesehen, wenn ich heute schreibe, entsteht ein Bild, du arbeitest mit Bildern, in meinem Fall mit Landkarten. • Das ist Medsex! Hat Stoert einen Text geschrieben. • Sex, naja, eine bestimmte Art von Scanner heißt zum Beispiel Flachbettscanner. • (begeistert:) Flachmänner! •
Also die Firma. Da war Hansi, mein Cousin, oder du kannst in Anführungsstrichen sagen, mein Bruder. Der hat eine Firma, Ingenieursbüro, da dachten wir, der hat Geld. Der ist aber kein Freak, sondern der ist immer so, der will sich auf nichts einlassen. Der hat auch zu uns beiden gesagt, wir sind ein bißchen verrückt im Kopp. Aber eigentlich wollte er. Und deshalb habe ich auch gesagt, mit Klauen ist schluß, weil wenn wir jetzt Gelder haben von außen, dann ist das scheiße, wenn wir jetzt wegen Klauen rankommen. • Naja, bei Geld von außen braucht man auch nicht mehr klauen. • Und dann haben wir das Projekt eingereicht, Filmförderung, das haben wir auch bekommen, 50 000 Mark haben sie uns gegeben. Aber wir konnten das nicht abrufen nur für 4000 Mark... • Da haben wir Patent angemeldet. • ... weil wir das in einem Jahr nicht in Anspruch genommen haben, weil wir noch nicht soweit waren. Die Laserleute wollten damals eine Million haben für die Entwicklung. • Wie? Habt ihr eine Firma angehauen, die mit Laser arbeitet? • Richtig, wir sind rumgefahren und haben mit verschiedenen Laserentwicklungsfirmen gesprochen, und der Grundtenor war einmal, daß die Technik nicht so weit wäre,

für das, was wir wollten... • Das war vor sechs Jahren! • Und wenn wir das machen, dann kostet das mindestens eine Million. • Naja, da haben wir geschluckt und hin und her. Dann haben wir das erste Geld gekriegt, konnten das aber ein Jahr lang nicht verwenden, wir haben das liegengelassen. • Die 50000? • Ja, du kriegst das ja nicht bar auf die Hand. • Das heißt, ihr konntet das gar nicht in Anspruch nehmen, sondern das lag da nur rum? • Bedingte Gelder sind das! • Das war ja das Furchtbare. • Du kriegst es nicht ausbezahlt, sondern du mußt Quittungen bringen. Und was sie bezahlt haben, war diese Patentsanmeldung und diese Beratung, eine Wirtschaftsberatung haben wir gemacht. • Lächerliche 5000 Mark waren das zusammen. • Und dann haben wir nach einem Jahr den Rest nicht abgerufen, und da haben sie den Bescheid einfach wieder aufgehoben. Denn die müssen ja ihr Geld auch wieder freikriegen. • Das ist es ja, warum die Leute im Dezember und Januar, ob das nun Kinderläden oder sonst irgendwelche Institutionen sind, wie die Wahnsinnigen kaufen und Geld ausgeben, denn sie wissen: Wir müssen das Geld ausgeben, sonst wird uns der Etat gestrichen. • Und in dieser Zeit, wo Hansi, ich sage immer, der Vernünftigste ist von uns allen, ein richtig bodenständiger Mann ist das, der hat eine Firma seit 15 Jahren, und alles klappt und hin und her. Der ist ausgestiegen und hat gesagt: Ihr seid mir zu chaotisch. Fabelhaft. Und dann kam das Ding, das war 1986, wo ich Erwin eingeladen habe. So gings los. Er hat noch Hausverwaltung gemacht, 500 Mark und hier noch mal 500 Mark, 1000 Mark im Monat, und ich hatte 700 Mark Stütze, also gelebt haben wir schon. So, da habe ich zu Ernst gesagt: Also, paß mal auf! Bevor du jetzt in den Knast kommst, ruf ich Erwin an. Dann haben wir Erwin angerufen und haben ihn gefragt, ob er nicht in diese Firma einsteigen will, wäre alles ganz toll. Er sagt: Ja gut, aber ich sage: Du mußt aber bis morgen 25000 auf den Tisch legen, weil Ernst sonst verhaftet wird. Was war denn das eigentlich noch? •

Dazu muß man eine andere Geschichte erzählen. Denn die 1500 Mark, die wir da im Monat hatten, die wir zusammengekratzt hatten, haben natürlich nicht gereicht. • Ach, du hast Unterschlagung gemacht! • Und bei der Eigentumsverwaltung... • Wer sitzt denn hier?! • Schnauze, ich will hier weiterhören! • Und bei der Verwaltung von Eigentumswohnungen wird ja eine sogenannte Instandhaltungsrücklage angelegt. • Und er hat das verwaltet. Deswegen konnten wir so gut leben. • Aber aus irgendwelchen Gründen, weil ich mal den Arsch nicht hochgekriegt habe oder sowas, waren die Eigentümer sauer und haben mich als Verwalter abgewählt. Nun mußte ich natürlich an meinen Nachfolger die Konten auszahlen, und da fehlten freundlicherweise 25 000 Mark. Da sagten die: Ok, eine Woche geben wir Ihnen, sonst gehts zum Staatsanwalt. • Und daraufhin habe ich dann Erwin angerufen... • Da habt ihr aber schon das Ding mit dem Laser entwickelt? • Ja, klar. • Ich dachte, du warst in der Zeit schon bei Geoconcept? • Nein, eben noch nicht. • Und wir haben gedacht, daß wir vielleicht abzocken könnten, diese 50 000 Mark, aber daß wir nun Quittungen und den ganzen Scheiß da vorlegen müssen... Naja, Erwin kam jedenfalls an diesem Abend. • Und das Problem an der Sache ist dieses Junktim. Verstehst du, das war der einzige Typ, der mir helfen konnte, von dem ich wußte, der kann 25 000 auf den Tisch legen und ihn gleichzeitig fragen, ob er in der Firma einsteigen will. Eine ganz blöde Situation, das war eins der wenigen Male, wo ich mich wirklich beschissen gefühlt habe. • Sonst hast du dich immer ganz gut gefühlt, auch mit 100 000 am Arsch? • Das war kein Problem, war ja nur Geld. • Du hättest ihn also auch ohne das Geld fragen wollen, ob er einsteigen will. • Ja natürlich, aber jetzt sah das so aus, als würden wir ihm die Teilhaberschaft anbieten, damit er mich auszahlt und vorm Knast rettet. Und er ist eben so ein wunderbarer Mensch, daß er das genau gecheckt hat und das sauber trennen konnte. Und innerhalb von eineinhalb Jahren hat er die Kohle wiedergekriegt. Das war unser erster Teilhaber. Dazu muß ich sagen, daß ich einer der wenigen Leute bin, die Erwin Geld zurückgezahlt haben. • Erwin war immer die Bank von Berlin. • Erwin war sozusagen die Bank von allen Jungs hier. • Hat der so eine dicke Schütte? • Ja, aber darüber reden wir jetzt nicht. • Ich verleihe übrigens auch viel aus meiner mittleren Ökonomie, wobei ich sagen muß, zwei Drittel kriege ich ungefähr wieder zurück. • Das ist viel, Erwin bekommt viel weniger. • Ich mach auch Nothilfen, von denen ich manchmal weiß, daß ich die nie wieder zurückkriege. • Erwin verleiht ja immer gleich Tausende, nicht Hunderte, sondern Tausende. • Naja, das kann ich ja nicht. Würde ich auch machen, wenn ich es könnte, würde ich das auch machen. • Egal, jedenfalls hatten wir das Geld, und dann sagt Erwin: Und was brauchen wir jetzt, damit wir anfangen können? Sage ich: erstmal 10000. Dann hat er Alfred angerufen, und er hat ihn auch gefragt, ob er einsteigen will: Mit 10000 Mark bist du dabei. Er hat gleich 10000 Mark reingelegt, also hatten wir 20000. Dann konnten wir anfangen. Was haben wir dann eigentlich gemacht? •

Naja, wir haben ein paar Reisen gemacht… • (Begeistertes Brüllen und Toben!) • Nein, wir sind alle gereist, die Jungs sind ja mitgekommen. • … zu ein paar Laserfirmen, und da stellte sich heraus, daß die alle ein Irrsinnsgeld kosten. Dann kriegten wir die Information, daß in Schweden eine Untertitelungsfirma existiert, die eine Säureätzmaschine entwickelt hat, die computergesteuert war. Das heißt, die hatte zwar das alte Verfahren, aber die war rechnergesteuert, gekapselt, also, die war schon relativ gut und schnell. Da dachten wir, wenn das schon alles mit dem Laser nicht geht, dann kaufen wir diese Maschine… • Die kostete eine Million. • Oh Gott. • … und fangen erst mal an. Und aus dem Gewinn finanzieren wir dann unsere eigene Entwicklung. Da waren wir dann zwei-, dreimal in Schweden. • Nette Leute. Tschernobyl war gerade. Strah-

lende Rentiere. • Immer mit dem Zug auf der Fähre über die Ostsee. Wunderschön. • Und dann waren wir schon soweit, die Maschine zu kaufen. Für eine Million. • Ach ja, diese Geschichte. • Und Erwin hatte schon 100 000 Kapital, um diese Maschine anzuzahlen. Eigenkapital. Er hat sich das so eingesteckt, weil wir am nächsten Tag in Schweden anrufen wollten, um das alles klarzumachen und so. Er geht zur Würfelbude und verhökert alles. Verzockt alles! • Würfelbude? • Jaa! In der Kant. Weißt du doch, da ist so eine Würfelbude, da wird gespielt, am Savignyplatz, da wird gewürfelt, hühnern heißt das. Jedenfalls, Erwin war drei Tage und drei Nächte unterwegs, man konnte ihn nicht erreichen, und dann wurde er aus der Würfelbude gezogen, und dann kam er in den Zwiebelfisch, und dann hat er uns angerufen: Das Geld ist weg. Alles futsch. Wir waren begeistert, kannst du dir vorstellen. Zwei Monate später sage ich: Was Besseres hätte er eigentlich gar nicht machen können. Denn sonst säßen wir hier jetzt mit einer Maschine zu einer Million. • Wir hätten mindestens 9000 im Monat anschaffen müssen für die Raten. •
Und dann gings weiter. Wir kriegen von Hansi den Tip, daß wir diese Laserfirma in Berlin anrufen sollen. • Denn der hat in irgendeiner Fachzeitschrift gelesen, daß es in Berlin eine Firma gibt, die Laserbeschriftungsgeräte anbietet zum Festpreis von 70 000 Mark. Das war unvorstellbar. Du kriegst einen Computer, du kriegst einen kompletten Laser, und damit kannst du zum Beispiel Schlüssel beschriften. Da sind wir natürlich zu denen hingegangen, haben mit denen geredet. Und mit denen sind wir bis jetzt zusammen, und das System wird jetzt zwischen 100 000 und 150 000 kosten. In sechs Jahren sozusagen ein Schwund von 90 %. Die Technik hat sich so rasant entwickelt, zu vergleichen mit Cassettenrecordern oder Taschenrechnern. Ähnliche Sachen sind mit dem Laser passiert, das heißt, wir haben einfach nur gewartet. • Ich sage euch aber, und deswegen seid ihr hier, jetzt kommt die Berliner

Ökonomie. Ihr habt euch mehr gekümmert, und das macht es liebenswert, um euer... • Vergnügen. • ... um euer Vergnügen, die Reisen und dies und das und Geldjongliererei und insbesondere auch darum, wer aus dieser linken breiten Szene schon mit Rentenansprüchen rechnen darf, welche Projekte gefördert werden, wer alles Geld kriegt, wenn ihr reich seid, anstatt nun wirklich..., stimmt das? • Ja, das stimmt. • Da war zwar die Technik, aber man macht fünf Papers, und dann weiß man, wie es funktioniert. Da haben wir hin- und hergerechnet: Mensch, wir werden ja Millionäre! • Ja wen können wir denn unterstützen? • Wenn wir den Marktpreis nehmen, denn die Erstellungskosten einer Untertitelung sind beim Säureätzverfahren natürlich wesentlich höher als bei unserem Verfahren. Das heißt, es wird ein horrender Gewinn entstehen. Da haben wir schon überlegt, eine Stiftung zu machen, Filmförderung... • Na gut, ihr seid aber nicht von der Überlegung ausgegangen, daß dann auch die Preise fallen. • Natürlich nicht. Das würde anders funktionieren. Die Untertitelung würde den normalen Marktpreis kosten, aber befreundete Filmemacher würden über die Stiftung einen Zuschuß bekommen. So muß man das machen, denn auf diese Weise wird die Steuer ausgeschaltet. • Denn es ist ja nun wieder der Witz, daß Ute Godard, Straub und die ganzen Leute kennt. Wenn du so lebst, dann kennst du die. Wieso, weiß ich auch nicht. • Das sind also wieder die da oben. • Nee, nicht da oben, neben uns umher gibts die und jene. Diese Clubs und Unternehmen funktionieren über andere Summen und Netze, aber über mir sehe ich die nicht, ich find die höchstens scheiße oder genial. • Das hast du falsch verstanden, weil du mit deinen Armen immer oben so rumwedelst. • Das merkt ja keiner beim Lesen später. • Wir können dein Fuchteln in Klammern dazuschreiben. • Wir mußten als Firma erstmal überlegen, wen wir alles unterstützen; bevor wir überhaupt rauskommen. Das ist das wichtigste. • Das macht auch mehr Spaß. Nur die kapitalistische Heckerei, das ist völlig langweilig. • Genau, wir machen das umgekehrt, wir geben schonmal das Geld aus, das noch gar nicht da ist. Wir fördern alle! • Wie is mit dem Kramer Verlag? Und wieviel? • Nu, wer wird gefördert? Sagt mal. •

Nein, paßt auf, erstmal mußte ich mal Geld ranholen, dann bin ich zur Bank gegangen, zu den Bankern. Die habe ich auf der Defa kennengelernt, die haben ja alle son Schild mit Hosenträgerkneifer dran. Da war diese Party, um die Defa zu retten, waren alle da, die Rang und Namen hatten. Das war im August vor einem Jahr. Ich sage zu Ernst, die haben ihre Schildchen, wir gehen nicht zum Kalten Büffet, wir gehen sofort zu den Bankern. So, die haben da alle eingepfiffen und wir an die Banker ran. So, kommen Sie in unsere Filiale in der Hardenbergstraße. Gleich Termin, Zentrale. Und da haben wir den Direktor kennengelernt von der Berliner Bank, und der hat mit Film was zu tun und wußte genau, was wir wollten. • Das war übrigens der erste Bankheini, der überhaupt verstanden hat, was wir da machen wollen. Bei anderen Banken haben die nichts begriffen. • Gut, dann haben wir Papers eingereicht und Termine und hin und her, und sein Adjudant hat immer gesagt, Frau Holle, da brauchen Sie sich gar keine..., ich habe da immer so wie wir hier gesessen. • Hatste einen Rock an, Kostüm? • Quatsch, das ist so, das habe ich auch versucht in meiner Unternehmensberaterzeit, mich zu verkleiden, das klappt nicht! Wir haben uns so gegeben, wie wir sind, das haben die uns abgekauft. • Jetzt saßen wir immer da, und mir war das zu blöd, immer das Geld. Ich habe gesagt, ich habe überhaupt keine Ahnung, das interessiert mich auch wenig, wo das Geld herkommt, ich brauche jetzt soundsoviel Geld. Ich kann nur unterschreiben, was anderes kann ich überhaupt nicht. Frau Holle, beruhigen Sie sich, Sie kriegen das Geld. Prima, 800000. • (Allgemeine Unruhe, insbesondere beim Kramer Verlag) • 120000 die Maschine und der Rest Folgekosten, Miete, Angestellte, Startgebühren. So. Nun durfte ich aber Ernst nie mit zur Berliner Bank mitnehmen, weil der da doch diese verdammten Schulden hatte, Inkassodienst, ihr erinnert euch. Deshalb habe ich ihn immer nur vorgestellt als meinen Assistenten. Mein Techniker. Weiter. Räume hatte ich schon angekuckt. Hier und da und dies und das, da kriege ich einen Anruf vom Arsenalkino, Ulrich Gregor, Frau Holle, in Düsseldorf hat eine Videofirma mit Ihrem Verfahren aufgemacht, die arbeiten schon. Bumm! Unser Verfahren, entsprechend mit Laser und so. Ich schluckte nur. • Düsseldorf! • Diese Stadt hasse ich! • (Alle stimmen brummend bei, auch zu.) •

Spielbank! • Die Spielbankgeschichte, das wird jetzt zuviel, andermal, das ufert aus, das wird einfach zuviel. • Trotzdem mal, warum ging das drei Jahre gut, ohne daß du dich ruiniert hast? • Ich hatte so meine zweihundert, dreihunderttausend, und wenn ich gespielt habe, dann nur mit zehn- und zwanzigtausend Mark. Nie mit Tausender und Hunderter, sondern mit ganz großen Summen. • Aber das ist doch numerischer Quatsch mit Nullen. • Nein! Nein!! Der Witz ist, du verlierst zwanzigtausend, im nächsten Moment gewinnst du vierzig. Ich konnte das doch alles reinholen, weil ich das Geld hatte. Wenn du System spielst, mußt du soviel Geld haben, daß du in einer bestimmten Phase, wo das System eben nicht greift, nachsetzen mußt. • Nachsetzen! • (Begeisterung!) • Dann erwischst du wieder die Phase, wo dein System greift, und dann: bomm, nach oben! Also, du mußt soviel Geld mithaben, daß es funktioniert. Mit hundert Mark geht das nicht. Mit tausend Mark auch nicht. Ich geh nur noch ins Casino, wenn ich zehntausend Mark in der Tasche hab. Sonst gar nichts. • Na, warum machst du das dann heute nicht anstatt Laser und Untertitel und all die schwierigen Sachen? • Das ist mir einfach zu anstrengend. Da geh ich ja bald koppheister mit allem. • Außerdem mußt du wissen, deshalb war die Liebe auch nicht so Ambach. Du hältst dich ja mit Drogen über Wasser. •

Ehrlich? • Na sicher, ich hab doch gekokst, und Shit hat ich immer, hier hatte ich mein ganzes Geld, hier in dieser Tasche und hier Shit wie Scholade, weißt du wie so Stück Schokolade. • Ein Riegel, sowas? • Ja und hier hatte ich eine Tüte Koks, und dann habe ich hier meinen Riegel abgebissen und in die Tüte reingegriffen und ffft diesen gemacht, und dann habe ich gesetzt, und da war ja nicht nur dieser Spieltisch, sondern zwei, drei, ich bin da rumgerast und war immer da oben. Ich war nie unten. Und da kommen dann eben die Kosten von zwanzigtausend fürs Alltägliche, und es kam Paul Getty dazu. Den habe ich 79 kennengelernt und seine Frau. •
Der war doch 19 Jahre alt, der Bengel damals. • Ja, der ist ganz jung, der ist jetzt dreißig, total gelähmt und alles. Egal, Martina, das ist seine jetzige Frau, die sind jetzt geschieden, die hatten auch ein Kind, das heißt Paul III. • Kann ich sowas schreiben? • Klar, Paul II. kann ja gar nichts mehr sagen, weil er nicht mehr reden kann. Naja, dann Frank Fiedler, mein Freund damals, das muß man wissen, das ist so eine Familie, der Vater, der Fiedler, der lebt noch und hatte soviel Geld, er konnte dem Münnemann immer Geld leihen, das war ein Bankier, Privatbank. Das war die Schickeria damals in den 50er, 60er Jahren, in München. Münnemann, Gunter Sachs war da, diese ganze Mischpoke. • Was? Du kennst diese Typen? • (Bedenken eines alten Anarchisten) • Durch Frank, der kennt die, der kommt da her. Da haben wir Sylvester gefeiert 78, 79, da sagt olle Paul, olle Sebastian, der war neulich im Zwiebelfisch und hat mich nicht erkannt, der ist so alt geworden, dann saß ich da, dann die ganzen Frauen, und dann hatten wir so einen Tisch wie hier, oder ein bißchen kleiner, aber auch in der Küche, und der war voll Koks. Ja, ihr lacht! Und Paul hatte, das war sein Untergang, der hatte sich damals schon das Koks gespritzt, in den Arsch. Das war Paul Getty. Und der sagte dann zu mir, Ute, ich komme jetzt auch mit in die Spielbank, weil nämlich der alte Paul, Paul Getty I., der

hat seine ganzen Bankkonten gesperrt, der war doch so geizig. Der kriegt höchstens mal zehntausend im Monat, aber das war für den doch kein Geld. Was für uns tausend sind, sind doch für den zehntausend. Nichts! Deshalb wollte der mit uns in die Spielbank gehen. Damals bin ich in Garmisch gewesen, immer von München nach Garmisch und von Garmisch nach München. Nach München bin ich immer gefahren, um Koks zu holen, und von München nach Garmisch, um zu zocken. • (singt:) Vater, der Mann mit dem Koks ist da… • Übrigens sagt mal alle fünfzehnmal hintereinander Garmisch, das ist irgendwie komisch. •

So. Also Paul wollte immer mit, und ich sage, nee, das geht nicht. Da haben wir immer die ganze Presse hinter uns her, da können wir ja nichts mehr machen. Und Martina, seine Frau, da war mal die Geschichte damals in Rom, sie hatte auch mit Film zu tun und war damals bei der ML und wollte Geld haben, ist nach Rom gegangen und hat Paul Getty kennengelernt, und die haben dann die Entführung mit dem Ohr getürkt. Ham die selber abgeschnitten. • Hat er sich das wirklich selber… • Natürlich, um Kohle aufzureißen, es reichte doch nicht, das Trinkgeld von zehntausend, und Martina wollte einen Film drehen. • Übers Ohr? • Jedenfalls, der Alte ist dahintergekommen. Vor der Presse hat er gesagt, er weiß gar nichts, intern ist der dahintergekommen. • In Sardinien war das. • Trotzdem hat Paul Martina dann geheiratet. Jedenfalls sehr unglücklich. Jetzt gibts ja diesen Film von Langhans. Schneewittchen und Rosenweiß oder so. Der hat also zuviel Drogen gefressen, und als eines Tages Martina nicht da war, hat der paar Stunden gelegen, war keiner da, der ihm paar knallen konnte, daß er wieder aufwacht, und da ist er, hat er sich verkokst, ist gelähmt, ein Krüppel. Rollstuhl, kann nicht mehr sprechen. • Schnüffeln geht, aber fixen! • Martina ist in den achtziger Jahren noch mit ihm nach Amerika, hat ihn gepflegt, aber die Familie hat keine Kohle rausgerückt. • Van

Gogh hat sich doch auch das Ohr abgeschnitten. • Aus Verzweiflung, nicht aus Habgier. • Ich kann euch sagen, daß ich froh war, daß ich aus diesen Geschichten raus kam, diese Reichen, die so doof alle sind, so blöd irgendwie. • Was heißt irgendwie? • Alles Söhne von so reichen Leuten, die Eltern haben das Geld, die Söhne sind Arschlöcher, machen nichts, brauchen nur Unmengen Geld, zetern um Geld für blöde Autos. • Mit so einem Hintergrund könnte man doch eigentlich allerhand machen. • Ham sie aber nicht gemacht. Ich hab doch neulich den im Zwiebelfisch wiedergetroffen, der mich nicht mehr erkannt hat, Sebastian von Johnsten, der wartet jetzt auf seine Erbschaft und kommt immer nach Berlin, wird immer fetter und immer komischer im Kopf. Oder Eckart, ist genauso ein Typ. Der hat sein Leben lang auf die Erbschaft von seinem Vater gelauert, und der ist jetzt gestorben. Na egal. Jetzt nochmal, wie ich aus der Sache rausgekommen bin. Da hatte dich doch zum Schluß einer gelinkt? • Ja, acht Mille... •

Mein Gott, diese Summen immer. • Ich glaube, das spielt keine Rolle, jeder hat so seine Nullen zu tragen und kommt damit zurecht oder auch nicht. • Also der hat mir achttausend, der sitzt heute im Knast, aber den kann ich nicht verurteilen, wenn der nochmal aufkreuzt, da würde ich sagen: Gut warst du! Richtig gut. Wir waren in Zandfort, in Holland und hatten Geld auf der Tasche. Jetzt kommt im Casino ein eleganter älterer Herr und quatscht uns an. • Da rennen so ältere Herren in den Casinos rum, die lauern auf ältere Damen mit größeren Gewinnen. • Nein, paß doch mal auf. Dieser ältere Herr, elegant gekleidet, picobello alles, sagt, er kommt aus Marabella. Und Frank sagt, ach, dann kennen Sie ja meinen Onkel! Also Münnemann und dies alles. Ja, sagt der, da geh ich immer ein und aus. Der Witz war, die Angie, das war die Cousine von Frank, die hatte damals in der Bildzeitung eine Serie, einen riesigen Artikel über ihre Familie Münnemann und Fiedler und Marabella und Hölzchen und Stöckchen geschrieben. So, und dieser Typ, der wohnte in Alicante, hatte natürlich alles gelesen und ging da ein und aus bei Fiedlers und Münnemanns. Frank hat das so gehört, dachte, der erzählt ja Geschichten, die nur die Familie kennen kann, und da haben wir Vertrauen gefaßt, dachten, der Herr ist in Ordnung. Jetzt kam der zwei Tage später zu uns und sagte, ich warte auf einen Scheck von fünftausend Mark und will aber hier weiterspielen. Ach, sagte Frank, ist egal, hier Scheck, fünftausend. Zwei Tage später nochmal dreitausend, alles verkloppt, na gut. So, da kam der Anruf für Frank, seine Tante Line ist gestorben, er muß zurück nach Hannover zur Beerdigung. Da gibts eine Fiedlerstraße, Fiedlerapotheke, weiß der Teufel, alles in Hannover. Alter hannoveranischer Familienadel. Und ein Glück, Frank sagt, er muß jetzt unbedingt zur Beerdigung, und ich sage, das ganze Geld, du nimmst das jetzt mit, ich will das nicht. Laß mir nur zweitausend da, ich zocke dann noch am Wochenende, und wir treffen uns in Salzburg wieder. Gut, er nimmt das ganze Geld also mit. Also dieser Typ, der alte Grandseigneur aus Alicante, nächsten, übernächsten Tag kam der in mein Hotel und sagte, komm, wir müssen uns beeilen, wir müssen nach Salzburg und daß wir das alles noch schaffen. Ach, dachte ich, ist ja wunderbar! Dann schleppt der noch mein Päckchen, da war meine Börse drin. Jetzt hatte der mir vorher noch einen Scheck über die achttausend Schulden gegeben, der war da drin. War auch noch nachm Duschen da noch drin. Aber zerrissen, der hat den zerrissen und eine Hälfte wieder rein, konnte man nicht sehen. Wenn ich mein Portemonaie aufgeklappt habe, war er eben noch drin, daß er zerrissen war, konnte man nicht sehen. So, also wir fahren beide ab von Zandfort mit der Bahn nach Amsterdam, und im Zug sagt er, paß mal auf, Ute, du kannst ja fliegen nach Salzburg. Du kannst meinen Flug haben, und ich fahre mit der Bahn, und wir treffen uns in Salzburg wieder. Ich dachte noch, schön, kann ich noch fliegen und zum Flughafen, check mich ein, die wollen mein Flugticket sehen und die sagen, das geht überhaupt nicht, das ist auf Herrn soundso. Hin und her. So, sage ich, mir reichts, es ist egal, ich habe hier meinen Scheck und kaufe jetzt eine Flugkarte, kein Problem, ich will jetzt hier mit diesem Flieger mit! Da sagt die, ja, und ich klappe auf und will den Scheck rausholen und habe nur noch die Hälfte in der Hand. Und schreie auf einmal: Ein Betrüger! Ich bin einem Betrüger aufgesessen!! Geh zur Flughafenpolizei, die sagen, was wollen Sie denn? Ein Betrüger! Ja, wo kommen Sie denn her? Na, aus der Spielbank. Die haben gedacht, die hat ne Schacke, die Alte. •

Hört euch das mal an: Kindersterbekasse. • Au ja! Wie siehst du die Sache, wenn eine Mutter im Jahre 1943, mitten im Krieg, in Deutschland, einen Lebensversicherungsvertrag für ihren zweijährigen Sohn abschließt, der bis ins Jahr 2022 läuft! Eine Laufzeit von 78 Jahren! Der Sohn ist dann also 81. Mit einem monatlichen Beitrag von 25 Pfennigen! Ist das Scheitern? • Das ist ungewöhnlich. • Wer macht denn sowas? • (brüllt:) Meine Mutter! • Das ist das Prinzip Hoffnung. • Da gibts bald ganz viel Geld. • Ja, 2022, wenn er 81 ist, kriegt Bernd 1500 Mark! • Was? Wer? • Na ich! Wenn ich 81 Jahre alt werde! 1500 Mark! • Egal, mußt du durchhalten. Er muß gepflegt werden! • Aber es ist doch schon mindestens 40 Jahre eingezahlt worden. • Na und. • Das ist eine absolut chaotische, irrationalistische Schwachsinnsstory. Karin hat ausgerechnet, meine Mutter ist im Heim jetzt, langsam macht sie den Weg über den Jordan, Karin mußte rumfummeln in dem ganzen Versicherungsscheiß, da gibts Kindersterbekasse! – Mensch, Kinder, ich bin jetzt 52 Jahre alt! Da steht drin Kindersterbekasse, ich denke, was ist das denn?! Und jetzt kommt das Irre, dieses Irrationale oder fast Utopische, vielleicht schon Widerstandshandlung, 43, da tobt der Krieg, Wuppertal, Köln bombardiert, ich mit der Mutter runter Richtung Rothenburg, und

da macht Mutter eine Versicherung, 25 Pfennige, und kommt auf diese grandiose Schwachsinnsidee, mir bis ins dritte Jahrtausend diese Lebensversicherung ... also sowas! •
Na, meine hat auch so ein irrwitzigen Absicherungswahn am wirken. • Jetzt muß ich mal einhaken, ihr habt alle so komische Familien; meine ist nicht so. Mein Vater ist immer schon Spieler gewesen, ist jetzt tot. Und Onkel Werner ist jetzt 75. Na, jedenfalls mein Vater hat im Krieg zu allen gesagt, brecht euch den Arm, braucht ihr nicht zur Wehrmacht. Alle Kinderfotos, die ich habe, ist mein Vater immer von oben bis unten in Gips. Mal das Bein, mal der Arm, Kopfverbände. Vorm Krieg hat er gut verdient mit Holzkisten; die haben die Juden gekauft, das waren ihre Überseekisten, wenn sie emigriert sind nach Übersee. Und dann im Krieg hat dieser verrückte Mensch im Keller bei uns eine Spielhölle aufgemacht und hat von der SS illegal den Strom abgezapft. Oben hat sich SS eingenistet, und unten war seine illegale Spielhölle, und dann muß der noch den Strom abzapfen. Wir mußten flüchten. • Na du doch nicht mehr. • Nein, aber meine Brüder und er. Deine Mutter hat bißchen versichert, er hat alles verzockt. • Kinder, ihr seid fantastisch! • Und Onkel Werner gehört jetzt halb Wandlitz. •
Was macht ihr? Gänsebraten? • Ich mache zum erstenmal keine Gans, wegen Katrin. • Ich auch keine wegen ihm. Er ekelt sich. • Dafür haben wir Schweinshaxe. • Ach, Gänsebraten, schön das Knusprige über der Fettschicht. • Da kommt ein Kilo Fett raus aus einer Gans. • Egal, vorher schön die Gänseleber gebraten und eine schöne Gänsebrühe. Gans ist Gans! • Im inneren Auge kreisen die Gänse: iß mich, iß mich! • Du siehst meiner Kusine ähnlich. • Keiner sieht mir ähnlich. • Doch. • Ich seh doch, wie Ernst im Schlaf und im ›furor Gänsis‹ auf die Katzen losgeht. • Wo sind die Gänse? • Mein Alter hat so einen Kult getrieben mit den Gänsen. Die wurden rechtzeitig gekauft, also weit vor Weihnachten. Und dann hat

der die an einer Schnur aufm Balkon aufgehängt, die tote Gans da, und dann hat er die mit so einem Flammenwerfer, so einem Lötgerät abgebrannt. Im Laufe der Jahrzehnte sind die Winter vor Weihnachten ja immer milder geworden, und er hatte noch von früher den Frost im Kopp, also hingen diese Vögel schon Wochen vorher neben dem Weihnachtsbaum aufm Balkon und haben so langsam Hautgout bekommen. • Hast du das gegessen? • Klar, wir waren doch schon resistent gegen Fleischfäule und ranzige Gänsehüften. Das ist Familienkult. Ich schätze, meine Schwester hat dies Jahr bestimmt auch so ein Gänseteil in der Pfanne, wahrscheinlich so ein geiziges Hälftchen, aber die hat das auch. Wir sind süchtig. • Jetzt wollen wir das mal ernsthaft besprechen, wollen wir das denn jetzt am ersten Feiertag oder... • Am ersten, am ersten! • So, gut, Jes, dann kann ich aber nicht am Heiligen Abend zum Karpfenessen kommen... • Wieso? Doch! • Nein! Weil ich dann blau bin. • Na klar sind wir blau! • Heilig Abend ißt man doch keinen Karpfen! • Sylvester, aber doch nicht Heilig Abend. • Sylvester auch. Heilig Abend ißt man Karpfen und Sylvester auch. Wo kommt ihr denn her? • Nein, Kartoffelsalat! • Igitt. • Doch Würstchen und Kartoffelsalat! • Ihr Arschlöcher, ihr Idioten! • Am ersten Feiertag abends um acht Uhr steht die Gans aufm Tisch, nicht mittags, abends! • Wo? • Bei mir aufm Tisch! Oder bei dir. Aber nicht mittags! • Drei Kästen schwerer Rotwein dazu und paar Kästen Bier. • Jes, Jutty mußt du zuhause lassen, wegen der Katzen. • Nein! • Die Katzen kommen ins Schlafzimmer, die verstecken sich sowieso. • Gut, abgemacht, erster Feiertag bei uns, ich kann nämlich drei Gänse auf einmal bei uns in den Ofen stopfen. • Absolut! • Ich hab ja einen Ofen, da kannst du Gans, Kuchen alles auf einmal drin machen. • Igitt, das schmeckt doch fürchterlich. • Nein, ich hab doch dieses, wie heißt denn das? Son Luftding da? • Umlufterhitzer. • Eintopf. • Nein, Umlauf, nee, Durchlauf, also nicht so ein normaler Ofen, verdammt nochmal... •

Umluft? Umlauf. Gebläse oder sowas. Atomares Kochen?
• Umlufterhitzer? Also ich kann damit alles zusammen backen. Kuchen, Gans, Fleisch. • Geht nicht Mikrowelle? • Nein! Da kannst du Katzen drin trocknen, die Heiligen Gänse aber... •
Bei Turkeys haben die son Stopfen erfunden, der wird da reingepiekt, und wenn die fertig sind, dann kommt so ein roter Stopfen rausgeploppt und daran siehst du, daß die fertig sind. • Die Gänse meiner Kindheit, die müssen im Holzofen aufm Lande... • Bei uns gibts erstmal am 24. eine Schweinsstelze. • Was, Bachstelze? • Laß doch mal Thomas sagen, also, am ersten bei uns...? • Da haben wir doch die Stelze. • Nein, am Heilig Abend, nicht am ersten. • Eigentlich wäre ja das Gänseessen am zweiten Feiertag besser. Weil am Heilig Abend haben wir Karpfen bei Jes. • Nein, ich will Bockwurst. • Du kriegst Bockwurst. • Bring dir paar Dörfler mit. • Also nochmal, besser zweiten Feiertag, weil du weißt doch, Heilig Abend bei Jes, da saufen wir und sind am ersten völlig kaputt. • Also ich gehe am 24. zu Hoeck! • Au jaaa! • Also doch kein Karpfen Heilig Abend? • Doch, erst Hoeck und dann Karpfen. • Da seid ihr doch schon völlig besoffen. • Blöde Gans, wir gehen zu Hoeck, wann wir wollen! • Bei Hoeck gibts übrigens auch machmal Gänsebraten, und der ist ganz eklig. Ist gewärmt seit Stunden, labbrige Haut. • Also ihr blöden Schweine, es ist mir alles egal, jedenfalls steht meine Gans am zweiten Weihnachtsfeiertag um 20 Uhr aufm Tisch! So. • Mit Rotkohl. • Na ja entschuldige mal! • Aber durch muß sie sein! Ich weiß doch, wie das bei euch ist, um vier wieder aufstehen, dann kommt die um halb sieben in den Ofen, und wir sitzen da und ein Bier, zwei Bier, drei Bier... • Ich meine doch den zweiten Weihnachtsfeiertag, am ersten penne ich mich aus, weil wir Heilig Abend wieder bei Jes so besoffen sind, will ich am ersten überhaupt gar nichts machen. • Wir stehen am ersten spät auf, und dann tun wir nachts die Gans bei 40 Grad in den Ofen,

dann ist sie pünktlich am zweiten um acht fertig. • Au Mensch, das machen die in Finnland, die schieben riesige Schweinehälften zu Weihnachten in den Ofen und lassen den 48 Stunden bei kleinster Flamme, der Duft ist fantastisch im ganzen Hause. Nachts stellt sich die Hausfrau den Wecker, um alle zwei Stunden rund um die Uhr behutsam zu übergießen. Alle werden schier irre vor Gier. • Wo ist das denn? • In Finnland auf dem Lande, da fressen die Weihnachten riesige Schweinekeulen. Und dann kommen die Ausländer und wollen an Heilig Abend unsere Karpfen haben. • Die kriegen Wildschwein. • Wann essen wir Wildschwein? • Am vierten Advent, bei Christian. Der hat uns eingeladen zum Wildschweinfressen. • Und Mittwoch esse ich schon Vorgans und Sonnabend esse ich Puter. • Du bist doch am ersten im Krankenhaus. • Nee, Sonnabend fange ich an mit Gänseessen. Scheiße! • (Stuhl kaputt) • Apropos Ikea, habt ihr schonmal Elch gegessen? • Nee, Rentier. Rentier in Schweden. Da war gerade Tschernobyl. Da gings mir prima. • Quatsch, der Schwede hat erzählt, das war eingefroren, vor Tschernobyl. • Wie schmeckt das? Wie Wild? • Ja, und nachts leuchtet das. • Was ich erlebt habe, ist Leberkäse, wenn der so 14 Tage steht, dann leuchtet der. Der legt so eine weißliche Schicht draußen an und fängt an zu leuchten. Kannste mit in Keller. • Ich möchte dieses Jahr mich so richtig vollfressen mit Gänsen. Platzen will ich davon! Guck mal, ich habe so abgenommen, daß mir die Jeans hier schon nicht mehr passen, ich muß fressen. •

Ich bin mal bei Butzmann zum Festessen eingeladen worden. Und ich sage, was gibts denn so. Ja, und er sagt, es gibt Mozambique-Burger mit Klößen und Beilage. Na, schaun wir mal, ich gehe hin. Jetzt sitzen wir da, es riecht gut, wir warten schon verzweifelt, so, jetzt kommt Platte mit so Art Hackbraten, so Falscher Hase, braun, knusprig, fantastisch. Große Klöße, wunderbare Gemüse und alles. Die Lefzen seiern schon. Der schneidet da seinen Mozambique-Burger auseinander, und jetzt gehts endlich los, und ich schon schier irrsinnig vor Hunger, nagender Hunger, ich gleich an den Falschen Hasen und: Iiii! Süß, Banane! Hackfleisch, wie Bouletten, aber mit ganz viel Banane, so schwarze überreife Bananen. • Und das hat geschmeckt? • Nee, mir nicht. Ich hatte so einen Hunger gehabt und jetzt alles Banane, Bananenbouletten, und in den Klößen waren auch Bananen. Alles völlig karamelisiert, mit Zucker bepinselt. • Ich hatte mal in Mexiko Truthahn mit Schokoladensoße. • Englisch, wa? • Zur Bräune ist bißchen Zucker bei Schweinebraten gut. Bißchen mit Zuckerwasser bepinseln, bringt Bräune. • Den Grünkohl koche ich aber schon drei Tage vorher. • Ja aber, bei Jes habe ich mal Grünkohl gegessen, ich esse gerne Grünkohl, aber da habe ich bei Jes versucht, im Grünkohl mal einen Löffel nur Grünkohl zu kriegen, das ging nicht. Da waren soviel Würste, Fleisch, also so ein üppiger Grünkohl mit Pinkel. • Füllt mir die Gans mit Dörfler! • Ja, aber macht das reichlich, nicht daß ich am Ende noch Hunger habe. Ich will am Ende wie bei Wilhelm Busch mit einem Knochen ausm Maul liegen, überfressen. Und dann gehn wir zu Fuß hin, haben wir richtig schön Hunger. • Die Gans muß schwimmen! • Wir machen das schon. • Ja, daß wir wieder aus dem Fettkoma aufwachen. • Ernst hat einmal Gans gemacht; Weihnachten. Hat er gut gemacht, hat er vorher mit Computer alles genau ausgerechnet. • Generalstabsmäßig! Ich habe den Flüssigkeitsinhalt unserer tiefen Teller ausgerechnet. • Ich hatte mal in der Augsburger so eine Gier beim Gänse Braten, daß ich von dem Gänsefett immer mal so einen Löffel geschlürft habe, da war mir so schlecht zum Schluß... • Merkwürdig. • ...daß ich das heilige Kotzen bekommen habe. Es war furchtbar. • Mußt du Wodka trinken. • Das habe ich getan. Da habe ich übertrieben, völlig übertrieben. Die Kotze war so fettig, daß sie auf Wasser geschwommen ist. Es war grausam. Ihr könnt mich für blöd halten, aber ich freue mich nun jedes Jahr auf Weihnachten,

und wie! Völlig schwachsinnig, es geht nicht um Haben-haben, sondern ums Fressen und Saufen ... • Ja!! • ... und immer geht was schief. • Scheitern. • Da hänge ich den ganzen Heiligen Abend lang überm Klosett und starre auf meine schwimmende Kotze. Jeujeujeu. • Na ja, du mußt einen klaren Schnaps haben. • Kannst du mir mal zuhören, Ernst, ist ein ernstes Thema. Ich fresse mich schon durch bis Weihnachten mit Gansessen. Ich gehe ja fast alle zwei Tage Gans essen. Und am zweiten Weihnachtsfeiertag mache ich Gans, weil ich das gerne mache, und dann brauche ich gar nicht mehr so essen. Da kann mir nichts passieren. • Ums Essen gehts doch gar nicht, ums Trinken! • Aber es ist doch der Köche liebste Beschäftigung! Immer mal einen nehmen. •
Ich kenne das von Schopper immer. Das ist ja überhaupt der Koch. Der arbeitet in der Kunsthalle, aber leider nicht als Koch, dann hätten die da mal was. Der hat immer Menüs gemacht, wir haben Unterarbeiten übernommen. Und wir, insbesondere aber er waren immer kurz vor der Vorsuppe schon dermaßen stinkbesoffen, du meine Güte. Einmal haben wirs dann bis zum Nachtisch überlebt, und da holt olle Baacke plötzlich so ein Lederetui mit einer, wohlgemerkt, einer cubanischen Zigarre raus und fängt an wie Großfürst von Rauch. Protest natürlich! Nach dem Fressen ist man doch ganz gierig nach so einem Torpedo. • Ja!! • Also haben wir Baacke solange genörgelt, bis er mit Auto los ist, Zigarren holen, er hatte ja die Kiste zuhause. Nimmt sicherheitshalber immer nur eine mit, wenn so Säufer wie wir zu Treffen aufkreuzen. Jedenfalls, der kommt und kommt nicht. Wir denken, die olle geizige Mistsau. Was war? Er war besoffen und ist auf der Rückfahrt am Bülowbogen, in dieser Schlenkerkurve gegen so eine Bogenlampe geknallt und ins Krankenhaus. • Scheiße! • Er sah aus wie eine Kartoffel für zwei Wochen. Feuerwehr und Bullen waren so entsetzt, daß sie den Alkohol vergessen haben. Baacke hat immer Pech und auch wieder Glück, so wie die Springprozes-

sion in Dingsda. • Was is mit den Zigarren passiert? • Denen wird mal wieder nichts passiert sein. •

Also dieses Mal wird das ein Fest, da werden wir Jahre noch von reden! • Dann muß eine Katastrophe passieren. Soll ich einen Weihnachtsbaum mitbringen? • Wir haben so einen kleinen klappbaren. • Die brennen nicht gut. • Ach, ihr seid wie meine Tante Paula, die hat auch immer so liederliche Tannenbäume gehabt. Die hat immer fürchterliche Tannenbäume gemacht. Grausam. Die war immer so wütend und hat Lametta genommen und stand immer an der Tür und Bomm! Gegen den Tannenbaum, ganze Hand voll. • Dann bekotze ich ihn dies Jahr! • Ich habe neulich einen Leserbrief von einer Frau aus Kanada gelesen, die sich darüber beschwert hat, daß in Berlin überall die Aulen liegen. • Das fällt mir auch immer wieder auf, da weiß man, was Pralinenschachtel ist. • O Gott ja, die gelb-grünen Förster, die überall hängen. Das liegt aber an der Luftqualität. • Wieder Spucknäpfe aufstellen! • Hat auch was, jeder Scheißer pustet hier seine Auspuffluft in die Welt, und wenn ich chronische Bronchitis habe, soll ich in den Katalysator aulen! Das kommt raus in die Öffentlichkeit, da wollen wir nichts verheimlichen. •

Ich bin ja immer ein großer Freund der öffentlichen Sauberkeit gewesen, und weil ich ärmlich wohne, bin ich immer ins Prinzenbad gegangen zur Dusch- und Badewanne und habe da immer gerne gebadet. Neulich war ich da, und das ganze Geschoß stank nach Scheiße! Da frage ich die Frau, was ist los? Und die sagt, das kommt eigentlich ziemlich oft vor, die Leute und die öffentlichen Einrichtungen, da hat mal wieder einer in die Badewanne gemacht. Da kackt einer in die Badewanne, und das stinkt wie Sau! • Das entspannt so schön, das Baden. • Na gut, pullern kann man ja ins ablaufende Badewasser. Einmal Stinken geht auch, aber das nächste Mal bin ich wiedergekommen und dann in der Kabine, laß das Wasser ein, dieser dicke großzügige Warmwasserstrahl, die großen

Stöpselkugeln, ganz toll, sitze da drin im Wasser, alles wunderbar, schöne dicke Zinkwanne, und dann hängt an den schönen weißen Fliesen wirklich so eine fette, grüne, zähe, an der oberen Schicht schon angetrocknete Aule. • Das trübt die Entspannung. • Mir war übel, ich kann seitdem da nicht mehr hingehen, ich würde so gerne. • Schenken wir dir eine Zinkwanne. • Ich will ja nicht alles privat. Öffentliche Sachen könnten so prima sein! • Die machen das nicht ordentlich sauber, abgesehen vom Ekelsadismus irgendwelcher Arschlöcher, aber man kann ja richtig aussprühen, dann schlägt sowas fehl vielleicht. • Ach, die machen da so ein bißchen Wischi-wischi und hocken in ihrer Flachmannkajüte, die Bademeister, das kümmert die nicht. • Das sind alles so ÖTV-Penner im Winterschlaf, die werden nochmal böse erwachen, bis sie abgewickelt werden. Die kochen da im Schwimmbad hinten ihre Spiegeleier, haben eine Kabine, mußt du ganz devot anklopfen, sonst strafen sie dich, und da hocken die mang ihren Postern, alles Titten, Weiber, voll Abziehbilder debilster Aussage, und dann haben sie sich so einen Zweierflammerelektroherd hingestellt und braten sich da ihr olles Cornedbeef, bis es trocken und grau ist, und dann noch Spiegeleier drauf, das stinkt im ganzen Bad, muß man sich vorstellen. Natürlich sind die auch ewig angesoffen und latschen in ihren Shorts rum. • *
Aber ich will mal nach Budapest fahren, da sind diese tollen Badehäuser. Da will ich hin und im Geller will ich wohnen. • Im Keller? • Nee, nicht im Keller, im Hotel Geller. • Ich will zum Balaton, da gibts Thermalbäder. Rundherum Wälder, schneeverhangen und so weiter, und du schwimmst da in so einer ganz softigen Moorlake, das dampft da so! • Und wo ist das? • In der Nähe vom Balatonsee da. • Und wo ist der? • In Ungarn, etwas hinter Budapest. • Das ist der Plattensee? •

---

* E.M.Cioran, Vom Nachteil, geboren zu sein, Frankfurt 1979. Ulrich Horstmann, Das Untier. Konturen einer Philosophie der Menschenflucht, Frankfurt 1985.

Das ist der Plattensee! • Ach so, der Plattensee! • Schwefelseen, das stinkt. Da sitzen die ganzen Schuppenflechten. • Sag mal, Ernst, wie heißt unser Herd, was der da kann, wir haben vorhin überlegt. • Umluft. • Umluft? • Ja, da kannst du verschiedene Sachen auf einmal garen, weil die Luft umgewälzt wird, nimmt nicht die Gerüche an. • Das halte ich für ein Gerücht! • Quatsch, Geruch! • Wieviel Gänse gehen da rein bei uns? • Eine Gans und ein Kuchen. • Eine nur? • Zwei kleine.

Frieden und Krieg. Gespräch mit Chappi, Peter Funken, Erich Maas und Katrin Schings im Maas Verlag.
Ach, jetzt haben wir den schönen Untersatz vergessen. • Macht doch nichts. • Hab ich doch extra gekauft, soll so gut für die Akustik sein. • Ach so. • Das glaubste nicht, aber das ist wichtig. • Ein Ständer? • Ja, son runder, ganz schwerer, Akustik... • Haben wir jetzt eben nicht dabei. • Das Sony-Amt! • Wir forschen gerade hier, wie das mit dem Getrappel ist. • Dann nehm ich das Ding eben auf den Schoß. • Wegen dem Führerschein? • Ja, Chappi hat doch jetzt heute schon wieder, was hast du gekriegt? Das wird doch noch aus der Zeit sein, eine... • Vollstreckungskarte. »Habe Sie leider nicht angetroffen und die Wohnung verschlossen vorgefunden, bitte Sie binnen drei Tagen anzurufen.« • Haben sie dir die Pappe abgenommen? • Ja, schon lange. • Und was ist das jetzt, Geld oder was? • Ja, ich hab eben irgendwelche Raten angefangen zu zahlen und dann wieder aufgehört mit Raten, im Januar hab ich wieder aufgehört mit Raten. • Das ist scheiße, bei mir ist es genau dasselbe, einen Riesenaufwand getrieben, daß ich das machen darf mit der Ratenzahlung, weil ich das doch nicht einsehe, daß ich da 2000 Mark auf einmal hinblättere. Ein bißchen Arbeit sollen die auch haben, das macht einem selber zwar auch Arbeit, aber ein bißchen sollen die auch noch haben, und dann die Raten nicht bezahlt und bums mußt du wieder den ganzen

Betrag zahlen, ist die ganze Arbeit umsonst gewesen. Dann schreiben sie dir gleich, dann sind sie stinksauer, dann schreiben sie dir, daß sie das jetzt irgendwie, ich weiß auch nicht. • Ratenzahlung ist immer Bluff, ich mußte Steuer nachzahlen und wollte die in Raten nachzahlen, aber da sind die so geschickt, da mußt du nachweisen, daß die Bank dir keinen Kredit gibt, sonst mußt du bei der Bank sozusagen in Rate gehen, damit du dem Finanzamt in Raten ihr Geld geben darfst. • Ach so. • Die Bank ist nicht verpflichtet, Auskunft über dein Sparguthaben zu geben, falls du eins hast, kannst du unterschreiben, haben sie als den großen Fortschritt dargestellt seinerzeit im Fernsehen. Und jetzt willste in Raten zahlen, und da müssen die dir erstmal sagen, du bist nicht kreditwürdig, damit du denen in Raten zahlen kannst. • Was müßt ihr denn zahlen? • Ach, ich muß so 2000 Mark zahlen. • Aber den Führerschein kriegst du wieder? • Den könnte ich schon längst wieder haben, ich muß bloß noch so einen Erste Hilfe Kurs machen. • Kann man den nicht kaufen? Ich weiß noch, als ich studiert habe, kleines Latinum..., ich weiß nicht, ein Rot-Kreuz-Schein... • Ist bestimmt billiger. • Oder du schickst einen Arbeitslosen hin, der mit deinem Ausweis da aufkreuzt, der macht dir da die Seitenlage, lernt vielleicht noch eine nette Dame kennen. • Schlecht wär das nicht, aber das ist ja direkt hier um die Ecke, da ist die Rote-Kreuz-Station, und da machen sie auch die Kurse, und jetzt weiß ich das auch schon wieder seit zwei Monaten und hab es jetzt auch seit zwei Monaten immer wieder vergessen, tagsüber vergesse ich das, und abends plötzlich denke ich, morgen mußt du mal wieder beim Roten Kreuz anrufen. • Da gehst du mit der Kamera hin, das ist bestimmt spitze. • Das mach ich auch, da nehm ich mich selbst auf, wie ich die Puppe da drangsaliere. •

Ich weiß noch, ich war mal im Schülerheim, und da hieß es, so, jetzt kommt einer vom Roten Kreuz und der macht mit uns Erste-Hilfe-Kursus! Und da kam der mit einer Dia-Show, hat uns Dias gezeigt, und daraufhin ist erstmal von den Mädchen einem Drittel schlecht geworden, die sind alle rausgegangen, da ist mir klargeworden, daß das verkappte Sadisten sind. Die zeigen erstmal Verbrennungen ersten Grades, da siehst du so eine trübe Gestalt mit einem roten Arm, Verbrennungen zweiten Grades, dann, alle haben schon die Hände vorm Gesicht, richtige Fleischlappen, offene Beine, ein absolutes Horrorkabinett. So wie sie früher den Striptease als Unterwäschevorführung verkappt haben, so sind da jetzt meiner Meinung nach irgendwelche Sadisten am Splatterauftritt. Dann haben wir uns noch blöde in der zweiten Hälfte ein bißchen mit Mullbinden eingewickelt, mußte man so einen Überschlag machen, das war der Trick, und sonst war eigentlich nur dem seine Wonne, daß der uns da fertiggemacht hat, dieser Helfer, das Rot-Kreuz-Schwein. • Und die Mund-zu-Mund-Beatmung? • Da war so eine Puppe, da haben wir mal kurz rein gepustet. • Ich weiß aber nicht, wie sie das heute machen, in Zeiten von AIDS... • Genau. • Da muß doch jedesmal wieder desinfiziert werden. Sind ja nicht nur Bakterien, sind ja auch Viren. Wie macht man die denn nieder? • Tja... • Ach da gibts irgendwelche Mundstücke, die hast du in dem Kasten da drin. • Mundpariser. • Oder irgendwelche Sauerstoffampullen, die platzen dann auf, wenn du nicht abdrehst. • Aber in der DDR der Führerschein mit Simulator, habt ihr das gemacht? • Ja, ich habs gemacht bei der GST, also Gesellschaft für Sport und Technik, da konnte man das in der Schulzeit noch machen, Motorrad und Lastkraftwagen, aber alles mit der Ausrichtung auf spätere militärische Verwendung. Da hast du auch nur an Militärmaschinen geübt, und die richtigen Fahrten hast du dann mit einem Typen gemacht, den haben sie sich von der Fahrschule geholt und mit dem bist du dann rumgefahren, aber die Übungen hast du in einem gesellschaftlichen GST-Labor gemacht. • Aber Simulatoren gibt es doch hier auch. •

Wir hatten keine Simulatoren. • Hab ich aber gesehen. • Da sitzt einer hinter dir, der sagt immer: »Rechts abbiegen!« Und du machst: brrrrrrr, Analogsimulator. • Die werben doch damit, mit Autosimulator, ist doch billiger, kein Gummiverbrauch, kein Sprit. • Die Führerscheine könnte man doch auch im Spielcasino machen, da gehst du dahin, übst, übst, übst, und irgendwann mußt du soundsoviel Punkte haben, und wenn du die hast, sagen die, okay, da hast du den Führerschein, das wär doch o.k. • Da, wo früher das Gestapo-Gelände war, da neben diesem Museum, Gropiusbau, war mal ein Autodrom, Straps-Harrys-Autodrom nannte sich das, eine ganz zwielichtige Figur, der hatte einen Transvestitenladen und dieses Autodrom. Da konntest du auf ganz ollen Scheesen, die natürlich nicht angemeldet waren, auf Feldwegen langbrettern. Auch merkwürdig, das auf der deutschen Vergangenheit, das hat noch Spaß gemacht, die Geschichte. •
Na, wenn die da mit ihren Cyberspaceteilen mal endlich zu Potte kommen. Neulich war doch Messe in Hannover, und da hab ich mit einem Kaffee getrunken, der hat erzählt, wie scharf das Publikum auf die Dinger war. Die stehen da mit diesen Brillen und sind nicht mehr wegzukriegen. • Das wird momentan als pornografisches Bedienungsgeschäft ausgebaut, diese Sache. • Ja, ja, klar. • Und Kriegsspiel. Krieg und Beate Uhse. • Ja, ja, das auch, das geht dann alles. • Gibts aber bei Oswald Wiener auch schon, den Bioadapter, einen Ganzkörperanzug. • Ich hab jetzt einen Flugsimulator im Computer, richtig mit ööööö, Düsenflugzeug und iiiiiiiii, Chesna, aber ich bin noch nie heil gelandet. • Ist doch aber besser, als wenn wir alle wirklich im Flugzeug rumfliegen können, das geht doch auch im Kopf. • Ja sicher • Das sagt doch auch neulich der Kulturbeamte von Venedig, er ist froh, daß es langsam holografische Videos gibt, denn das wird mal die Touristenströme, unter denen die so leiden, Florenz, Venedig usw., allmählich abdämpfen. Denn du kannst dann mutterseelenalleene

in Ruhe in alle Kirchen, ohne daß du jetzt die Reise, die Massen, die Busse und das ganze Theater mitmachen mußt. Oder sie gehen in diese Erlebnisparks, Disneyparks, das hoffen die schwer, das entlastet Venedig, der Heidepark Soltau. • Und ganze Branchen wie Fahrschulen gibts dann gar nicht mehr. • Naja, zum Schluß vielleicht noch eine Prüfungsstunde. • Ja o.k., aber die Fahrlehrer, die gewohnt sind, den ganzen Tag mit stressigen Idioten in der Kiste zu sitzen, für die braucht man dann speziell solche Maschinen, in die eingegeben wird: Fahrschüler, vom Typ völlig unfähig, macht dauernd alles falsch, macht nur Fehler. Damit die auch weiterhin erleben können, womit sie jetzt den ganzen Tag zubringen. • Bei der Lufthansa haben sie ja schon solche Simulatoren, Airbus fast eins zu eins, und da könntest du ja abstürzen, würde nichts passieren, aber das ist tabu, absolut tabu. Also, wenn du da simuliert abstürzt, wirst du gleich degradiert, und da wird alles noch mal in Zweifel gezogen. Aber als Belohnung darfst du abstürzen. Wenn die die Prüfung überstanden haben, dürfen die dieses Tabu einmal überschreiten und bewußt mal abstürzen. • Klasse! • Als Belohnung, denn alle sind ganz scharf drauf, denn der Reiz ist ja doch, unbeschädigt diese Todesstunde zu überleben, und hinten vom Band haben sie wahrscheinlich noch die kreischenden Passagiere. Wunderbare Welt. •

Als wir dann vor Gericht waren wegen dem Führerscheinentzug, gab es einen Alkoholexperten, der muß ein Gutachten machen, wieviel Promille man hatte, und grundsätzlich sagen, was bei soundsoviel Promille angesagt ist, bei durchschnittlichem Verhalten usw. Bei so einem Fall mit Simulator könnte man das ja ganz anders machen. Da kriegst du einige Promille eingepfiffen und dann mußt du eine Probefahrt machen. • Aber das kann man doch leicht absolvieren, dann fährt man eben nur 20. • Nee, 80. • Aber im Gericht fährt man dann nur noch 10. • Naja, das ist ja auch ziemlich auffallend. •

Der Seidel bestimmt das Bewußtseidelsein! • Besoffen fährst

du 80, aber behascht! Da war ich mal mit Helmut und Sabine unterwegs, und uns war so schlecht. Helmut und ich saßen mit gelben Gesichtern hinten. Sabine war noch einigermaßen intakt und schlich mit 20 die Straße lang, und wir immer: »Sabine...« – »Jaa?« – »Fahr nicht so schnell!« Das war eine Tragödie. »Halt mal wieder an!« – »Wir haben doch gerade angehalten.« Und dann standen wir wieder an einem Baugerüst und haben ventiliert. So eine schreckliche Fahrt, da kommt dir alles so schnell und brutal vor. • Behascht radfahren ist auch übel. Da denkt man immer, man stößt überall an. Und am schlimmsten ist es, wenn man einen Laster mit Anhänger überholen will, da sieht man sich quasi schon von den scharfen Kanten aufgeschlitzt auf dem Boden liegen. • Einmal hatte ich auch ziemlich viel geraucht, und dann bin ich losgefahren und bekam riesige Probleme, weil ich nicht mehr verstand, wieso ich das mache. Wieso ich mich da mit dem Auto durch die Gegend bewege, ich hab mir dann vorgestellt, wie ich mich in sitzender Haltung über die Straße bewege, und habe gedacht, das ist völlig bekloppt. • Ich habe einen Freund, Klix, der hat eine Automeise und kennt lauter Leute, die auch eine Automeise haben. Mir bekommt das sowieso nicht so, aber ich hab mich breitschlagen lassen, also erst haben wir gesoffen und dann noch eine Piepe drauf. Dann kam Öhme, sein Freund Öhme, und der hat einen Maserati. Na gut, ich wußte gar nicht, worauf ich mich einlasse, Probefahrt auf der Avus. Und dann sind wir da 200 gefahren, und da fing das Ding auch an zu wackeln, höchst merkwürdige Vibrationen. Plötzlich unterhalten sich die beiden Ärsche, daß nach wie vor der Mangel bei solchen schnellen Autos die Reifen wären. »Sie haben jetzt einen entwickelt, da kannst du sicher bis 180 fahren!« Und wir schon auf 200. Das kam mir so ewig vor. Während besoffen ist eigentlich ganz gut. Immer früher mit Harald Strätz in seinem Käfer, ich saß neben dem und sage: » Sag mal, bist du blöd, mach die Augen auf!« Da hat der sein rechtes Auge zugehalten, und weil ich rechts saß, habe ich gedacht, der hält sich beide Augen zu. Dabei sagt der: »Ich seh alles doppelt. Ich halte lieber ein Auge zu.« Hatten wir oben schön das Verdeck offen und sind über die Stadtautobahn. Au warte! Ging aber irgendwie immer gut. Na, euch haben sie ja jetzt zweimal, oder? Und immer zusammen. •

Da war immer die große Frage, wer übernimmt es. Denn es war ja immer dein Auto. Dabei war es beim letzten Mal eine erfolgreiche Stadtfahrt gewesen. Da waren wir hier. Und dann kamen wir noch auf die Idee, Brötchen zu holen, Frühstücksbrötchen. Aber alle wieder rein. Dabei war niemand mehr da, der noch fahren konnte, aber ich in meinem Sumpf: »Okay Kinder, alle wieder rein, ist ja nervig, ist ja nervig.« Und dann sind wir nur um ein paar Ecken gefahren, und dann stand ich in der zweiten Reihe. Hinter uns ein Bullenauto. Und ich mach noch Krawall, na, was ist denn nu, fahr doch mal vorbei, und habe gar nicht mitgekriegt, daß der schon Anstoß genommen hat, daß wir in der zweiten Reihe stehen, und von seinem Auto aus gesehen hat, daß zehn Meter weiter eine Lücke ist, wo man sich reinstellen kann. Die anderen waren aber mittlerweile schon beim Bäcker, und ich habe Warnblinker angemacht, wie man das so richtig macht, und bin im Auto sitzengeblieben. Bis sie dann kamen. Ich habe gesagt, ich sitz hier bloß so rum, und dann haben die das schon gerochen, und dann wurde es ganz blöd. Da haben sie mich mitgenommen. Das waren ja auch schon wieder 1,8 oder 1,9, und da kriege ich dann immer den Verfolgungsangriff. Da geht es sofort los bei mir: »Ihr Wichser, das ist doch ein ganz abgekartetes Spiel, das ihr hier macht!« Da kriege ich dann sofort diese Ostbullen- und Stasi- und Wichser-Macke, und so rede ich die dann sofort an. • Der hat ja rumgetobt da in dem Auto. • Oh, das ganze Auto hat gewackelt! • Die haben ihn dann in das Bullenauto rein, und wir waren in der Bäckerei, und ich habe das von da aus mitgekriegt. Ich bin dann mal raus und hab gesagt: »Ach Chappi, was machst denn du hier?« Und da war der da drin am Toben wie ein Bekloppter. Die waren fix und fertig, die Bullen, die waren ganz hilflos. • Haben sie dir Blut abgezapft? • Ja, und dann will ich immer nicht Blut abzapfen lassen, und erzähle dann, daß ich schon mal einen Arzt hatte, der bestimmt genauso besoffen wie ich war, der hat da drei, vier Mal daneben gestochen, die blauen Flecken hab ich immer noch. Die zeige ich dann immer und sage, keine Blutabnahme. Das geht dann immer mit Gewalt, die halten mich dann fest, und ich nöle die voll bis zum Fresse zuhalten. »Ausweisen! Du hast doch noch nicht mal eine Arztprüfung!« Und so geht das dann immer. • Haben sie dich also mitgenommen? In eine Zelle erstmal? • Ja, ja. • Dann kommt jetzt wahrscheinlich ein psychologischer Test? • Der kommt demnächst, bei dem Versuch, die Fahrerlaubnis überhaupt wiederzuerlangen. • Du hast ja das zweite Mal, von dem du eben erzählt hast, schon gar keinen Führerschein mehr gehabt. • Nee, da war ja schon alles weg. • Du bist ohne Führerschein gefahren? • Ich hatte aber noch einen zu der Zeit. Deswegen war es zwar klar, daß Chappi im Auto gesessen hat, aber als wir vor Gericht gingen, war es wichtig, daß ich überhaupt nicht dabei war. • Und dann ist es egal, daß das dein Auto ist? • Nee, ganz egal nicht, ich hab dann, glaube ich, 500 wegen Sorgfaltspflichtverletzung bekommen, denn wir hatten das so ausgekaspert, daß wir zusammen wohnen, und ich hab immer den Autoschlüssel draußen. • Ja genau, und ich, der böse Bub, hab mir den einfach geschnappt, ohne zu fragen und den noch Schlafenden zu wecken. • Aber Prozeß war nun schon? • Ja. • Und was haben sie dir aufgebrummt? • Die haben mir, was war das jetzt, ich glaube drei Jahre auf Bewährung. • Was?! • Drei Jahre muß ich mich jetzt bewähren, und wenn was ist, muß ich erst mal drei Monate absitzen. • Und jeden Monat dich melden usw.? • Das hab ich nicht so genau mitgekriegt. • Nee, das ist nur,

wenn er jetzt noch mal straffällig wird, auch wegen was anderem, ist ganz scheißegal, dann fährt er gleich ein für drei Monate. • Aber das ist doch ein Verkehrsdelikt und kein Verbrechen, was dir passiert ist? • Naja. • Nähert sich dem Verbrechen. • Na, ohne Führerschein, scheints, ist das zivilrechtlich schon so was wie ein Verbrechen. •
Ist doch die zweite Angelegenheit. • Eben! Genau das gleiche und exakt derselbe Alkoholspiegel. • Derselbe Richter. • Derselbe Richter?! • Derselbe Richter. • Man hat seine Gewohnheiten. • Und dasselbe Auto. • Und derselbe Kumpel. • Aber andere Schrippen? • Der Richter war aber wunderbar. • Es war ja derselbe Richter, das darf man auch nicht vergessen. Und der hatte vorher schon irgendwie mitgekriegt, daß hier irgendwie verlagstechnisch was läuft. Das war wichtig. Der wußte also beim zweiten Mal, daß er mit Knete oder Geldstrafen bei den Jungs nicht kommen brauchte, auch wenn die das irgendwie zusammenkratzen und ihm die Geldstrafe bezahlen, wird er damit nicht ausschließen können... Und ein bißchen wollte er auch erziehen, oder? • Hmm. • So, als wollte er sagen, Kinder, es mag ja sehr schön sein, daß ihr auch Bücher macht, ich hab ja auch schon mal was von dem Wawerzinek gehört. Ist ja auch in Ordnung, aber Jungs, das sind doch Kinderspäße, die ihr da macht, und ich muß hier als Richter sitzen. Sowas hat der durchblicken lassen, eindeutig, daß es ihm nur darum geht, daß ein drittes Mal vermieden wird, denn ihm wäre es zu blöd. Daß wir immer wieder dasselbe machen, nicht reif werden und wirklich Kinderkram machen. Und er muß nun wieder da sitzen mit seinem ganzen Ambiente, Schreiber, Schöffen, Verteidigung, was weiß ich, was der da alles... • Wo war denn das, war das in Moabit oben? • Ja. • Beim ersten Mal haben wir eine Geschichte erzählt. Da hatten wir uns das genau überlegt, die war auch o.k., die war wasserdicht. Der Richter wußte aber trotzdem... • Und bevor ihr euch kanntet, hattet ihr doch auch schon länger den Führerschein, oder? •

Ja. • Da ist aber nichts passiert? • Nö. • Na gut, nun kanntet ihr euch... • Aber ich bin doch vorher in Westdeutschland jahrelang fast jeden Tag, also mindestens drei-, viermal die Woche besoffen durch die Gegend, aber seit die Mauer weg ist... • Ich kenn auch welche, die fahren immer besoffen, Andreas zum Beispiel. • Es gibt ja ganz bestimmte Leute, die fahren nur, wenn sie besoffen sind. Die fühlen sich dann sicherer. • Mir sind ja schon Sachen passiert: Ich bin am nächsten Tag aufgewacht, nach einem längeren Kneipenzug, steig ins Auto und will losfahren, und ich fahr ein paar Meter, aber das Auto hoppelt wie verrückt. Ich steige aus und sehe, daß die ganze Felge vorne total eingedellt ist. Da bin ich also nachts irgendwann an einen Bordstein gedonnert und hab das überhaupt nicht mehr gemerkt. • Ach, da hat das Rad geeiert. • Ja, ja, die Felge war ganz eingeknickt. •
Wir hatten ja auch schon das Vergnügen, zusammen durchs Brandenburger Tor zu fahren, was zu der Zeit noch nicht jeder machte! Es war ja verboten. • Die Grünen begehren auch mal ein Verbot durchzusetzen. • In Polizeibegleitung? • Nein, naja, wir sind rechts dran vorbei, sagen wir mal so. • Also das erste Mal: Das fing damit an, daß wir bis neun Uhr morgens unterwegs waren. Im Puff da, in ›Friesen 3‹ hats geendet, so daß wir also in Keuzberg gelandet waren. Und Chappi steigt aus dem Auto und fängt sofort an, die Gemüsehändlerin zu beschimpfen. Ihm hat das Gemüse nicht gefallen. • Nazistisches Gemüse war das. Da hab ich erstmal das Gemüse fertiggemacht und die Gemüsehändlerin natürlich, wie sie da den Tag eröffnen will, mit so viel nazistischem Gemüse, mit so viel braunen Flecken, daß man die Vergangenheit des Gemüses sofort erkennt. Das ging dann nur noch so. Außerdem, das Auto hatten wir, glaube ich, mitten auf dem Bürgersteig geparkt, das kommt auch noch dazu. • Ja, ja. • Also ganz auffällig, ruff uff'n Bürgersteig und dann ausgestiegen und Arm in Arm da lang getorkelt. • Das war 90, oder? • Ja. • Das Jahr der Eini-

gung, große Feierstimmung. • War das dieselbe Nacht, wo wir dann noch in den Knast zurückwollten? Wo du noch gesagt hast, daß wir in Kassel waren? Und unbedingt wieder zurückwollten in Zelle 36/38? Das war nicht schlecht. • Wir haben ein bißchen rumgetobt auf der Straße, und plötzlich hatte ich eine Hand auf der Schulter, hab mich umgedreht, und da waren das zwei Bullen. Und zwar war tags vorher in Kreuzberg wieder Randale gewesen, deshalb standen die an allen Ecken, das wußten wir aber nicht. Die waren dann auch schnell da, denn die dachten, da vorne ist Krach, da gehts bestimmt gleich wieder los. Es waren aber nur zwei Besoffene. Jedenfalls haben die uns dann unter leichter Gewaltanwendung, wir wollten natürlich nicht, ins Polizeiauto gezerrt und in die Friesenstraße gefahren. • Da, wo wir hergekommen sind, die schöne lange Fahrt umsonst. • Und ich habe die ganze Zeit im Auto schon den fahrenden Bullen von hinten durch die Scheibe traktiert: Mensch, du stehst doch selbst unter Alkohol und so weiter. • Ihr wart aber wirklich voll? • Klar, ein Riesengezeter also. • Und Markthalle, Marheinekestraße haben sie euch aufgegriffen? • Nee, das war die Markthalle in der Wrangelstraße, das andere kommt noch. Ich hab gleichzeitig immer gedacht, oh Gott, gleich halten die an und hauen uns erstmal ein paar auf die Fresse. • Ja. • Haben sie aber nicht gemacht. Und dann sind wir da oben beim Polizeirevier angekommen, und dann gings erstmal ab in die Zelle, getrennt. Da haben wir die mit unserem Gebrüll weiter terrorisiert, aber nicht lange, denn es ging ziemlich bald zur Blutentnahme. • Ja. Dann war Blutentnahme und hin und her, und wir hatten uns inzwischen auch etwas beruhigt und beruhigt gezeigt. Das war der Zustand, wo ich mich mit allem abgefunden habe, vielleicht noch nach einer Decke geschrien habe, die auch nicht gebracht wurde. Dann kamen sie aber irgendwann, und es hieß: »Raus hier!« Da wollte ich aber nicht mehr raus, und hatte auch schon die Wechselsprechanlage mitgekriegt. Daß man nur draufdrücken

muß und reinschreien, und dann haben die einen Riesenkrach bei sich in der Bude. Das habe ich natürlich gemacht (brüllt zur Vorführung wie am Spieß). Bei der Entlassung, da haben sie so ein Ding »Sprechen Sie hier rein, wir hören Sie und sprechen zurück«. Da hab ich dann nur reingebrüllt. Das kam bei denen schon jenseits der Schmerzgrenze an, kannst du dir ja vorstellen. Sie kamen raus und wollten wissen, was das ist, und ich hab gesagt: »Ich spreche nur mit einem hier, und das ist der da an der Schranke, der die da hoch und runter macht, denn der erinnert mich an einen Käpt'n, und der sieht gut aus.« Das war wirklich der einzig Brauchbare. »Und mit dem verhandle ich und mit keinem anderen.« Wir wieder raus und hin zu dem, der lachte dann auch und wollte wissen, was mit uns überhaupt los ist. Aber ich sagte zu dem immer so was wie:« Bist'n Käpt'n, was? Bist'n Käpt'n? Wie bist'n du hierher geraten?« Da haben sie uns dann rausgeschmissen. Rausgeschmissen regelrecht, weggezerrt und raus. Und da sind wir letztlich durch die Gegend mit dem Gefühl: Ein Glück, da sind wir nun raus! Trotzdem haben wir uns gegenseitig immer wieder so hochgeputscht. •
Dann sind wir in die Markthalle. • Ach ja genau, in die Markthalle. • Und da gings dann wieder los, denn da waren wieder so viele Gemüse- und Fleischstände. • Der Fleischstand, genau. • Und da hat Chappi den Fleischer niedergemacht, angebrüllt wegen seinem Fleisch. • Nee, das ging erst ums Fleisch und dann darum, daß er sich hier mal nicht so dicke tun soll mit seinem Stand, von wegen, ›wenn hier mal ein paar Ostler kommen, die werden auch vorzüglich bedient, denn da machen wir keinen Unterschied‹. Er soll den Ostler, wenn er es merkt, radikal unhöflich bedienen, weil der Ostler es schon mal fertiggebracht hat, den Osten kaputt zu machen, den Sozialismus in der Phase des Aufbaus des Kommunismus. Und denn hat der da immer rumgegrummelt, was ick denn da damit meine, und dann habe ich es nochmal konkret gesagt. Darauf-

hin ging es irgendwie zur Sache, was ich denn nun will von ihm, was ich denn nun persönlich will von ihm, was ich denn nun persönlich will von ihm. Da habe ich gesagt: Na, du sollst nicht dran glauben. Wir, da war ich noch der Edle, wir haben den Sozialismus geschafft, und wir werden auch den Kapitalismus hier in der Markthalle schaffen, und dann wirst du allenfalls noch dastehen, und nichts mehr ist hinter dir und deine Mark, das funktioniert alles nicht mehr. Da rannte der da und wollte mir eins aufs Maul hauen. • Der kam mit dem Messer raus. • Mit dem Messer. Da bin ich abgehauen. Flinke Füße, weg war ich. Da waren wir dann aber zu allem bereit. Wir dachten, das lassen wir uns nicht gefallen, das lassen wir auf dem Revier nochmal klären. • Nee, nee. • Nee? • Nein, wir sind dann aus der Markthalle raus, denn Chappi ist wie verrückt durch die Stände gepest und ist weg, der andere mit dem Messer hinterher, und draußen vor der Markthalle haben wir uns dann irgendwann wieder getroffen. Und damals war gerade Wahlkampf für Kommunalwahlen, und die CDU hatte da einen Stand. •

Die CDU, die kam wie gerufen. • Da stand die CDU und hat Handzettel verteilt. Wir haben rumgemosert, zuerst ganz leise, unter den Passanten, ob es denn noch niemandem aufgefallen wäre, daß das hier die SPD unter dem Deckmantel der CDU ist und daß ich zwei erkenne, die schon jahrelang Mitglieder der SPD sind und stehen hier plötzlich unter diesem rotweißen Schirm, das müßte doch auffallen! Von der CDU! Allmählich wurden wir lauter. Dann haben wir schon laut gerufen: »Du bist doch jahrelang bei der SPD gewesen, und du machst hier Wahlkampf, das werden wir anzeigen.« Dann haben wir die Autos gesehen, wo sie die Wahlplakate rausholen, und haben gebrüllt: »Die CDU würde nie mit solchen Jeeps und mit solchen Traktoren hier ankommen!« So ging das dann nur noch. Und so ein Alter kam dann auch noch an. • Das war der CDU-Kandidat für Kreuzberg, das habe ich dann später gesehen, der hat sich dann eingemischt, aber ich habe den gleich angebellt: »Du sagst jetzt gar nichts, denn sonst gehen wir sofort hoch zu den Bullen und sagen, daß du hier Passanten in den Bauch getreten hast bei Diskussionen, die nicht auf CDU-Linie waren.« • Da habe ich noch zu den Fenstern hingeschrien: »Sie da oben sind doch unsere Zeugen, der hat doch getreten!« Da saßen welche am Fenster und haben geguckt, was da unten los ist. Sie sollten bereitstehen und zum Telefon greifen, wenn es nötig ist. Und die CDU tritt unter dem Deckmantel der SPD harmlosen Passanten in den Bauch, um den Wahlkampf spannender zu machen und so weiter. • An dem Stand gab es auch Bier, und während dieser Diskussion haben wir uns da ein Bier nach dem anderen geholt. Es gab auch noch eine Schlägerei, denn an der Markthalle sitzen doch immer einige Penner, und die fanden das nicht so schlecht, was wir gemacht haben, die waren auf unserer Seite. Die mischten sich mit ein, und es kam zu dieser kleinen Schlägerei zwischen CDU-Wahlkämpfern und den Pennern. • Denn die Penner wollten denen die Wahlplakate wegreißen. • Nach einer Weile hat die CDU ihre Sachen gepackt und ist weg. Die haben das nicht mehr ausgehalten. • Die Bullen haben die nicht geholt? • Nee. • Bei der Drohung, ganz schön perfide. • Als die CDU weg war, haben wir die Kommunisten entdeckt, die auf der anderen Straßenseite einen Stand hatten. • Die haben wir dann auf die gleiche Weise attackiert: »Ihr seid doch gar keine Kommunisten, Ökomisten oder Autonome, ihr seid doch die REP! Das finden wir aber sympathischer als die CDU, als die SPD, die unter dem Deckmantel der CDU, das finden wir sympathischer. Ihr REP, die hier so körnermäßig…« Mit denen haben wir uns dann solidarisiert. • Die haben auch eingepackt, hatten aber zwei Straßen weiter ihr Büro, und wir sind denen noch nachgelaufen bis in den Innenhof und haben weitergenölt und haben denen gesagt, die sollten jetzt mit uns im Sandkasten, weiter hinten war einer, spielen. Dort würde über die

Parteizugehörigkeit entschieden, je nachdem, wie sie sich beim Sandkastenspiel verhalten. • Als das endgültig ausgereizt war, mittlerweile war es auch schon elf Uhr, sind wir wieder zu den Bullen hoch und haben gesagt, wir sind jetzt müde und wollen schlafen, wir wollen wieder in die Zelle. • Und wie reagierten die? • Die haben uns dann gewaltsam aus dem Revier geschmissen, mehrmals, Chappi hat auch wieder mehrmals ins Mikrofon gegrölt: »Und ich sing euch jetzt ein Lied, wir wollen rein!« • *
Wegen dieser Sache hat Chappi dann den Führerschein verloren? • Ja, es gab dann eine Gerichtsverhandlung, und da hat Chappi den Führerschein verloren. • Denn es gab Zeugen, die gesehen haben, wie ich die paar Meter auf den Bürgersteig gefahren bin. Und das bei 1,8 oder 1,9 Promille. Da war der Fall klar. • Leider, denn wir hatten uns eine bombenfeste Geschichte ausgedacht. Von einem Deutschlehrer, den wir in einer Kneipe getroffen und mit dem wir ins Gespräch gekommen wären über Verlage und über das Schreiben und daß der früher auch so was gemacht hätte, bevor er Lehrer wurde. Der hätte natürlich nichts getrunken, weil er am nächsten Tag in die Schule mußte, und der hätte uns auch bis zu der Stelle gefahren, wo uns die Zeugen gesehen haben, weil er da in der Nähe wohnte. Der hätte uns rausgesetzt, weil Chappi am Ende doch noch in Streit mit dem geraten wäre, von wegen: »Du wirst nie schreiben, du wirst immer Deutschlehrer bleiben!« Da hätte der die Schnauze von uns voll gehabt und wollte uns sofort loswerden. • Habt ihr jemanden gehabt, der den gefinkelt hat? • Nee, das haben wir erst vor Gericht erzählt, und der Richter hat das natürlich nicht geglaubt, aber die Geschichte war o.k., und die war auch hieb- und stichfest. Der Richter hat zufällig am Tag vorher den Bericht über Chappi im Spiegel gelesen, und da hatten wir eben gute

---
* Vgl. Michel de Certeau, Kunst des Handelns, Berlin 1988.

Karten. Der Alkoholexperte war auch nicht schlecht, denn der meinte, daß man uns bei so einem Alkoholpegel nichts mehr anhängen könnte, weil da nichts mehr bewußt vonstatten ginge. Die Staatsanwältin hat natürlich eine höhere Strafe verlangt, aber der Richter ist kurz ins Hinterstübchen und hat dann relativ korrekt entschieden. • Was habt ihr gekriegt? • Führerscheinentzug und Geldstrafe. • Beim zweiten Mal hatten wir uns wieder eine Geschichte in der Art ausgedacht, aber die fiel ins Wasser, weil wir wieder denselben Richter bekommen haben. Da haben wir einfach alles zugegeben, und das war o.k., denn der Richter hat uns beschworen: »Keine Stories!« Die Zeugen konnten gleich wieder gehen, es ging überhaupt alles sehr schnell. • Was gab es diesmal? • Drei Monate auf Bewährung, auch ein bißchen als Erziehungsmaßnahme. •

Ich habe den Führerschein ja alleine verloren. • Da ist er nochmal ohne mich weggefahren. • Da wurde ein Film gedreht und ein paar Meter vor meiner Haustür war die Straße abgesperrt. Ich wollte gerade Auto abstellen und aussteigen und Ruhe. Nur stand vor mir ein riesiger Lkw, und ich habe dann gehupt, ordentlich natürlich. Und die Bullen standen genau vor dem Lkw, die habe ich nicht gesehen, und die kamen dann rum, und da war's passiert. Wieder so 1,8 Proms, in dem Dreh. Da haben sie mich aber auch im Wedding eingefahren, das ist überhaupt verrückt. Man kommt mit den Bullen an und muß im Auto ein bißchen warten, denn die rufen einen Arzt an, der um vier, fünf Uhr morgens wegen so einer Scheiße aus dem Bett geklingelt wird. Der muß dann kommen, um dir Blut abzuzapfen und sich auch noch blöde Sprüche anhören. Ich hab dem gesagt: »Was, dafür hast du Medizin studiert, damit du um vier Uhr morgens aus dem Bett geklingelt wirst?«

Wieviel Bier sind eigentlich 1,8 Promille? • Schwer zu sagen, vor allem hast du im Laufe der Nacht schon beträchtlich mehr gehabt, und wenn du morgens um neun Uhr zwanzig immer

noch bei 1,8 bist, wissen die Bescheid und rechnen dir das auch noch an. • Das ist das, wie man bei uns an der Küste gesagt hat, das Sich-wieder-nüchtern-Saufen. Du hast so lange gesoffen, daß jedes nächste Bier dir vorkommt, als wäre es ein Beitrag dazu, daß du jetzt weniger besoffen bist. Da fühlst du dich viel frischer.* Knallst dir noch einen Wein rein, denkst, iih, Wein nicht, und steigst wieder um auf Bier. Trinkst aber schon nochmal sechs, sieben Bier und hast trotzdem das Gefühl, als wärst du so gut wie nüchtern, dabei hast du so eine Birne und so ein Gesicht, völlig aufgedunsen, rot, zermatscht. • Ich habe die Geschichte von einem Bekannten gehört, der ist im dicksten Berufsverkehr mitten auf einer Kreuzung stehengeblieben und nicht mehr weitergefahren. Als dann die Polizei kam und die Tür aufgemacht hat, ist der direkt auf die Straße gekippt. Der war so blau, daß der schon längst nicht mehr gehen konnte und zuletzt auch nicht mehr Auto fahren. •
Ich kann bis zu einem gewissen Grad wunderbar radfahren, geradezu delphinieren! • Wir haben es früher so gemacht: Der, der am wenigsten besoffen war, mußte das Motorrad fahren, und Abmachung war, der weiße Streifen sei die Orientierung, also mitten auf der Straße. Und jedesmal gab es die Diskussion: »Aber ich bin doch ganz gerade gefahren, warum hab ich denn plötzlich dieses Ding« – die Pfosten links und rechts der Straße – »gestriffen.« • In meiner Bekanntschaft haben sich aber ein paar zu Tode gefahren. • In meiner auch. • Einer dachte, er fährt zwischen zwei Motorrädern durch und es war ein Laster..., nee, nee Quatsch, aber der ist gegen einen Zementmischer gefahren, hat er nicht gesehen. • Dafür tut man sich nicht weh, wenn man betrunken mit dem Rad hinfällt. Ich hatte mal betrunken meinen Alptraum von Radunfall. Die Räder sind in eine Straßenbahnschiene geraten und ich bin

---

* Vgl. Gregory Bateson, Ökologie des Geistes. Anthropologische, psychologische, biologische und epistemologische Perspektiven, Frankfurt 1981.

hingeknallt, das Rad federte wieder hoch. Steht da von alleine. Ich lag da, völlig im Delirium, als einer vorbeikam und mir helfen wollte. Den hab ich aber weggeschickt, und nach einer Weile bin ich aufgestanden und weitergefahren. Am nächsten Tag hatte ich nicht den kleinsten Kratzer, und auch sonst an der Jacke oder an der Hose war nichts. Nüchtern hätte ich mir bestimmt sauweh getan, aber betrunken fällt man irgendwie schön. • Ich bin einmal von Hoeck los, das fängt ja immer früh an, und ich fahre da schön durch den Tiergarten, aber an diesem Tag dachte ich, ich werde noch dem Lindengarten die Ehre erweisen. Und wollte auch richtig durch die Stadt, über Zoo rechts rum zum Kranzlereck, links abgebogen, aber richtig linke Spur rein auf die Mitte, und da mußte ich warten, bis der Gegenverkehr vorbei ist, und da bin ich umgekippt. Da lag ich mitten auf dem Kranzler und links und rechts auf den Ecken überall die Touristen, und die Tortenfresser haben gefeixt und die Schulklassen. Ich wieder hoch und auf die andere Seite nochmal umgefallen. Da haben die schon alle gehalten, ich bin aber weiter und auch noch in den Lindengarten gefahren. Und auch alles gut überstanden. •
Ich hab mir mal in Doberan ein Klappfahrrad geborgt... • Was, die gab's im Osten auch? • Minirad nannte sich das, um acht Kilometer nach Hause zu fahren. Erst habe ich geschoben, ging sowieso bergan, aber als der Ort zu Ende war, wollte ich versuchsweise mal aufsteigen und losradeln, die acht Kilometer nach Krüppelin. Und ich bin aufgestiegen und auf der anderen Seite wieder runtergefallen. Ich kam also gar nicht hoch, außerdem war der Sattel viel zu hoch eingestellt, ich kam also mit meinem Arsch nicht rauf. Und wieder runtergefallen, immer auf die Straße, kam aber kein Auto. Und wieder geschoben, und wieder versucht. Irgendwann bin ich mal mit Anlauf raufgesprungen und gleich auf der anderen Seite die Böschung runter. Da plötzlich, ich lag da so mit meinen Wunden und mit meinem ganzen Schmerz, dachte ich:

Mensch kiek mal an, es gibt doch wirklich phantastische Leute mitten in der Nacht. Da hat so ein Lieber, Hilfsbereiter gesehen, daß ich so meine Schwierigkeiten habe mit dem Rad, da nehme ich den mal mit, den frag ich mal, wo der hinwill. Ich bin die Böschung hochgekrochen und will noch sagen, da und da liegt das Fahrrad, das muß auch mit, und da war das die Polizei. Da war das ein Barkas der Polizei, und die haben auch noch das Fahrrad geholt, und dann war ich im VP-Revier von Doberan. Blutentnahme, Fahrrad eingezogen, das konnte ich mir am nächsten Tag nüchtern wieder abholen, mich rausgeschmissen. Ich war noch bei einem Kumpel, aber der hat schon geschlafen, und zuletzt habe ich mich in ein Wartehäuschen gelegt und übernächtigt meinen Rausch ausgeschlafen. Das war auch lustig. •
Da ist es angenehmer, wenn man als Kind betrunken aufgegriffen wird. Dann fährt dich die Polizei bis vor die Haustür. Allerdings klingelt sie auch noch an der Haustür, und das ist natürlich nicht so günstig. • Ernst, Ute, Jes und Ilona sternhagelvoll irgendwo auf dem Land bei Oranienburg. Ernst ist Polizistensohn, und wenn der Bullen sieht, wird der sofort cholerisch. Die Polizei hat sie verfolgt, Ernst hat noch versucht, sie abzuhängen mit seinem dicken Mercedes, aber sie haben sie doch irgendwie gekriegt, und Ernst wurde mitgenommen. Von den anderen dreien hat keiner einen Führerschein, nur Jes hat noch einen Treckerführerschein. Aber die Polizei hat sie auch nicht mitgenommen, nur den Fahrer. Die haben nur eine Nische gesucht, wo das Auto abgestellt werden konnte, und die drei standen da und haben getobt natürlich, daß die Polizei ihnen wenigstens ein Taxi holt, aber das haben sie nicht gemacht. Der Köter auch noch dabei. Die mußten zur Strafe laufen, als Mitsäufer. • Bei Kind fällt mir noch was anderes ein. Da waren mal welche mit Kind auf einer Party, auf der es Bowle gab, und das Kind hat auch Bowle getrunken. Das wußten die Eltern in dem Moment, wo

es wichtig wurde. Die wurden angehalten, Alkoholtest. In der DDR gab es immer solche kleinen Röhrchen, die sich grün färben, und dann gab es erstmal eine Diskussion, wieviel grün und wie stark und so. Bei denen war es Nacht, und die Polizei mußte mit Taschenlampe das Röhrchen kontrollieren. Erst mußten die beiden Männer pusten, und da hat sich die Frau, die dabei war, sofort aufgeregt, daß sie auch pusten sollte, und sie hätten überhaupt nichts getrunken, Unverschämtheit. Hat die auch gepustet, bei der kam dasselbe grün raus wie bei den anderen, die Polizei war schon ganz verunsichert, und die im Auto haben gebrüllt, daß das Kind auch mal pusten soll, dann würden sie ja sehen, daß keiner was getrunken hat und daß die Pustedinger scheiße sind. Haben die das Kind auch pusten lassen, und das Röhrchen wurde wieder grün. Daraufhin konnten sie weiterfahren. • Pflege dein Kind. • Kontrollversuch, ist üblich und anerkannt. •

Blechbläser und Saxophonisten können solche Alkoholtestapparate gut betrügen. Direkt aus dem Mund die Luft, durch die Nase ohne Lunge, einen schwebenden Ton blasen. • Beneidenswerte Menschen. • Wie neulich bei Dießner, der ein wunderbarer Saxophonist ist, stundenlang einen Ton gespielt, hast du nun überhaupt keinen Unterschied gemerkt, ob der nun aus der Backe oder aus der Lunge. Wir sind mal mit Sven in der Peripherie vom Karneval in Köln rumgeschlunzt, und der eine, der auch den Kölndialekt sprach und unser Chauffeur war, wollte unbedingt was zu haschen haben. Also wurde zu irgendeinem hingefahren, und der war so gierig, daß der gleich ein Riesenstück aufgefressen hat, weil irgendwie kein Tabak und keine Blättchen da waren. Wir sind weitergefahren, haben alle auch ein bißchen geknabbert und kommen, wie das da zum Karneval üblich ist, in eine Alkoholkontrolle. Wir halten an, kurbeln das Fenster runter, und da kommt so ein dicker, bräsiger, fünfzigjähriger Bulle und fragt in seinem Kölsch: »Ham Sie wat jetrunken?« Da sagt der Haschfresser am Steuer

vorne: »Nee, wir ham wat jejessen.« Und wir hinten, ich dachte, ich werd nicht wieder, kurz vorm Platzen. Der Polizist hat noch so ringekiekt, so seinen dicken Kopp mit der Mehlmütze ins Auto gesteckt und wir alle am Grinsen unter Hochdruck. Danach haben wir erstmal eine Pause machen müssen und ham uns bepuscht vor Lachen. • Ja, unsere Schutzleute sind schön! • Deutschland ist schön. •
Aber mir, diese Fahrerlaubnis bei der GST, das konnte gar nicht gut gehen. Ich habe da immer Fahrstunde gehabt mit jemandem, der ist einen ›W 1000‹ gefahren oder so ähnlich hieß das Ding. Uralt, mit vorne Eisenstangen und oben Blechkugeln dran als Orientierung, wie breit das Auto ist. Hinten mit Bretterverschlag, Lastkraftwagen und schwer abgedieselt. Der Typ kam Sonntag vormittags mal an, um achte rum. Mein Fahrlehrer! Stinkevoll mit sooo eine Fahne, wie meine Mutter gesagt hat, die hat dann noch rumgezetert, und der sagte: »Ich hab keinen anderen erwischt, du bist der erste von meinen Fahrschülern, der da ist. Wir müssen jetzt nach Rostock fahren. Fahrstunde wird jetzt gemacht«, hat er noch meiner Mutter gesagt. »Auf nach Rostock! Rostock Hbf.« – »Aber das wird schwer in der Stadt«, habe ich gesagt, ich bin noch nie durch die Stadt gefahren vorher, immer nur die Landwege zwischen Kröpelin und Doberan. Sagt der: »Kindergruppe abholen!« – »Kindergruppe«, sage ich, »geht ja schon überhaupt nicht«, und mir wurde ganz heiß. »Naja«, sagt der, »jetzt holen wir erstmal nur die Koffer, die Kinder kann vielleicht jemand anders abholen, aber wir müssen jetzt zu den Koffern.« Doberan durch ging einigermaßen, aber kurz vor Rostock habe ich dem gesagt, daß er das Steuer übernehmen muß. Ich mit meinen 1,60 kam ja kaum an das Gaspedal, geschweige denn an Gas und Bremse gleichzeitig. Es war also ziemlich schweißtreibend, das Ding überhaupt am Fahren zu halten. Da war der inzwischen aber eingeschlafen. Zum Glück kannte ich die Straßen durch Rostock schon vom Motorradfahren und habe

es irgendwie bis zum Bahnhof geschafft. Dort ist mein Fahrlehrer dann wieder aufgewacht und meint: »Ist doch alles ganz wunderbar gelaufen.« Ich bin ausgestiegen, völlig fertig, völlig durchgeschwitzt. Wir haben die Koffer aufgeladen und ein paar Kinder dazwischen, die Koffer aber so gestapelt, daß es nur nach Koffern aussah und zwischen die Kinder noch eine Plane gehängt, damit man sie nicht sehen konnte, und zurück ist der dann selber gefahren, und ich habe daneben gesessen. Paar Tage später war die Prüfung. Theoretisch hatte ich viel mehr Fehler, als man machen durfte. Ich bekam von dem aber ein Prüfungsblatt zurück, auf dem war alles Bonbon, außer zwei Punkte, die fehlten. Dann hat er noch eine kleine Rede gehalten und sich bei mir bedankt, und ich hatte meine Fahrerlaubnis. So war das damals. Ich wollte das nur mal erzählen, denn in Autofahren war ich nie gut, da hatte ich immer Probleme. Bei der Armee hätte ich gleich Autofahren sollen, aber als ich bei der Testfahrt gleich voll hinten irgendwo reingerammt bin, haben sie lieber einen anderen genommen. Das beste war aber 80. Da hatte ich bei der Kunsthochschule aufgehört und wollte einen Job als Kraftfahrer machen, das war eine Straße weiter. Man konnte Tischler lernen, aber man mußte auch fahren, ungefähr zweimal in der Woche Laster fahren. Bin ich dahin. »Bei der GST Fahrerlaubnis gemacht und bei der Armee ein Jahr lang die engen Grenzwege langgeschottet, mit allem, was so an Technik da ist.« Konnte ich Montag gleich anfangen, sie haben aber gleich dazu gesagt, daß das ein schwieriges Auto wäre, ein bulgarisches, Karpatenschreck nannten sie das. Das hätte so seine speziellen Tücken, man könnte aber lange Tonnagen Holz aufladen. Eines Tages war ich dann dran mit fahren und mußte aus dem Hof durch so eine Berliner Ausfahrt, durch einen Torbogen. An der ersten Ecke bin ich gleich gegengeschmettert. Dicke Beule, und der Spiegel war auch abgebrochen. Der Chef kam angetobt, und der Fall war klar, der kann überhaupt nicht fahren, das haben wir doch schon die ganze Zeit gemerkt, wie der immer schweißig danebensaß, ich habe auch immer geschwitzt, hochrot im Kopf. Der Mann hieß Rindfleisch, und dem konnte ich doch dankbar sein. Der sagte zu dem Stellvertreter der Tischlerei: »Sie fahren weiter, und der Junge guckt mal ein bißchen intensiver zu, wie man das macht.« Und irgendwann kam der Rindfleisch: »Also Wawerzinek, wir brauchen hier einen Tischler, aber wir brauchen auch einen, der die Kraftfahrerei übernimmt, ich kann nicht immer meinen Kopiloten, meinen Stellvertreter ständig auf dem Auto sitzen haben, jetzt muß es aber mal gehen.« Das hat dann geklappt, und ich wurde so langsam der Kraftfahrer. Unfallfrei, rückwärts in Toreinfahrten. • Hast du schon mal einen Unfall gehabt? • Nee, nicht so richtig. Außer einmal, da wollte ich den Papenfuß nach Hause fahren, und der hat schon abgewunken, muß doch nicht sein, aber bis vor seine Haustür ging es wunderbar, der wollte mich noch auf einen Kaffee einladen, aber ich dachte, jetzt Kaffee? Nee, jetzt fährst du weiter, ist ja nur um die Ecke. Und biege in meine Knaackstraße ein, habe auch gleich einen Parkplatz gesehen und bin da irgendwie reingerutscht, rauf auf den Bürgersteig. Da war noch ein anderer Besoffener, der hat mich gelotst. Plötzlich hieß es: »Ich hab's genau gesehen, der ist da raufgedonnert wie ein Verrückter!« Ich bin nur noch raus und habe die Tür hinter mir zugeschmissen, irgendwas ging da schief, jedenfalls kam ich nächsten Tag an das Ding nicht mehr ran. Und Ricarda stand noch am Fenster und dachte, die Stimme kenne ich doch. Und die hat dann spannermäßig am Fenster gehangen und gesehn, wie ich mich aus einem Pulk von sechs, sieben Augenzeugen befreit habe. • Schlüssel haben sie dir doch weggenommen, oder? • Genau, ich habe abgeschlossen, und die besorgten Bürger haben mir dann den Schlüssel weggenommen. Das war der einzige, den ich hatte. • Und du wußtest nicht, wer das ist, und wo die wohnen. • Ja, und dann habe ich mich tagelang nicht gekümmert, denn ich dachte, das wird auch beobachtet, wer sich da interessiert, und dann kamen aber schon andere, die guckten, was sie von dem Auto noch gebrauchen könnten. Das war gerade in der DDR-Wechselzeit, und Citroën standen da noch nicht so viele rum. Und die paar Beulen, haben sich die mit den Schnurrbärten gedacht, alles Fachkundige, die paar Beulen kriegen wir schon wieder raus. Eines Tages war mein Nummernschild hinten ab. Ich habe mir ein neues besorgt, und dann war vorne ein anderes wie hinten dran. Mit einem Kumpel habe ich auch versucht, das Auto etwas zurechtzuschieben, damit es nicht mehr gar so ordinär auf dem Gehweg steht. • Und wie hast du deinen Schlüssel wiedergekriegt? • Gar nicht mehr. Da kam irgendwann ein Abschleppwagen und hat es in eine Autowerkstatt im Westen gebracht, und die Reparatur hätte 5000 oder 3500 Mark gekostet. Ich hab nur abgewunken, denn das war doch von Werner, das geschenkte, woher sollte ich soviel Geld nehmen? •

Und das Auto vom Flughafen Schönefeld? • Das war das nächste. • Das ist eine andere Story. Da habe ich noch einen neuen Motor einbauen lassen, um es dann ein halbes Jahr am Flughafen stehen zu lassen. • Steht das immer noch da? • Nee, das habe ich dann mal weggeholt, für 35 Mark habe ich das rausgekriegt. Irgendwann habe ich gesagt, jetzt muß es mal weg! Da war schon das Radio rausgeklaut, und am Schloß war auch schon rummanipuliert worden, daß das für jeden auffällig war. Die Bullen waren schon da, und haben so ein rotes Ding raufgemacht wegen der Profilreifen, das sollte ja auch noch gemacht werden. Da habe ich es abschleppen lassen, und die Aufgabe war, vom Flughafenparkplatz wegzukommen, ohne daß die 12 Mark pro Tag ein halbes Jahr lang jemals zu Sprache kamen. Wir haben schwer überlegt, wie wir das machen. Erstmal den Schrankenwärter ganz locker bequatschen, zwei Karten für den Parkplatz gezogen und den ganzen Scheiß, und es war auch noch Sonntag. Der Wächter war wahrscheinlich nur eine Aushilfe, und hinter uns waren schon sechs, sieben Autos, und ich habe so durcheinander erzählt, daß der überhaupt nicht mehr gecheckt hat, was mit dem Auto ist. Es ging nur noch darum, daß alles in Ordnung ist, daß das Auto abgeschleppt wird, und daß es eigentlich erst gestern, vorgestern erst dahingestellt wurde, aber kein Seil mit gehabt und heute extra nochmal raus, aber der hat nur gesagt: »Nee, nee.« Durchsichtige Stories, da machen wir mal einen ganz kleinen Aufpreis. 35 Mark! Mittlerweile standen schon acht Autos hinter uns, und von vorne kamen auch schon zwei. Wir haben gerade noch das Geld zusammengekratzt, und die Sache war erledigt. • Und wo ist das Ding jetzt? • Dann habe ich es abgestellt, hier in der Knaackstraße vor der Wohnung, und nun hatte das aber den roten Punkt und die Reifen und das Schloß. • Fuhr es noch? Nee, nach dem halben Jahr, das ging nicht mehr, das konnte man nicht mehr anschmeißen, bei aller Mühe. Da habe ich noch gedacht, das schenke ich der Feuerwehr, die lassen sich gerne Autos schenken zum Löschen üben. Einer hat auch den Kontakt zur Feuerwehr herstellen wollen, aber ich bin dann mit der Familie vier, fünf Wochen nach Mallorca. Als wir zurückkamen, war natürlich kein Auto mehr da. Ich habe den Kumpel angerufen: »Saubere Sache! Wie hast du das gemacht, das Auto zur Feuerwehr transportieren, haben sie sich gefreut?« – »Nee«, sagt der, »ich bin Donnerstag gekommen, und da war das schon weg. Ich dachte, du hast das erledigt...« Also war das Auto auch weg, das war das zweite Auto. • Das hast du ja höchstens eine Woche benutzt. • Höchstens, und zwei Jahre dafür Steuern gezahlt. Das war der zweite Versuch mit einem eigenen Auto. • Nee, das mußt du sein lassen, das hat keinen Sinn. • Wieso? Es erledigt sich doch immer von selbst. du mußt es bloß hinstellen. Die Autos machen das schon alleine ganz gut.* •

---

* Vgl. Jean Baudrillard, Die fatale Strategien, München 1985.

Ich hatte mal so einen Freund, Aribert Rüssel, aus dem Schwarzwald. Der hat etwas geschielt und hatte einen Bart, der sah aus wie Rasputin. So haben sie den auch immer genannt, Rasputin. Der war in seinem Schwarzwald Drucker, und da haben sie ihn nach Berlin angeworben, Berlinarbeitsstellen, gab es doch früher Förderungen mit der Garantie auf eine sichere Stelle. Er hat dann beim ›Telegraph‹ angefangen, und der ist kurz danach gleich abgeschmiert, dieser Sozialdelegraph. Jedenfalls sind wir mal mit dem im lustigen Konvoi mit zwei Volkswagen, Käfern, in den Schwarzwald hinunter durchs Mittelgebirge, seine Heimat besichtigen und Weißherbst naschen. Auf der Rückfahrt ist dieser Wagen immer langsamer geworden, da konntest du Gas geben, der ist immer langsamer geworden, ist gar nichts passiert. Dann hat der gestottert, und wir haben angehalten. Moment, das war eine Häufung von Unglücksfällen. Als der Motor noch ging, sind wir hinter einem Tieflader hergefahren, und auf einmal gibt es einen ganz lauten Knall, als ob jemand eine Tüte Milch gegen die Scheibe vorne geknallt hätte, und alles war weiß. Scheibe kaputt, tausend knisternde Splitterchen. Haben wir angehalten, und die Scheibe ist gleich rausgefallen, war keine Scheibe mehr da. Und es war naß, hat genieselt. Wenn man aber hinten alles zu gemacht hat, war so ein Luftblock da, das hat wie eine Frontscheibe gewirkt, da ist kaum Regen rein. Der zweite Akt war dann, daß der Motor krepiert ist. Das bedeutete nun, daß der andere uns abschleppen mußte. Der Motor von dem andren hinten, dann das Abschleppseil, zwei Meter, und dann kamen wir mit der offenen Scheibe. Ein akustisches Erlebnis! Also vorne der Käfer, und die anderen Penner haben immer hinten aus dem Rückfenster gekiekt, wie es uns geht. Da haben wir mal zum Spaß den Scheibenwischer angemacht, der fing auch treu an zu wackeln, und die Frauen in Wagen eins vorne saßen warm und haben sich bepuscht. Im Autokonvoi gen Westen, dann gen

Osten, Männerbewegung, die Wegelosigkeit, der Motor zerkrümelt, alles im Arsch. Wenn das 45 damals, forsch hin, lädiert zurück, die Tragödie war, dann war das jetzt 73 die Farce. Ich habe in dieser ganzen Nacht das erste Mal bewußt ein Geräusch geträumt, von dem Motor vor uns. • Wieso ist die Scheibe kaputt gegangen? • Da ist ein Stein gegen geflogen. Das gibt einen Riesenknall mit einem Blitz verbunden, und die Scheibe wird ganz weiß, als ob sich eine weiße Flüssigkeit verteilt. Du guckst ja in die Ferne, also siehst du das nicht akkomodiert. Dann knistert das so, das ist das Sicherheitsglas, das sind keine Splitter, also keine scharfen Splitter, sondern eher Krümel, Glaskrümel. •
Irgendwie hat das auch was Komisches. Wir saßen mal in Buckow an der Ecke, das war das Eiscafé Olympia, so ein Eisgarten. Wir saßen da und haben Bier getrunken und geguckt. Sonntagnachmittag, irre Hitze, alles ziemlich leer. Da kam ein Pärchen im VW Käfer, die haben einen Umzug gemacht, der war völlig zugestopft, das war deren Glück wahrscheinlich, mit Klamotten im wesentlichen. Kommt um die Ecke, ziemlich rasant, wir wie beim Tennisspiel, alle die Köppe auf dieses Objekt gerichtet, qietscht ein bißchen, wird immer schräger, überschlägt sich plötzlich, aber nicht mehrmals, sondern nur einmal, bleibt auf dem Dach liegen, rutscht noch eine Weile und bleibt stehen. Wir kieken alle so, und bevor du reagierst, also ich sowieso nicht, bevor nun der erste aufgesprungen und dahin gerannt ist! Minuten. Die lagen da nun auf dem Kopp, und hatten da drinnen auch eine fünfminütige Schrecksekunde gehabt. Aber denen ist nichts passiert, wahrscheinlich, weil soviel Klamotten drin waren, das hat abgedämpft. Jetzt ging plötzlich die Scheibe hoch, also wirklich hoch, und auf allen Vieren kamen die aus dem Auto rausgekrabbelt, eine Frau und ein Mann. Das war Slapstick. Man sitzt da und ahnt, was passieren wird. Dann haben sich die Reifen noch so putzig gedreht, und bevor der erste schaltet:

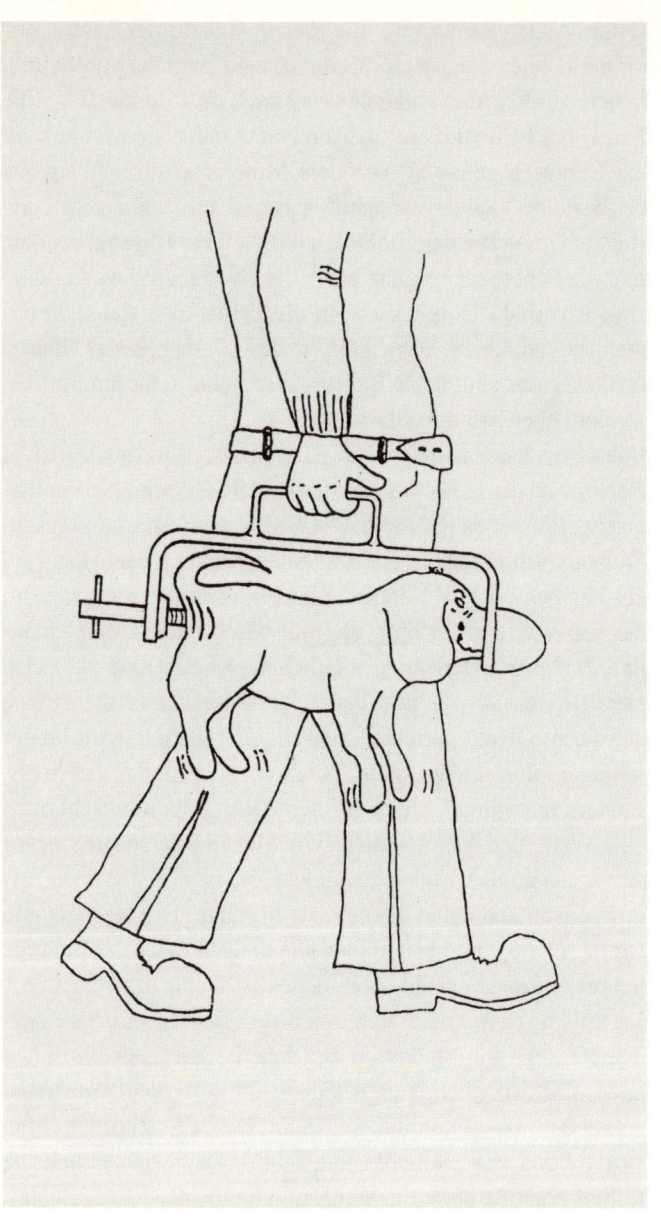

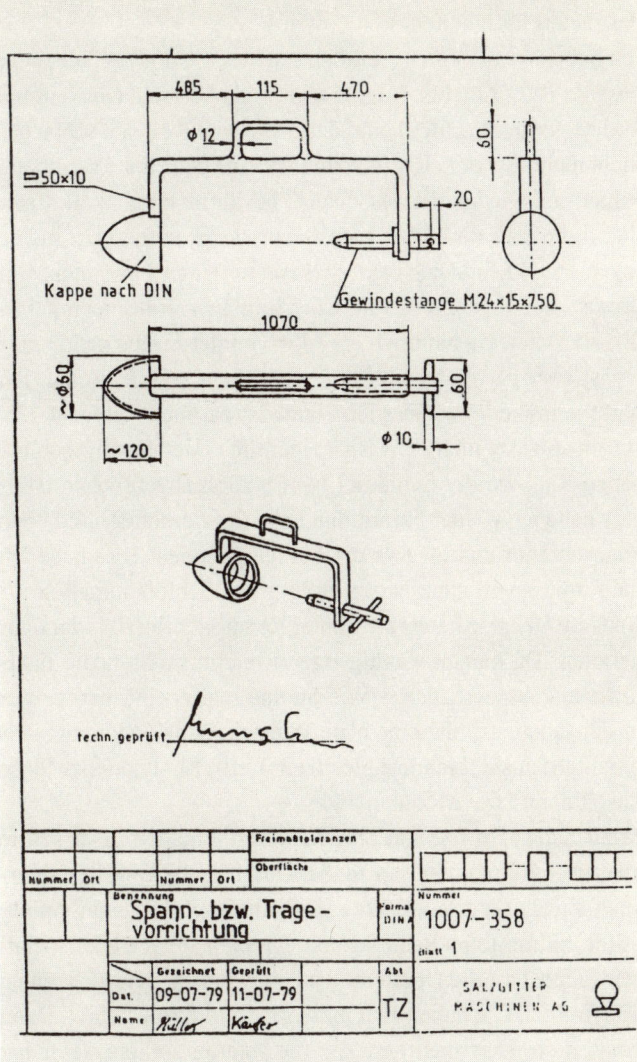

Unfall, man müßte eigentlich helfen, erste Hilfe und so weiter, das dauert Ewigkeiten. •
Ich habe dreimal einen ziemlich schweren Unfall gehabt, aber passiert ist mir nichts. Einmal mehrmals überschlagen, einmal 100 Meter ins Kornfeld, und das dritte Mal weiß ich schon gar nicht mehr. Bei dem Kornfeld bin ich eine ganz hohe Böschung runter und wie auf der Skischanze bestimmt erstmal 30 Meter durch die Luft und dann ganz flach wieder aufgesetzt, sachte ins Kornfeld, und ich war so verdattert, ich habe nicht gebremst und nichts, das Auto ist richtig ausgerollt, nochmal so 20, 30 Meter. Da hat mich ein Lkw von der Straße gedrängt. •
Es ist aber gar nicht schlimm, wenn man kein Auto hat. Ich hatte ja immer eins, aber jetzt ohne ist gar nicht schlecht. • In Berlin sowieso nicht. • Was ist eigentlich mit dem angeschlossenen Rad, wo der Schlüssel vom Schloß abgebrochen ist? • Das habe ich wieder befreit. Ich habe das Verkehrsschild oben abgeschraubt und es über die Stange gehoben. Hier habe ich dann mit einem ganz harten Bohrer das Schloß aufgebohrt. •
Im Café Übersee haben sie immer Rennräder für 100 Mark angeboten. Da kamen ständig irgendwelche Junkies, die Fahrräder angeboten haben. • Wie Sabine mal erzählt hat, daß es in der Oranienstraße eine neue Währung gibt, Mountainbikes garantiert aus Zehlendorf gleich ein Fuffi. Ein hunderter Piece kostet dann zwei Mountainbikes. •
Mein Schwager hat mal eine Schildkröte gehabt. Der kaufte ein neues Auto, und als er in die Kartentasche vom Beifahrersitz faßte, hat er da eine völlig verfaulte Schildkröte rausgeholt. • Hör auf mit toten Schildkröten. Ich habe doch früher sozialschwache Familien betreut. Und die haben natürlich einen Tierfimmel. Die haben sich mal eine Schildkröte geholt. Dann wußten sie aber nicht, wo sie die reintun sollten, dafür hat dann das Geld wieder nicht gelangt, da haben sie sie in einen Eimer getan und von dem Karnickel, das sie auch noch hatten, ein bißchen Heu abgezweigt und in den Eimer unten rein-

geschmissen und dann die Schildkröte da rauf. Und immer, wenn man mal sentimental wurde, noch ein Salatblatt reingeworfen. Ich war dort für die Schularbeiten zuständig, ich war der gebildete Satellit, der ab und zu die Familie besuchte, und eines Tages sagte die Mutter zu mir: »Thomas, du hast doch studiert, kannst du nicht mal gucken, unsere Schildkröte ist irgendwie müde oder die bewegt sich nicht mehr.« Und dann habe ich die rausgehoben, und die Beine und der Kopf waren noch draußen, aber die Augen waren schon völlig vertrocknet und in den Körper reinverwest. •

Hat Kramer dir auch schon mal die Geschichte erzählt, daß der in Amsterdam ist und steht in der Kneipe und trinkt ein Bier, und da kommt einer reingehumpelt mit einem Gipsarm und einem Gipsbein in der Neederlandse Spoorwegen Uniform, von der niederländischen Eisenbahn kommt einer rein. Und Kramer ist ja sehr kontaktfreudig und kam gleich mit dem ins Gespräch, und es stellte sich raus, daß der Australier ist. »Wieso hast du denn so eine Hollanduniform, wenn du Australier bist?«, fragt er, und der sagt: »Ich bin Postbote in Australien.« Und sein Hobby ist, der hatte eine Eisenbahnmacke, daß der von der ganzen Welt die Eisenbahnuniformen sammelte. Dann hat der die wahnwitzige Geschichte aufgetischt, daß er Erholungsurlaub hat. Denn er hat auf dem Land ein Postrevier, das so groß ist, daß er mit dem Motorroller fahren muß. Eines Tages sieht er auf der Straße ein angefahrenes junges Känguruh liegen. Er steigt ab und versucht, dem Känguruh zu helfen, und da kommt aus dem Gebüsch die Mutter von dem Känguruh und schlägt den völlig zusammen. Boxt den richtig nieder, und infolgedessen hatte der also den Gipsarm und hat gehumpelt. Die Post in Australien gewährt für solche Zwecke einen Genesungsurlaub, und den hat er genutzt, um nach Holland zu fahren und sich eine Uniform zu kaufen. • Noch DDR, latsche ich mit Passierschein und Hunger die Schönhauser Allee runter, auch schon ordentlich angebraten. Plötzlich ist da ein Feinschmeckerrestaurant. Steht oben drüber: Feinschmeckerlokal. In der Ostzone. Wir gleich an die Speisekarte. Ich denke nanu: Känguruhschwanzspitzensuppe! • Wie bitte? • Känguruhschwanzspitzensuppe. Das war ja schon komisch genug. Aber ich habe deswegen so eine dauernde innere Zwangsvorstellung bekommen, die ich bis heute nicht mehr losgeworden bin. Ich sehe da vor mir, wie drei Wärter in grünen Arbeitsklamotten im Zoo mit den Macheten fürs Feinschmeckerlokal hinter einem Känguruhs herjagen. Und das guckt so panisch und denkt: »Oooch, nicht schon wieder!«

Neun Siebenbürgener Wodkadeutsche. Gespräch mit Andreas Dittmann, Bernd ›Plummy‹ Gärtner, Harry Hass, Helmut Höge, Bernd Kramer, Erich Maas, Jes Petersen und Brigitta Restorff in Petersens Galerie.

Da hat der gesagt: Kunst ist Verdrängung! • Ja! Verdrängung von anderen Künstlern! • Vom Markt! • Ja. Kenn wa ja. • Es gibt doch keinen Grund, Bilder zu malen. Man kann spazierengehen, U-Bahn fahren, Fahrrad fahren. • Laß es die Tapetenindustrie machen. Geh mal in Kassel ins Tapetenmuseum. Da ist unten noch ein Museum für Vor- und Frühgeschichte, da geht man rein, muß man durch und da hängt ein riesiger flacher Stein an der Wand. Beim ersten Mal dachte ich, bist du verrückt oder sind die verrückt, haben sie sogar Tapeten aus der Steinzeit. Es war aber ein Artefakt aus der Vor- und Frühzeit. Allerdings auch was Dekoratives drauf. Wenn man möchte, könnte es sogar durchgehen mit Tapete. War ja vielleicht eine Hauswand mal. • Wenn du dich mit Tapeten beschäftigst, entdeckst du sie auch in der Steinzeit und bei den Quastenflossen und transmontaner noch! • Is auch ne Art Fakt. • Entweder man ruft zaghaft am Zaun in sein Sachgebiet herein oder du marschierst wie Alexander der Mazedonier bis nach hinten an den Indus. • Rede mal deut-

licher. • Jetzt hat übrigens eine für ihr Scheißbuch unsern alten Spruch ›Reden ist Schweigen, Silber ist Gold‹ geklaut! • Den ›genischen Sächsitiv‹ hamse auch schon… • Aus Abfall geistiger Anwesenheit… •
Wir wollten doch über Erotik reden. Brigitta! • Erotik? Ich bin ja nicht maßgebend. Ich bin ja etwas jenseits in meinem Alter, Gott sei Dank! • Ich hoffe, daß ichs in 30 Jahren hinter mir habe. • Und ich hab immer geglaubt, du hättst schon seit 20 keinen Steifen mehr hingekriegt. • Hähä. • Es ist ein Stachel! Ehrlich. • In 30 Jahren bin ich 83. Dann will ich mal diesen Schwachsinn hinter mir haben. • Ihr alten Säcke! • Ach was, diese ewige Hetzerei ist weg. Immer hinterherjagen, das Fleisch, die Eitelkeit, der Mangel, man kommt nicht zum Wesentlichen. • Gestern war im Gesundheitsmagazin was über Impotenz. Da rollen sich einem die Fingernnägel auf, was sie da an den Schwänzen rumbauen. Schwellkörpertransplantate. Mein lieber Scholli! • Ich habe ›Der Struppi ist weg‹ mit Gustl Bayrhammer gesehen. Grandios! • Ich auch. Immer hin und her zwischen Schwellkörper und Struppi. • Dieser Struppifilm war göttlich. • Was war denn? • Ein armer süßer Hund wurde von Tierhändlern für Tierversuche geklaut. Dann haben sich die Bürger um Gustl Bayerhammer zusammengeschlossen und mit Funk immer »Hier Struppi 2, Struppi 5 bitte melden…« die Schweinerei auffliegen lassen. Man dachte schon, Struppi ist tot. Wir haben geflennt! Dann hat ers nochmal gepackt, der Köter. • Und die Schwänze im andern Programm? • Einen Steifen haben sie uns wieder mal nicht gezeigt. • Vielleicht würden beim Anblick des TV-Phallus noch mehr impotent? • Die Erniedrigung sparen sie sich noch auf. Wer hat einen größeren? • Ich bitte euch! •
Guten Tag! • Ach, der Herr Pfarrer. • Euer Merkwürden, setz dich. • Komm auf diesen Stuhl, wenn er mich ausgehalten hat, wird er auch dich aushalten. • Hier siehts aus wie bei der Gründung einer Kaderpartei. • Kryptokommunisten. • Krypto

finde ich schön. Ist ein schönes Wort. • Fährst du immer mit dem Rad hierher und dann besoffen nach Hause? • Ja. Frische Luft. Wenn ich zuhause bin, bin ich wieder frisch. • Du hast Huysmans übersetzt? • Hm.* • Hast du den Céline gelesen? • Ja. Ich bin aber nicht glücklich damit. Das ist Argot und dann noch der dreißiger, vierziger Jahre. Mit dem deutschen Umgangston hat man keine Chance. Das müßte jemand übersetzen wie, weiß ich nicht, vielleicht Tucholsky oder Walter Kiaulehn, solche Typen. Oder Scheffler, die Berlin ausm Untergrund kennen. • Also mißlungen. • Mißlungen kann man nicht sagen. Es überzeugt nicht. • Was seh ich? Kühles Becks! Prima Fischsuppe! Kapielski, auf die Junst! •
Heute habe ich die T-Shirts für unsern Auftritt im Ex & Pop fertig gemacht, alles XXL, wunderschön. • Sollen wir uns da auf der Bühne etwa immer aus- und anziehen? • Ziehste übernander und pellst dich dann aus. • Wieviel sinds denn? • Zwölf. • Was? Zwölf übernannder? • Nein, ihr seid vier, also jeder drei. Die Querformate sind für die Dicken. Die drei Längsformate für Frank. Der hat zwei Meter. • Ein Schriftsteller, der wie Schwarzenegger aussieht, würde mir nicht gefallen. • Wieso? So einer, der aber ganz sanfte Lyrik dichtet, das wär doch… • Ach je, ein schwuler Dichter? Pulla-Hahn-mäßig. • Doch, ist vorstellbar. Zum Minnesang trägt er Röckchen. Bißchen Hofmusik. Paar Haikus. • Er muß auch dichten, er kann ja nicht soviel schreiben mit den riesigen Pranken. Er klemmt sich an der Schreibmaschine immer die Zeigefinger zwischen den umliegenden Buchstaben ein. • Er braucht die Faust! Sonderanfertigung. • Ich hab mal einen Konzertflügel entworfen mit drei Tasten, zwei weiße, eine schwarze. Für Faust und Ellenbogen. • Schön viel Elfenbein. • Tierschänder! • Ach was, man nimmt ja prähistorisches, da nehmen wir

---

* Joris Karl Huysmans, Gegen den Strich, übers. v. Brigitta Restorff, Bremen 1991.

3 Tasten Schmal-
flügel T.K.
(Faustbreite Tasten)

Mammut oder Saurierelfenbein. • Säbelzahntiger! Klar! • Wieso? Hast du eine Affinität zum Säbelzahntiger, ja? • Ne Affinität? Was heißt denn das schon wieder? • Fühlst du dich zu den Sägelzahntigern hingezogen? Hast du eine besondere Zuneigung? • Ich bin doch Homo sapiens, ich bin doch schon lange dabei. • Du mußt aber bei einem anderen Stamm gewesen sein. • Ich war bei den anderen, klar. Bei den anderen. Wir hatten auch keinen Sex gemacht, wir machten das anders. • Aufm Klo. • Frontal, direkt. • Oder hat sich total erledigt. • Ja, ihr wart ein Volk, ich kann mich dran erinnern. • Ich auch, Rudimente. • Was fürn Rudi? • Rudi Carell, ja. • Ich gehörte zur Germanischen Oberschicht der Azteken. • Ich sehe, deine Lektüre von Herrn Wendrin fruchtet.* •

Ich hab extra im Historischen Wörterbuch der Philosophie in dem jüngst erschienenen Band, gerade bis ›sch‹ gekommen, nachgeblättert, und da stand dann da zur Wortgeschichte: In allen europäischen Sprachen kommt Scheitern aus der Schiffs-, Schiffbruchssprache... • Also doch Astronauten! • ... außer Französisch, da kommt es vom Schachspiel, auch im Dänischen, bei Kierkegaard, eigentlich haben nur Kierkegaard und Jaspers sich heftiger über das Scheitern geäußert, also auf Dänisch heißt es ›strande‹. • Ich habe letzte Woche Gottesdienst auf Dänisch im Radio gehört und mußte so lachen, wie die Lieber Gott sagen, das klingt wie Smörrebröd. Eine irrsinnige Sprache. • Dänisch ist keine Sprache, sondern ne Halskrankheit, sagen die immer. • Hast du Zahnschmerzen? • Ja und wie! Ich komme ja gerade vom Zahnarzt. Deshalb habe ich so ein schiefes Maul. Habe gerade paar Spritzen gekriegt. Haben überhaupt nicht gewirkt, die Dinger. • Hast keine Dolomos oder sowas? • Doch, die hier. • Nimm die blauen, die sind besser! • Die Nachtdinger? • Aber ja! • Ich

---

* Franz von Wendrin, Die Entzifferung der Felsenbilder von Bohuslän. Einschließlich der Urkunden über das biblische Paradies, 4. Auflage, Berlin 1926.

komm mit den Tagdingern besser zurecht, da ist Koffein drin. • Was hier alles gefressen wird! • Ihr seid ja bedenklich pharmazeutisch veranlagt! Wie heißen die? • Dolomo. • Schlafmittel? • Schmerzmittel. • Haben sie mal wieder einem Schmerzmittel einen Schlafmittelnamen gegeben! Typisch! • Wieso? • Na, Dolomo. Das hörst du doch. Da ist ›dormir‹ drin, Oblomov. • Mond! • Ovomaltine. • Dösen für Deutschland. • Bißl Mutti ist auch drin. Regressives Vollkonzept. • Ich hab auch Iboprophen in der Tasche. • Nimm Codein, das ist besser, das ist sehr gut! Soll ich dir einen kleinen Schluck abgeben? Ich hab ein sehr tolles Schmerzmittel dabei, das hilft. • Was ist'n das? • PHC heißt das, das ist reines Codein. • Das geht doch aufs Herz! • Das geht nicht aufs Herz. • Oh doch, das geht aufs Herz, und dann kriegt man davon Verstopfung. • Na ja, gegen Verstopfung gibts ja auch wieder was. • Eiskalte Buttermilch. • Wogegen ist das jetzt wieder? • Damit es wieder läuft. Schließmuskel aufmachen. •

Wo sind jetzt wieder meine Streichhölzer abgeblieben? • Bittesehr. • Danke dir! • Aber bittesehr! • Das ist aber liebenswürdig! • Wenn du dir schon die Arbeit machst, über Huysmanns zu sitzen, dann gibt der Kerl dir Feuer! • Das ist aber sehr liebenswürdig. Von dieser Anerkennung lebe ich wieder einen ganzen Monat. • Das ist eben die alte deutsche Art der Liebenswürdigkeit. • Ja, na das schätze ich ja unendlich! Zumal sich sowas ja immer mehr verliert. • So zerrüttet ist die deutsche Jugend offensichtlich doch noch nicht. Sie kleiden sich wieder vernünftig, bloß zum Friseur könnten sie mal ein bißchen gehen. • Kramer, du hast ja eine ungeheure Metamorphose zu Bakunin durchmachen müssen, ein Drall und Drang zu Bakunin auch im optischen Bereich. • Männliche Medusa, Gorgonenhaupt sozusagen. • Ein Gorgonzolahaupt. Hingegen er: für fettige Haare und ein vereintes Deutschland. • Ein alter Parmesankämpfer! • Alles kleine, gestandene Faschisten!? • Faschismus kommt von ›machen‹. • Quatsch, kommt von

›fascium‹, von diesem Rutenbündel, das die Liktoren zum Zeichen ihrer Macht vornewegschleppen, Rutenbündel mit einer Axt drin. • Was soll das sein? • Das schleppen die Liktoren, so Art römische Bullen oder Juristen als Machtsymbol auf der Cäsarenparade vorne weg, die Ruten stehen banal für legislativen Flagellantismus. • Danke für die Auskunft. • Also für Prügelstrafe, dann kommt das Beil als Verschärfung, Rübe ab. Und es sind zwanzig Ruten und ein Beil, daran erkennst du das Steigerungsverhältnis. Die Ruten sind mit gekreuzten Bändern umwickelt. Es ist also einstweilen eine Drohung. • Hobsbawm schreibt, daß es kommt von ›tun‹ und ›machen‹. • Nie! ›facere, feci, factum‹, da kommt kein ›s‹ rein. • Gibt vom Vorsitzenden Meier, das ist ein Vorsitzender des deutschen Historikerverbandes, eine wunderbare Cäsar-Biografie, da hast du die Angelegenheit äußerst plastisch beschrieben. • Christian Meier, das ist ein ganz arroganter Scheißer, aber sehr gelehrt!* Ich hab ein Interview gehört, ich bin fast irre geworden. • Imponiert der mit seinen Spezialkenntnissen von vor 5000 Jahren? • Nichts gegen Spezialwissen, meine Herren! • Ja, einverstanden, du brauchst sie manchmal auf der Straße, wußtest du das, wenn du über die Ampel gehst zum Beispiel. • In SFB 3 gibts eine Sendung, die heißt ›Gespräche‹, da wurde der mal interviewt, und da gibts dann immer eine Zäsur, eine kleine Musik, weil uns das ja zu anstrengend ist in einem Stück, und da hat der tatsächlich seine Tochter Brahms spielen lassen. Zum Zeichen, wie gut sie Brahms spielt. Unsäglich! Aber er ist natürlich ungeheuer kenntnisreich. • Und seine Frau spielt Mundorgel. Das wird systematisch verheimlicht. • Naja, wenn du dich 50 Jahre mit Cäsar beschäftigst, hast du den Rubicon wahrscheinlich schon mehrmals überschritten, und ohne mit der Wimper zu zucken, das fängt wahrscheinlich mit der Sekretärin an. • Angeben und Herrschen für Anfänger,

---

* Christian Meier, Caesar, Berlin 1982.

Kurs eins. • Das muß man hinnehmen. Bei der deutschen Oberschicht kommt zuerst das Kaffee-Kommando. Sie bocken sie nicht mal! • Wen? • Na die Tipsen, Mensch. • Habt ihr den mal gesehen? • Wen? • Na den Rubicon! • Nee. • Da kommt sogar ihr rüber. Mehrmals am Tage. So ein lächerlicher Pißbach. •
Ich würde beim Radiogespräch drauf bestehen, daß sie ansagen: Herr Kramer raucht teure Zigarren. • Und dein Sohn singt zwischendrin Esperanto, Kramer! • Herr Kramer, bitte, soviel Zeit muß sein! • Seine Frau spielt Akkordeon. • Haste falsch verstanden: macht Akkordarbeit. • So, langsam geh ich zu Bier über, daß ich mal in Fahrt komme. • Bring mir mal eins mit! • Bei Zahnschmerzen ist das ganz gut, auch mit der Pille in Eintracht. • Gestern hatte ich zehn Bismark und zehn Halbe zur Betäubung intus. Mein Zahnarzt war ganz entsetzt, aber es war nicht anders zu ertragen. • Der Schmerz ist ein Saufmotiv. • Ich saufe auch ohne Zahnschmerzen. • Das ganze Leben ist um den Schmerz herum konstruiert oder besteht daraus. • Nun mach das Zipperlein, das Zwacken und Zwiebeln nicht gleich wieder zur Totalität. • Na wart mal ab, da wirst du mal überhaupt zum erstenmal verstehen, was überhaupt total und Totalität ist. • Im Wort steckt schon die Erlösung mit drin, nämlich ›tot‹. • Schmerz und Leben, hängt völlig voneinander ab. Das ist ein grausames untrennbares Duo in Unschärferelation. • Pupen und Leben aber auch. • Das ist gerade falsch. Tote können nochmal ganz schön pupen. Da kommen nochmal Gase. • Pupen als Scharnier zwischen Leben und Tod. • Mir hat mal einer erzählt, wie sein Opa, irgend so eine alte Natur- und Bergbauernbiografie in Bayern, der hat sich wie im Trenkerfilm zum Sterben hingelegt, und anstatt »Es werde Licht« oder so Tiefsinniges zu erzählen, hat er im Augenblick des Todes, das merkst du schon, da hat er einen ungeheuren Furz gelassen. Lebendig am Anfang, und das Ende entfuhr schon einem Leichnam. • Vielleicht ist der Pup ein Wiedergänger. •

Seelen sind meiner Meinung nach ein imaginierter, also stummer Ton. Auf LSD ist es mir mal plausibel geworden. Also kann das durchaus sein. • Warum soll die Seelengeschichte nicht auch was Ultrabanales sein? • Womit wir zum Kotzen übergehen könnten... • Wo sitzt dein Zahnarzt? • Hör auf, elend weit. Am Paul-Lincke-Ufer. Da gibts so schöne Kneipen, und ich hab immer das schiefe Maul da. • Wo ist das? • Drei Häuser neben ›Exil‹, diese schmucke Oswald-Wienerwaldkneipe da. • Habt ihr gelesen, da fackeln die Autonomen denen jetzt die Dachetagen ab. • Die kommen mir vor wie Bezirkssheriffs. Polizei ist das. •

Das ist die Schimmelvariante von ›Krieg den ausgebauten Dachetagen und Friede den Kellerwohnungen!‹ • Die Autonomen sind zu bullenfixiert, Stockholmsyndrom, sie haben sich denen inzwischen schon angeglichen, Hasskappe und Klopfhelm, brauchst du bloß anzugucken, wie die aussehen. • Das ›Exil‹ haben sie auch schonmal proletarisch gekübelt. • Sowas würde in Frankreich nie passieren, da träumt noch der letzte Prolet oder Anarchist von gutem Essen. • Was ›Gauche prolétarienne‹ gemacht hat, war gut. Die haben Delikatessläden gestürmt und das dann gefressen. • Es gab Kaviarvergiftungen. • Haben wahrscheinlich die Büchse mitgefressen. • Dieser deutsche Askesescheiß. • Die französische Bourgeoisie macht Tontaubenschießen mit Kaviarbüchsen. • Unsere wahrscheinlich mit Senatsrindfleischreservebüchsen. • Andererseits die Diesel-Bande. • Was ist das? • So eine Poppermode. Jugendliche kaufen sich teure Jeans, die Diesel heißen. • Das ist hilfloser Konformismus. • Das war immer schon so. Glaubst du nicht? • Sicher, da hat schon Sokrates drüber geklagt. • Ja ja, früher brauchte man noch nicht über früher zu erzählen • Die Klage ist so alt wie die Menschheit selbst. • Die Apokalypse steht vor uns oder hinter uns. • Als die Beatles kamen, haben sie auch schon Apokalypse geschrien! • Mein Alter hat behauptet, vom ›Beat-Club‹ sehen geht der Fernseher kaputt, weil das Bild zu sehr wackelt. • So war mein Papa! • Es zerriß die Radiotruhen bereits bei Armstrong ohne Dämpfer. • Was? Alice Schwarzer? Was hat das damit zu tun. • Ich sagte, du kannst abends nicht mehr bei Paeffgen sitzen, weil die da unter Umständen auch sitzt. • Dann geh zur Malzmühle. • Schwarzer ist Unterhosenjournalismus. Sie bringt jetzt im Spiegel zu Bastian/Kelly noch mehr Unterhoseninterna. • Ist die überhaupt kompetent? Was weiß eine Lesbe von Männerunterhosen? Und Ehemuff. • Die bilden doch auch Ehepaare. • Nein, die sind anders. Schwule haben große Ahnung von Frauen, aber Lesben wissen von Männern gar nichts. • Von Frauen auch nicht, jedenfalls weniger als Männer. • Vielleicht macht die das gerade deshalb, jetzt kann sie von einem Verstorbenen mal in aller Ruhe den braunen Streifen untersuchen. • Seinen braunen Steifen, meinst du? • Es ist unfaßbar, wie manche ihr Geld sich nicht schämen zu verdienen. Da an zwei armen Leichen rumnagen. • Na wart ab, wenn die sowas macht, dann wird schon jetzt jemand sich vorbereiten und in den Startlöchern hocken und ihre Leiche fleddern. • Wer wird es sein, der in diese tote Punze schaut? • Wallraff. • Gremlitza macht sich ja schon länger warm. •

Wißt ihr, daß ich einen kenne, der ein Klavier ausm KaDeWe geklaut hat? • Wie geht sowas? • Abholen. Er im Anzug, drei Kumpels in Kitteln, viel Papier. Die sind hoch, haben auch was an das Klavier geklebt und dann forsch und bestimmt in den Aufzug runter und ab. Der hieß auch noch Stehling. Hat einen richtiggehenden Bestellversand betrieben, man konnte was bestellen, und er hat es besorgt. Inzwischen hat er eine Firma von der Treuhand gekauft und hat sowas nicht mehr nötig. • Das ist Kunstaktion. • Ja! Hat er durchaus ästhetisch aufgefaßt. Bißchen zwischen Mike Hentz und Serner. • Was für ne Firma? • Irgendwas McSoundso, nicht McDonalds, sondern sowas wie McManage. • Das klingt gut! • Bei McPaper kann man gut klauen. • Das stimmt. • Ich hole Fixogum dort. • Was macht

man denn damit? • Montage, kannst Papier mit kleben, daß es auch wieder abgeht, ohne zu zerreißen. Klebt halb. • Ach so. • Das kommt mir hier vor wie ein Hüttenfest, Après-ski. Prost! Jugend trainiert für Olympia. • Pfui Teufel, Olympia, stinkende halbnackte Männer in der Stadt, ekelerregend. • Ist doch schön: Sackhüpfen und so. •
Das Verlöschen der Lichter bei den Sabbatianern – eine hoch interessante Geschichte.* • Sprich! • Daß alle in den Orkus gehen? • Ja. • Das habe ich mir gedacht. • Diese Gruppe um Sabbatai Zwi? • Jes hat die Biografie als letzter gelesen, der müßte noch die frischesten Eindrücke haben. • Ja, warum die jetzt, sind die gescheitert? • Die sind wirklich gescheitert! Die gibts ja jetzt nicht mehr. • Ist doch auch so ne Quirinius Kuhlmann-Type.** • Noch verrückter! • Da gibts so einen schönen Witz: Da fragt der Lehrer den kleinen Fritzchen: »Was weißt du von den alten Römern?« – Da sagt er: »Die sind schon lange tot.« • Wir sind noch nicht tot. • Junge Römer! • Wir sind jeder einzelne noch nicht ganz tot. • Die haben den Römertopf erfunden. • Mein Schwager macht Eisbein im Römertopf. Soll sehr schmackhaft sein. Ich mag überhaupt kein Eisbein. Das soll aber sehr gut sein. • Da kriegst du doch nur eins rein! • Na, drei kriegst du schon rein. • Was hat das mit Scheitern zu tun? • Gescheitert bist du, wenn du vier Eisbeine gekauft hast. • Ich war neulich Potsdamer beim Chinesen. Den kann man empfehlen. Das ist mehr ein Imbiß, aber du kannst auch sitzen. In der Speisekarte gibts auch eine Seite in Chinesisch, so eine interne Karte. Ich frage die Chindame, sagen Sie doch mal, was ist das hier zum Beispiel, ich möchte jetzt mal was Internes fressen, und ich freß alles... • Also Thomas! • Das ist sein multikulturelles Benehmen. • ... Da sagt die: »Das ist Eisbein!« Muß man sich mal vorstellen. Wenn die jetzt Cüllywulst ge-

---
* Gershom Scholem: Sabbatai Zwi. Der mystische Messias. Frankfurt 1992.
** Walter Dietze: Quirinius Kuhlmann. Ketzer und Poet. Versuch einer monographischen Darstellung von Leben und Werk, Berlin 1963.

sagt hätte! »Eisbein?« – »Ja, Eisbein.« – »Na, her damit!« Es kam kleingeschnittene Schwabbelschwarte. Also nicht dieser Knochenhammer. • In Peking gibts auch hauptsächlich fettes Schweinefleisch. Das ist so das Normale, was du in allen Garküchen bekommst. • Warst du auch in diesen Entenpuffs? • Entenpuffs? • Ja, das gibts in China. In National-China. • Hühnelfickel? • Na klar: Ficken von beiden Enten gleichzeitig! • Also hört mal! • Doch, ernsthaft, es gibt Entenpuffs. Da kannst du eine Ente bumsen, und wenns dir kommt, mußt du ihr den Hals umdrehen, und dann kommt sie in die Küche. • Sach mal, was sind denn das für Geschichten? • Das ist rituelle Zubereitung! • Jeder anständige Farmer fickt seine Schafe! • Sodomie. • Nein, es geht nicht um Arschficken, sondern mit Tieren. • Unzucht mit Tieren ist aus dem Strafgesetzbuch gestrichen worden. • Was? Das heißt, du kannst deinen Hund auf der Straße öffentlich vögeln. • Nein, das ist Erregung öffentlichen Ärgernisses. • Jutty, hast du gehört, du bist vögelfrei! • Im ›Spiegel‹ hat doch vor paar Wochen einer eine große Ehrenerklärung zur Tierliebe abgegeben. Der hat darüber ein Buch geschrieben, und daß es da auch Formen gibt, die akzeptabel sind. • Spätestens in 10 Jahren werden langfristige Gemeinschaften mit Tieren auch gesetzlich geschützt. Eherecht, Erbrecht und so. • Vielleicht hat Hella von Sinnen dann Glück, mit Meerschweinchen. • Erpelrecht. • Es gibt doch hier irgendwo so einen Tierfriedhof, kann man sich da auch selbst beerdigen lassen? • Kostet tausend Mark so eine Stelle, und nur für fünfzehn Jahre. •

In Hermsdorf gibts einen ganz kleinen Friedhof, da liefen wir mal mit meinen Eltern vorbei, und meine Mutter hat vorgelesen: »Friedhof für Tiere. Und Radfahrer.« • Hä? • »Verboten!« • Da werden dann die Radfahrer mit ihren Fahrrädern begraben. • Manche würden das schon gern. Diese Brillo-Helmstein-Typen. • Und Fritz Teufel. • Und was lernt uns das? • Daß man zügig lesen soll. • Und zügig leben. • Scheiße! Viel

Zeit bleibt mir nicht mehr. In dreißig Jahren bin ich 83 Jahre. • Wieso? So ein delikater Greis ist auch was wert. • Da brauchst du dann nur noch so eine halbe Blume, die dir rechtzeitig die Zehennägel schneidet. • Bist du auch so einer, der nicht abtreten kann von der Bildfläche? • Doch, aber ganz langsam. • Also ich möchte nicht so alt werden. • Ist doch famos, wenn du die Kraft hast, kannst du alles machen, was du willst, Autos demolieren, sonstwas, kommst nicht in den Knast. • Solange die Alten in der Minderheit sind! Wenn erstmal der Großteil aus Greisen besteht, ist aus mitm Jagdschein. Im Gegenteil, wir werden dann von der Jugend massiv bekämpft. Die Greise sind die Asylanten von morgen. Asylanten im Lebendigen! Das sage ich euch! • Friedhofsgemüse! Parasiten am Volkskörper! • Bis dahin haben wir das alle überstanden. • Ernst Jünger lebt auch noch. • Is ein Doppelgänger, der aus dem deutsch-französischen Kulturfonds eine Beamtenstelle bezahlt kriegt. • Wie alt bist du? • Laß man, 57. • Er hat seinen Ausweis heute morgen weggeschmissen und sich schätzen lassen. • Sind wir wieder beim Gebot, das von Kaiser Augustus ausging, daß alle Welt geschätzt werde. • Nächstes Mal sind die Greise fällig. • Die Schätzchen. • Es geht doch heute auch um das Thema Scheitern, nich? • Jau. • Ich habe heute einen Aphorismus dazu geschrieben! • Holla! • Harry, hau rein! • Ich geh mal schnell pinkeln. • Der Meister der kurzen Form liest uns einen achtseitigen Aphorismus vor! • Es ist ein U-Bahn-Aphorismus. • Was stellst du aus, als nächstes? • Blalla. • Der kann tolle Pussys malen. • Katzen? • Nein, der Edelstein zwischen den Beinen mancher Frauen. • Du bist ja ein totaler Erotomane, du! Dauernd sagst du solche Sachen. • Ich, das asexuellste Wesen Berlins? • Laß mal, das rachitische Stöhnen entlastet dich jetzt nicht. Ich glaub schon, daß du ein Erotomane bist. Hier seh ichs ja schon. • Leute! Leute! Was sind denn das für Rückzüge ins Privateste? • Scheitern ist eine sehr intime Angelegenheit. • Was, wenn du da auch scheiterst. • In der Unterhose? Geht nicht, ich trage Boxershorts. Mag nicht die Eier so eingeklemmt haben. • Da gibts übrigens eine Dissertation über freischwingende Hoden. Mediziner. Es geht um Gesundheit. • Eigentlich wäre es besser, wenn Männer Röcke anziehen. • Die Schotten hams ja. Tragen auch keine Unterhose. • Ja?! • Ich bin stockschwul, ich weiß das. • Na, jetzt verstehe ich einiges. Daß die Schwulen so besonders versessen sind auf die Chose, warum eigentlich bloß? • Weil sie gescheitert sind. • So, der Aphorismus! • Nein, erstmal gehe ich pissen. • Aphorismus mit Anlauf. • Und laß die Steine drin liegen! • Was für Steine? • Die Geruchssteine. • Die Bananenstückchen. • Was ist das denn hier, das ist Gosse! • Eine DDR-Schranze neulich, die ihre Sprache nicht richtig…, sprach von der ›Vielfalt der Notwendigkeit‹. •

Das ist ja wie: Wir haben Verständnis für Toleranz! • Das ist furchtbar! • Überhaupt nicht! • Jetzt kommt der Aphorismus! • Ich muß dazu was erklären. Ich muß das ja vorlesen und ich habe das gerade in der U-Bahn geschrieben und das zittert da ja manchmal. Deswegen werden die Worte ein wenig langsam und nicht stakkato vorgelesen werden. Ich habe an diesen Russen Oblomov gedacht: Scheitern. Aus Notwendigkeit. Fatalismus, was das Scheitern angeht, und ich denke nicht an Oblomov, diesen Penner, diesen Helden aus Scheitern und Intelligenzia jenseits des Selbstmords, weit dahinter. Die Aufgabe der sichtbaren Untergangsperiode ist nichts anderes, als eine Zivilisation ohne Klunker und Glamour splitternackt zu zeigen. Runter mit den Dessous, weg mit den Dingern! Sowas kriegt man in jedem billigen Pornoshop umsonst geliefert, das Scheitern. Im Séparée gehts extra, wer Bescheid weiß. Es gibt da wirklich charmante Wesen, gescheitert, den Schlüssel zum Glück, gescheitert. Das Scheitern: ein Pantoffel der Gesellschaft, um ihr Ansehen zu rauben. Die Arroganz ihrer Gehirnwäsche, eine unvorstellbare Macht, weit im Schatten, Epileptiker der Illusion, Epileptiker des Scheiterns, totale Abtren-

UNSEREM KOLLEGEN BERND KRAMER ZUM 50. GEBURTSTAG!
Etwas grau und etwas kahl,
auch die Jugend war einmal,
doch was nutzt dann das Gewimmer,
lieber Freund es kommt noch schlimmer.

Haare wachsen aus den Ohren,
der Geruchssinn ist verloren,
dabei hast du noch zu kämpfen,
um den Nasensaft zu dämpfen,
der sich an der Spitze sammelt,
und als Tropfen runterbammelt.

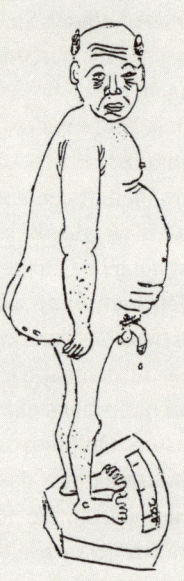

Flach und trüb liegt die Pupille,
trotz der scharf geschliffnen Brille.
Du bekommst Paradontose,
deine Zähne werden lose,
schmerzhaft wie sie einst gekommen,
werden sie dir rausgenommen,
und das künstliche Gebiß
ist ein arges Hindernis,
schweigen wir von Nierenschmerzen,
von dem starken Klopf im Herzen,
von dem Magen diesem Hund,
keinesfalls ist er gesund.

Unten ist die Bauchwand faltig,
der Urin ist zuckerhaltig,
der Popo einst straff und rund,
leidet stark an Muskelschwund.
Wenn dir mal ein Wind entfleucht,
wird dir gleich die Hose feucht.
Und des Mastdarms volle Falten,
können kaum den Stuhlgang halten.
Oftmals stören deinen Frieden
walnußgroße Hämorrhoiden.
Und die sogenannte gute,
vielgepriesene Wünschelrute,
hängt als leich gekrümmter Schlauch,
unterm faltenreichen Bauch.

Nur zum Pinkeln, lediglich,
dient der Schnipperdillerich,
und er ist an dieser Stelle,
wirklich keine Freudenquelle,
und die holde Weiblichkeit,
wittert dies und weiß bescheid.

Schonunglos kommt sie zum Schluß,
er ist sittsam, weil er muß.

Doch trotz allem, lieber Knabe, bring ich dir als gute Gabe,
Wünsche für das nächste Jahr:
dein Urin sei wieder klar,
alle Glieder sollen sich straffen,
du sollst klettern wie die Affen.
Kurz: du sollst zum Playboy werden
viel Jahre hier auf Erden!

nung zur faulen Illusion der Desinformation. Scheitert alle! Und ihr wißt, wie intim es zwischen euren Beinen kitzelt. • Prima! • »Nehm dir nix für, dat schleim nix fehl!« Hat mein Opa gesagt. • Mein Opa hat immer gesagt: »Wat mut dat mut!« • »Wo ein Brauhaus steht, da braucht kein Backhaus stehen!« Hat Frank Niemanns Oma immer gesagt! • Erinnert mich an Breton. • Frank Niemanns Oma? Das ist interessant, sprich! • Nein: »Die Schönheit wird konvulsivisch sein oder sie wird nicht sein.« • So einer ist das, dieser Breton? So ein Opa? • »La beauté sera convulsive, ou elle ne sera pas!« • Ja und? • Na, zum Aphorismus paßt es. • Ich würde sagen: »L'amour sera convulsif, ou il ne sera pas!« • Der Liebe. Ja ja. • Ich verstehe immer nur Décolleté. • Oh ja! Oui! Le décolleté avec moi! • Après nous le décolleté! • Normale Menschen verstehen immer nur la gare! • Oder le déluge. Heutzutage. • Bring Bier mit, soviel du tragen kannst! •

Südafrika jetzt betreffend zeichnet sich die Politik ab: Wir haben das Land, ihr den Rand. • Habe die Öre. • Was? Ist der ganze Einkaufswagen schon leergetrunken? • Kann man einen Einkaufswagen leertrinken? Man kein keinen Einkaufswagen leertrinken! • Früher hat man Stiefel leergetrunken. • Bei uns läuft einer rum, der hat sich so ein Gerät gebaut aus Eisen, wie ein Dietrich gebogen, und der fischt damit in den Glascontainern rum. Den siehst da rumstochern, hat den Trick raus. Und ist keine Spinne jetzt: Wenn der eine Schnapsflasche findet, und da ist nur noch ein daumennageldicker Neigen drin dann, fft!, schluckt er und schmeißt weg. Pfandpullen nimmt er aufm Fahrrad mit. Ist ein Tip, Harry, falls es dir mal schlechter gehen sollte. Aber eines steht fest: Du nimmst den grünen Container; ich trinke nur klare Schnäpse! • Ich trinke nur Tequilla. • Da mußt du auch an den weißen. Hast du mal den Schnaps gesoffen, wo die Raupe unten drinne ist? • Mescal. Das ist Feuerwasser! • Da sind die Indianer dran gescheitert. • Das kannst du nicht so sagen, eher hatten die andern Erfolg

damit. • Feuerwasser. Schönes Wort. Ist ein interessantes Wort. Sowas wie Lufterde. Komisch. • Honecker hat behauptet, Sozialismus und Kapitalismus passen nicht zusammen, und als Beispiel hat er gebracht, sie passen nicht zusammen wie Feuer und Wasser. • So ein Irrtum! • Und der Indianer muß es nun ausbaden. • Austrinken! • Mich beeindrucken die Indianer: dieses sich stoisch in den Untergang Fügen, anstatt unser Ideal vom blöden, hysterischen Auf- und Widerstand. Diese imperative Widerstandspflicht. Ist doch Quatsch. Man muß sich überhaupt nicht wehren! • Ohne Penicillin wäre ich schon längst tot. • Ist vorbei, hilft nicht mehr! • Hilft doch, es gibt ja noch Salvarsan und die Tetracycline. Das hilft schon was. • Tripp Schanker und die Syphilitiker. •
Gestern war die weinerliche Lobby der sogenannten Epidemologen im Fernsehen. • Die wollen doch bloß neue Stellen und mehr Professuren. • Die haben einen ganz finstren Anmarsch von Seuchen prophezeit. Der Feind ist sogar schon unter uns. Jetzt glotzen alle entgeistert in ihre Duschsiebe. Dahinter soll die Legionärskrankheit sich befinden. • O ja, Seuchen sind im Kommen, das stimmt schon! • Dieses ganze Kleinstkleinzeug wird immer pfiffiger! • Von mir aus bräuchts bloß ein Drittel der jetzigen Erdbevölkerung zu geben. Es sind sowieso nur Idioten. • Ein Zehntel! • Gebt Aids eine Chance! • Was kommt da aus den Duschschläuchen? • Die Legionärskrankheit. • Auch gut. Scheiß Legionen. • Es wäre schon in Ordnung, wenn die Weiber nicht soviel werfen würden! • Ich bin stolz, daß ich kein Kind auf die Welt gebracht habe. • Hast du abgetrieben? • Darüber redet man doch nicht. Natürlich hab ich abgetrieben. Ist doch gar keine Frage, ich bitte dich! • Ich hab meine Bräute auch immer gebeten, daß sie abtreiben lassen. • Du bist ja ein Urviech! • Ich hab ja gesagt: stockschwul und Säbelzahntiger, meine Freunde! Heute bin ich asexuell. • B- und c-sexuell. • Sehr klug. • Harry hält ja streng auf ganz gesunden Lebenswandel. • Bist du Vegetarier? • Nein,

ich war mal zwei, drei Jahre wegen einer Braut Vegetarier, aber das war nichts für mich. Ich mag gern ein Stück Fleisch essen, einen Rehbraten oder ein Geflügel. • Ich leider auch. Das ist furchtbar, das ist mein abgrundtiefer Zwiespalt! Auch da bin ich an meinem Anspruch gescheitert. • Ich finde Scheitern gar nicht schlecht. • Inzwischen würde ich sagen, daß Scheitern auch eine Stilisierung vom Versagen ist. Koketterie. Euphemistischer Legitimationsakt der Nieten. Wenn nichts geht, wenn gar nichts passiert, dann kannst du wenigstens noch Scheitern als letztes aufbieten. Sind ja meist intelligente und studierte Leute. • Setz mal Versagen für Scheitern, das hört sich gleich ganz furchtbar an. • Oder verkannt. • Nichts ist schlimmer als erfolglose Künstler. • Das ist gemein! • Es gibt ja noch das Gelingen, ist was anderes als Erfolg! • Geld ist kein Gradmesser! • Ich möchte reich sein. • Ach, ist doch ein Paperlapapp! Geld ist langweilig. • Scheitern ist Notwendigkeit. Am Schluß kackst du sowieso ab. •

Wie kann denn ein denkender Mensch nicht Determinist sein? • Plummy, du bist ja so gründlich vom Glauben abgefallen. Das kannst du jetzt nicht stehenlassen! • Determinist war ich immer. Ist die einzige Konstante meiner Weltanschauung. • Furchtbar. Ist doch tödlich. • Ist nicht tödlich. • Ist doch wirklich eine Art von Vorhersehbarkeit, das ist unhaltbar. • Vorhersehbarkeit ist was anderes. Ich sage, daß nichts ohne Grund ist. Der einzige, der theoretisch vorhersehen könnte, ist Gott. Obs einen gibt, weiß man aber nicht. • Natürlich gibts Gott! • Der Teufel ist tot, Gott lebt! • Quatsch, das ist eine Erfindung der Menschen, weil sie mit dem Sterben nicht zurechtkommen. • Das Leben ist ihr Problem! • Das Leben zu meistern mit dem Wissen um die Sterblichkeit, das ist das Skandalon. Das ist doch, ich muß es jetzt doch religiös ausdrücken, ein Fluch, daß man das weiß! Die Tiere wissen es eben nicht und nur kurz vorher. • Sie ärgern sich trotzdem. • Ich weiß es nicht, daß ich sterbe. Das ist eine Hypothese. • Das heißt, daß du den sogenannten Fremdtod, wie Jankélévitch sagt, daraus schließt du dennoch, daß du nicht sterblich wärst? Nimmst du nicht als gegeben an? • Nö. • Das ist ja ein Ding! Das macht mich ja richtig glücklich. • Das heißt doch nur, daß wir hier mal nicht mehr sitzen, aber... • Wir gehen bloß woanders hin. • Um Gottes willen, soll das denn wirklich sein, daß wir nochmal woanders hingehen auch noch müssen? Der ganze Scheiß noch und noch?* • Aber, daß wir alt werden, glaubst du schon? • Ist auch eine Fiktion. • Also selbst wenn es nach diesem Leben noch etwas gäbe, was ja überaus unwahrscheinlich mir erscheint, dann wäre es auf jeden Fall etwas ganz anderes. Das Ding hier ist terminiert. • Richtig. Das gibts ja schon morgen nicht mehr. Das hier. • Es ist alles die Frage einer ganz persönlichen Befindlichkeit und Seinsverfassung. • Was ist das denn? • Na, der Zustand, in dem du dich befindest. • Und wenn du außer dir bist? • Na, das ist natürlich der ekstatische Zustand, das ist ganz wunderbar. • Vor Wut, vor Freude? • Das ist immer Ausnahmesituation: Ekstase. Da kommt man den Präzedenzien wohl am nächsten, ist bloß eine Vermutung, im Außersichsein. • Weswegen ja auch der Rausch so göttlich ist! • Der Rausch ist tierisch, ich bin auf allen vieren schon nach Hause gekommen. • Vielleicht war Gott auch ein Tier. • Das gehört natürlich alles dazu. • In Ägypten haben die Götter soviel Arme und Beine, da geht noch was ganz anderes. • Wunderbar. Wenn die stricken könnten! Die könnten vier, fünf Pullover auf einmal stricken. • Jetzt sind wir wieder mehr bei der ›Bäckerblume‹. • Ja, das ist sein anarchistischer Kinderladenmuff, solche Assoziationen. Wo stricken sie denn sonst noch? • Ja, wo stricken sie denn? • Ja, wo stricken sie denn? • Gescheiterte Existenz, das ist doch merkwürdig, daß das immer mit Existenz in Verbindung steht. • Was strickt uns das?

---

* Vladimir Jankélévitch, Der Tod, übersetzt von Brigitta Restorff 1983, unveröffentlicht.

• Weiß ich auch nicht. • Scheitern ist eine subjektive Geschichte. Meßbar ist es für die große Masse am Geld, das man hat oder nicht hat. Das ist doch das gängige Urteil, und das ist Unfug. Deswegen ist man noch lange nicht gescheitert, wenn man kein Geld macht. • Scheitern ist in gewissem Sinne sogar ein ideeller Wert. • Sind sich die ärmsten unter uns Schluckern mal wieder einig, was! • Manche Leute sind erfolgreich, da hört ihr jetzt ganz recht, und darin sind sie gescheitert! • Oder auch nicht. • Oder auch nicht. Na gut. • Wenns um Geld geht, würde ich wirklich behaupten, daß die meisten Leute, die zu Geld gekommen sind, gescheiterte Leute sind. • Dann bist du eine gescheiterte Existenz! • Wieso, ich hab doch gar kein Geld. •

Du bist ein reicher Mann! Du hast ein Segelboot! • Ach was, ich meine Leute mit massig Geld, mit Flugzeug welche. • Ist doch wurscht, es ist dein Fatum, ob du Geld hast oder nicht. Darin kann man jeweils scheitern, oder umgekehrt mußt du damit jeweils kunstvoll umgehen. • Ich bin ja mit Geld gescheitert, ich kann mit Geld nicht umgehen, ich kanns nur wie verrückt ausgeben. • Das kann ja so schwer nicht sein. • Der Fall hat sich erledigt, es ist ja nun weg. • Kann ein Tier scheitern? • Doch! Der Hund scheitert. Immer. • Einem Hund kann ja auch nichts gelingen. • Er könnte ja ein Ei legen! Also ein Hund scheitert. • Ein Mops ist ein gescheitertes Huhn! • Scheitern ist ein Existenzial, sozusagen ... • Sehr richtig! • ... und scheitern kann nur der Mensch, Gott kann im Grunde auch schon nicht scheitern. Nur der Mensch kann scheitern. • Das hängt für mich mit der Willensfreiheit eng zusammen. • Ohohohohoo! • Natürlich! Durch die Willensfreiheit habe ich doch die Möglichkeit der Wahl. • Es gibt nur die Illusion der Willensfreiheit! • Ich habe eben bei Kiepert in einer Hitler-Biografie rumgelesen. Er sagt von sich selbst einmal, daß er als Künstler scheiterte. • Ist schade. • Andererseits muß ich sagen, daß ich glaube, daß er einer der größten Popartisten gewesen ist, die es je gegeben hat. • Er war der größte Künstler überhaupt! • Halt mal die Kamera her. Er muß sehen, daß ich ihn bedrohe nach diesem Satz. • Wieso? Ist der größte Konzeptkünstler. Stalin, Lenin auch. • Ohne Hitler keine Madonna! • Madonna gabs vorher. Da kann ich nicht mitziehen. • Ich meine die mit den Strapsen und Titten. Diese Votzenmusik. • Ist eine Frage der größtmöglichen Akzeptanz, dann ist man erfolgreich. • Wir müßten mal zu irgendeiner Bank gehen und ein Existenzgründungsdarlehen haben wollen. Sowas gibts doch. Du machst die verrückt. Die sagen: »Was für eine Existenz?« Dann sagst du: »Hier, Existenz, steht doch hier drin in Ihren Unterlagen. Ich möchte eine gescheiterte Existenzgrundlage haben.« • Da holen sie dir den Sachbearbeiter für gescheiterte Existenzen, OE und so. • Ich habe das mal gehabt, ich habe 5000 Mark genommen, als ich den Alphëus-Verlag angefangen habe. Ist schon so lange her. • Aus welchen Gründen geben die dir 5000 Mark? • Nur aufgrund dessen, daß ich nach Berlin gezogen bin und meinen ersten Wohnsitz hier hatte. Mit dem Verlag bin ich auch gescheitert. Freundschaften, Geld, bei mir ist alles immer danebengegangen. Immer. • Den Eindruck machst du nicht. • Ich hab eben Fassade, Haltung, alles nur Haltung. • Bist doch eine gestandene Frau, hast ein großen Rückgrat. • Ich versuche diese Fiktion aufrechtzuerhalten. • Dir hilft dein sanguinisches Temperament. Wenn du zur Melancholie neigen würdest, wäre alles scheiße. • Das mache ich ja zuhause, wenn ich die Tür zu habe. Das zeige ich nicht in der Öffentlichkeit, das geht niemanden etwas an. • Es gibt auch genetisches Scheitern. Du kannst ja ein Kind ins Versagen erziehen. • Da würde ich widersprechen, weil wenn einer ausm Slum stammt und er bleibt im Slum, dann ist er nicht gescheitert, sondern er prolongiert ja nur. Er hat ja sein Level gehalten. • Noch nie was von sozialdemokratischer Bildungsidee gehört? Keine Chance für alle? Plummy, Himmeldonnerwetter!? •

Sechster Bildungsweg für alle, kaltes Latinum! Ja! • Scheitern kann man nur mit einem Anspruch, und die meisten Leute haben ja überhaupt keinen Anspruch! • Das ist überhaupt wahr! • Scheitern ist was Elitäres, was Luxuriöses, da muß man schon dicke Rosinen im Koppe haben, da muß man schon sagen, also ich wollte den Gottesbeweis, aber ist mir nun leider nicht gelungen. • Scheitern ist Erbgut der Philosophie! • Oh, Erbgut. • Scheitern ist, Scheiße bauen auf allerhöchstem Niveau. • Es hat auch was mit Widerstand zu tun. • Anders gehts auch gar nicht. Die wirklich schweren Sachen können einfach nicht gelingen. Quadratur des Kreises, Perpetuum mobile. Das ist sogar was Würdiges. • Ich war neulich im Gericht, mal nur so, da waren so ganz dumpfe Prozesse, alles Prolos, zehnmal vorbestraft alle, und einer, der war Freigänger, hatte gearbeitet und illegal noch Arbeitslosenhilfe abgezockt, dem haben sie wegen 3000 Mark gleich fünf Jahre Bewährung platzen lassen. Das war ein ganz elendes Scheitern da am laufenden Band und scharenweise. Jeden Tag 500 in Moabit. Da ist kein Elitärer dabei, höchstens mal Mielke oder so. • Die Moabiter hatten übrigens Kamosch als Hauptgott. Nicht Mielke. • Wie bitte? • Nur nebenbei bemerkt. • Es geht dir eindeutig besser, wenn du mental, fatal heiter geartet bist, ein Häuslein mit ganz viel Geld erbst und das bist, was man schön nennt, auf daß du dich recht häufig paaren darfst und in den Weibern satt wühlen. Dieses Erfolgsgesülze unter Aussparung solch materieller Dinge ist bigott. • Eigentlich sind wir doch hier allesamt verkrachte Existenzen. Du mal ausgenommen. • Spinnst du, denkst du, es ist mein großer Erfolg, daß ich arbeiten muß? • Ach, du hast kostbare Arbeit? • Ja. • Dann muß ich dir jetzt mal was sagen, Andreas: Meine Kontonummer ist 242644-106.[1] • Meine ist 282624, können wir fast verwechseln. • Dann habe ich wohl Jahre lang falsch überwiesen. • Es

---

* Max Stirner, Der Einzige und sein Eigentum, Leipzig 1845.

ist doch Fakt, daß alle, die ich kenne, die angenehme Menschen sind, feine Menschen, was immer das sein soll, die ich für ganz feine Menschen halte, mit denen man gut reden kann, die nicht dumpf sind, oder angenehm dumpf, das ist auch noch dazugehörig, daß die meist finanziell nicht so proper dastehen. Was auch mit diesem elenden Berlin als Ort zusammenhängt. Und, wir haben ja alle Bataille auf deutsch gelesen, einige hatten sogar mal was, und das ist dann so, daß die ihre Erbschaften und Häuser und Vermögen schön verpfeffert haben. • Was guckstn mich so an? • Sag mal Bernd, wie ist das mit gelingen, wie heißt das Wort, wenn man es steigert? Wie heißt das lateinische Wort. • Also es gibt ein Positiv, Komparativ und Superlativ. • Sagen wir Superlativ. Also: Gelingen ist die eine Sache, dann kommt Theo Lingen und was kommt dann? • Cunnilingus. • Immer kommt die Kiste rein! Es ist ein Motor des Daseins! • War nur ein Versuch. • Weil es ist auch Ausdruck unseres sexuellen Elends. Jeder bürstelt doch hier nur mit 25% seines tatsächlichen Bürstelvermögens höchstens! Mal ehrlich! • 75% sind in ästhetischem Aggregatszustand. • Genau. Deshalb übersetze ich ja wie eine Verrückte. • Hast recht. Über Scheitern zu reden ist wie wixen. • Man gönnt sich ja sonst nichts. • Die Ästhetisierung des Scheiterns als imaginärer Ersatz für Penthousewohnung mit Vollbürsteln, Auto undsoweiter. • Wieso, Freud hat doch bewiesen, daß die Sexualität nicht gelingen kann, daß sie scheitern muß. Die kann man sublimieren, kann man in ein menschlich freundliches Verhältnis überführen. • Erfüllung bedeutet doch Tod. • Nein! Das heißt Leben! • Die Erfüllung ist nicht lebbar. • Genau. Es ist Tod. Alles andere ein hedonistischer Irrläufer. Die Erfüllung ist doch das Ende! Da bist du vollständig glücklich, und dann gibts doch nichts mehr, die Welt ist am Ende. Es geht erst wieder los, wenn nächsten Tag alles schön in die Binsen geht. Das ist vielleicht ein etwas literarisches Motiv, aber trotzdem wahr. Ich habs erlebt! • Richtig! Es gibt nichts mehr dahinter, nur noch der Tod ist da. Wir sind ekstatische Menschen, Plummy, wir haben es vielleicht sensitiv erlebt wie andere nicht. • Das Ziel des Lebens kann doch nicht Tod sein, sondern Leben! • Unsere Ziellinie ist aber, da steht Tod drauf. • Sponsored by daddy! • Oder doch die Sinuskurve? • Völlige Erfüllung, das habe ich mir abgeschminkt. Glück setzt sich doch aus vielen kleinen Momenten zusammen. • Glück kann nicht additiv erlebt werden. • Es ist für mich ein großes Unglück, Glück total denken zu müssen. Von Erleben ganz zu schweigen. • Ich weiß immer erst hinterher, obs Glück war, es ist relativ. • Ist auch egal. Glück geht ja vielzusehr ins Subjektive, Erotische, was soll man da sagen. • Kinder, Glück ist viel amerikanischer, als man sich das denkt. In Amerika kann der letzte Penner nicht scheitern, weil er ja Amerikaner ist! • Genau! Glück ist was Amerikanisches! • Damit sehen wir dann ja hier finster aus. • Warum nicht. Dann sind wir europäischen Uropas eben Depressionsexperten. Die Intensität ist da auch asymptotisch gegen Unendlich steigerbar. • Ja, wenn das mal so gesehen würde. Man müßte mit Weltschmerz amerikanischer umgehen. Von Sinn und so fernhalten. • Ein Schriftsteller namens George Bernard Shaw, gibts so einen? • Ja sicher, mehrere sogar! • Diese mehreren sagten einmal: »Das Glück ist für die Schweine!« • Ach, das war doch auch so ein unzufriedener. • Shaw ist mit großem Behagen uralt geworden! • Der ist merkwürdig geworden im Alter, hat eine Riesenstiftung gemacht und wollte das Englische revolutionieren, wollte es phonetisch transkribiert wissen. Gab einen riesen Erbstreit, weil seine Nachkommen nicht in diesem Sinne gehandelt haben. • Das war schon eine Type! • Type, ja! Aber seine Bücher braucht man wirklich nicht zu lesen! • Hatte ein Faible fürs Pianospiel, konnte aber gar nicht gut spielen. Hat er Leute eingeladen zum Klavierabend und dann Klavierfassungen vom Ring gespielt, was 28 Stunden gedauert hat, weil er immer aufs Blatt geguckt hat und dann Stück für Stück die Finger gesetzt und dann –

Bomm! – den Akkord gedrückt. Keiner hat sich getraut, nach Hause zu gehen. • Stimmt das? • Na ja, ist eine Kolportage ausm Fasch-Verein. Es können auch 18 Stunden gewesen sei. • Fasch-Verein? Was ist das für ein Verein? • Musiker, alles Musiker. Fasch war eine barocke Minderbegabung. Sie setzten sich stark für das Nichtstun, Nichtsschaffen, Doofbleiben ein. Bewußte Bremser. Vielleicht die erste wahre politische Reaktion auf Virilio. Und Musiker, es sind klassische, gute klassische konzertante, keine Rockaffen, die haben meist sowieso eine Mattscheibe. •

Siehste, da bist du wieder beim Zeitmoment, ihr habt doch auch mal sowas gemacht. • Ja, Stravinskij beschleunigt, bis es dann wieder stehen blieb, ein ganzes Stück als ein einziger, intensiver, heftiger Schlag. Bomm! • Und warum soll man nicht ganz langsam spielen? Mit dem Erfolg übrigens ist auch eine Zeitfrage. Einer, der in der Kneipe einen guten Witz macht, und es lachen alle, hat sofort Erfolg. Und einer, der schreibt Faust, das dauert dann etwas, vielleicht sogar hundert Jahre, bis es Erfolg hat, und anschließend guckt es auch kein Schwein mehr an. Oder einer zündet die Bibliothek von Alexandria an, daß nichts mehr übrig bleibt, geht die ganze antike Literatur in Flammen auf, und dann kann man endlich mal was Neues machen. • Ich wußte gar nicht, daß du so liberal bist! • Weil, das Gelungene ist nichts von Dauer, es ist wupps! und... • Irgend so ein Futzi von Hegel hat gesagt: Gott sei Dank ist das abgebrannt, sonst müßte man sich sein Leben lang damit beschäftigen. • Was mich an der schlechthin erfolgreichsten Tätigkeit des Menschen erstaunt, ist ihr dauerndes Scheitern. Ich meine die Zerstörung und das Töten und Vernichten. Was da an Aufwand läuft und wie einfach das ist und daß es nie recht gelingt, ist doch ein Wunder. Stell dir mal vor, wie mühsam es ist, ein Kind aufzuziehen, auszubilden, dann wird so ein Einstein draus, es kommt einer und haut ihm aufn Kopp und weg ist er. Wenn das kein Erfolg ist! Und doch läuft

komischerweise alles immer weiter. • Die Liebe! • Ich kenne dieses Empfinden. Manchmal gehe ich durch die Straße und habe so ein geisterhaftes Gefühl, als ob ich glaube, Mann, was du da mit deinen Augen siehst, das existiert gar nicht. • Sagt Julien Green auch. Was existiert, ist nicht wahr, ist eine scheinbare Wahrnehmung. Ein Trugbild. Die wahre Welt ist die vorgestellte Welt und nicht die tatsächliche. Ich finde die Faktizität auch zum Kotzen. • So gucke ich immer auf meine Bankauszüge. • Naja, das ist eine andere Geschichte. • Na, die Zahlenwelt ist doch nun überhaupt das verrückteste. Völlig imaginär und nicht nur die Milliarden, die man nicht sich vorstellen kann. Es fängt schon mit eins an. Und dann die Macht der Nullen! Oder wenn ich vor einem Finanzamt stehe: Da liegen tausende Zettel drin, Radiergummi 1,95, alles voller solcher Zettel und Rechner, jeder Scheiß aufgelistet, so ein Zahlengewimmel, daß das überhaupt geht! • Daß die Leute nicht einfach sagen: »Ich glaube nicht an Geld! Ich glaube an Brot und Wurst und Bier!« Das ist auch ein Wunder. •
Apokalyptisch gedacht wird es folgende Dinge geben: erstmal die Seuchen und Krankheiten, die sind raffiniert und sehr intelligent, insbesondere auch, weil sie sich klein halten, Viren sind grandiose Krieger! Vor jeder Bakterie ziehe ich doch meinen bakteriell verseuchten Hut! • Ich nicht, diese Schweine, diese Bakterien, die machen mir Zahnschmerzen! • Das kommt von was anders. Die heißen doch nicht Bakterien, weil sie in deiner Backe sind. • Mal jenseits von ich und dem sein Zahn: Der Mensch wird an seiner Unterlegenheit gegenüber Bakterien und Viren scheitern und an seiner Konstruktion Geld, davon bin ich überzeugt. Fast verglüht ist er ja schon an seiner Geschichtsphilosophie, auch sone Idee. •
Alles Kleine, alles Winzige, also nochmal die Viren, hat natürlich eine ungeheure Macht. • Und ist doch nichts, weil es kein Bewußtsein hat. • Um so besser! Es ist ja schön, mit euch noch in der Präapokalypse beim Bier zu sitzen und zu reden,

aber wenn ich mal tot bin, bräuchts die komischen Halbaffen nicht weiter zu geben. • Ich habe doch kein Bewußtsein, ich bin ein Bewußtsein! Also alles andere, was nicht Bewußtsein ist, ist mir doch so fremd und geht mir doch am Arsch vorbei, Viren, Bakterien. • Katzen? • Nein, die höheren Tiere schließe ich vom Bewußtsein gar nicht aus. • Das höre ich gern. • Wer Tiere kennt, weiß, daß sie da gar nicht so weit weg sind von uns. Sind nicht sprachlich organisiert, aber... • Die Menschen sind zu gierig, pervers. • Also man kann dem Menschen doch keinen Vorwurf machen, daß er von allem und jedem gern sehr viel und gut hat und hat und hat. Wenn er dadurch untergeht und von der Erde verschwindet, dann kommt eben was anderes. Die Moralisiererei ist ja ekelig. Den Sauriern macht ja auch keiner einen Vorwurf. • Wer soll mein Grab gießen, meine Werke schauen? • Die Schwarzen Löcher! • Sorge ist auch so ein Begriff. • Wenn der Mensch zu seiner Sache kommen will, muß er rücksichtslos sein. Guck mal die Dorischen Welten an. • Und du willst mal Pfarrer gewesen sein? • Er ist dann Kommunist geworden, und Gott hat im Kombinat Bitterfeld eine Hausdecke auf seinen Kopf fallen lassen, ehrlich! • Während einer Sitzung ist eine Decke eingestürzt. • Er hats überlebt! • Ich war Lutheraner. • Das sind die mit den Tintenfaß-Maschinengewehren. • Und als Lutheraner Determinist. Das ist eine sehr abstrakte Sache, da braucht ihr euch keine Gedanken zu machen. • Ich bin ja sehr froh, daß du uns das etwas vereinfachst. • Du wolltest doch etwas Tröstendes von mir hören! •

In der Mitte ist der Tod! Entweder Versager oder schwer Erfolgreiche, mit denen kann man reden, die dazwischen erleben doch nichts. • Und der Wind trieb Benzin und Armut in die Straßen. • Scheitern ist geistiges Kunsthandwerk. • Das ist hervorragend, aber als Resümee eine Unverschämtheit. • Ich habe neulich einen Penner mit Schweizer Paß kennengelernt. • Die sind so stolz wie die mit amerikanischem Paß und scheiternsresistent von Geburt an sozusagen. • Deshalb laufen ja jetzt hier immer mehr Leute mit so einem Abzeichen rum: Ich bin stolz, ein Deutscher zu sein! • Hör bloß mit diesem Scheiß auf. Wie kann man auf etwas stolz sein, wofür man gar nichts kann? • Du kannst auch nichts dafür, daß du ein Mensch bist. Dann ist der ganze Humanismus auch eine miese Rassismusfalle: Ich bin stolz, ein Mensch zu sein! Die Gerechten latschen mit: Ich bin stolz, ein guter Mensch zu sein! rum und sind sauer, wenn einer schlicht sein bißchen deutsch… • Ich bin stolz, gerne ein guter deutscher Mensch zu sein! Wie wärs damit. • Du trägst ja das Bier wie Handgranaten! • Gehen mehr so. • Übrigens ist Vaclav Droste ein Arschloch. Der petzt! • Erfolgsgieriges Arschloch. Ahnte man doch.

Bei mir ist ja kein Rückenwind. Gespräch mit Kade Schacht. Du hattest dir doch gerade Nudeln gemacht. • Das ist bereinigt, geklärt. • Willste die nicht essen? • Seh ich aus wie einer, der ißt? • Aber kochen muß man ja! • Eben. Die Pflichten sind erledigt. Aber hier gibts noch was für die Kühe. Das sind Plätzchen von meiner Mutter. • Ist da Haschisch drin? • Hab ich bisher nicht bemerkt. • Auf Muttern is noch Verlaß. Mensch, ich hab inzwischen Angst vor Plätzchen. Mein lieber Scholli. Ich bin da schon auf allen vieren von harmlosen Kaffeetafeln nach Hause gekrochen, und kein Scheißtaxi hat sich erbarmt. • Ich hab jetzt für die mehr weltgewandten Gourmets unter den Haschischfreunden zwei Kajaaufläufe kreiert. Das eine ist Kaja-Brokkoli-Gratin und das andere ist ein Kartoffel-Kaja-Auflauf. • Was ist mit deinem Wasserschaden? • Interessiert dich das? • Ja. Private Niederlagen. Wir hatten gerade Führerscheinentzüge mal besprochen mit Erich und Chappi. • Einer der härtesten Entzüge! • Hab ich ewig nicht gesehen, Chappi. • Der ist lieber im Osten. •
Ich bin lieber im Westen. • So sieht man sich nicht. • Ich habe Blut gespendet für den Wiederaufbau der Mauer. Ich hab hier

reingepiekt und mit meinem Blut unterschrieben, daß ich dafür bin. • Wo? • Das hab ich irgendwo noch in meinen vielen Unterlagen. Leider sind soviele verlorengegangen. Ich wurde manchmal aus dem Auto auf die Straße gesetzt, und dann haben die vergessen, mir meine Sachen mitzugeben. • Diesen Schrank da haben wir doch zusammen mal hier hochgeschleppt? • Ja, der hängt noch an deinem Nagel. Alles was diesen Schrank zusammenhält, ist ein Kapielskischer Nagel. Er hat aber Modernisierungen mitgemacht. • Er hat ein Gesicht! Ich hab neulich mal ein Haus mit Gesicht gesehen. Ein Penatenportrait oder sowas. • Immer wenn einer sich in diesem Schrank zu verstecken versucht, erlebt derjenige ein Desaster. • Das war so eine Nagel-, Nieten- und Schraubenzeit. Weil an dem Tag mit dem Schrank und dem Nagel fiel mir doch die ›Kleine weiße Friedensschraube‹ ein. • Die war sicher von der Duschkabine übergeblieben. • Was ist mit den Wasserschäden? • Ja, unter mir wohnt ja die Geschädigte. Die ersten drei Wasserschäden hat sie ja noch mit, na, sagen wir mal Lupe, nee, mikroskopisch so klitzekleinem Humor ertragen.

Aber der vierte Wasserschaden, da ist ihr der Faden gerissen. • Der Wasserfaden. • Da kam der Hausverwalter und hat mich abgemahnt. Ich muß aufpassen. Der fünfte Wasserschaden fällt aus. Beim ersten war ich nicht anwesend, beim zweiten war ich zugegen, das war der schönste, der war wunderbar. Beim dritten kam ich nicht in die Wohnung. Beim vierten war ich anwesend, aber wie der passiert ist, ist mir ein absolutes Rätsel. Der hätte gar nicht sein dürfen. Können! • Was kann denn da schiefgehen? Wir haben doch auch so eine Duschkabine. • Bourgeoise Arschlöcher schmeißen so eine Duschkabine gewöhnlich alle fünf Jahre weg. Ein normaler Mensch, der keine Wasserschäden will, nach zehn Jahren. • Wer Geld hat, hat keine Duschkabine. So eine Duschkabine ist doch heraldisch gesehen der untere Kastenbeweis schlechthin. Wir haben das Ding in der Küche stehen. Dafür steht im Mietvertrag gleich Bad drin, und wir müssen eine vornehmere Miete zahlen. So ist das. • In Neukölln hattest du doch ein Bad. • Es ging von da ab immer nur abwärts. Mit Neukölln hatte ich ja Glück. Vorher war ich ja wohnungslos. Dieses verstreute Ding. Bücher da, Regale hier. • Das ist furchtbar. Ich finde getrennte Wohnungen unter Liebespaaren schon zum Kotzen. Zu Susanne bin ich immer mit einem Koffer hin. • Dieser Singlequatsch ist sowieso grauenhaft. Ewiges Aufgeschiebe und Sicherheitsdenken. Ich hasse das. Ewig immatrikuliert, immer Angst vor biografischen Schritten. • Achtundsechziger Schnarchnummer. •

Jetzt stehen wir zu zweit in der Duschkabine. Entweder-oder-Mist.* • Ich hatte früher mein Wohnzimmer hier drüben im Cafe Kingkong. Dann hatte es geschlossen. Es war mit Familienanschluß. Ich gehörte dort als Außenbordmotor zur Familie. Da habe ich auch die Sabine her. Die war da an der Theke, und da habe ich einen pangalaktischen Donnergurgler

---

* Vgl. Hans Sedlmayer, Verlust der Mitte, 2. Aufl., Salzburg 1948.

mixen lassen, und dann wurden es zwei, und damit war die Sache gegessen. Beim Wasserschaden eins: Sabine und ich stehen im Tempodrom, Heimatklängeconcert, was ganz Tolles, und auf einmal sticht mich der Affe, du, ich glaube, ich habe die Dusche angelassen. Da sind wir weg, mit dem Taxi, zu spät. Da hatten die Bullen die Tür schon aufgemacht, Technisches Hilfswerk war da gewesen. Die haben mir einen irrwitzigen Zettel hingelegt, was ich in Zukunft beachten soll. Eins war aber eigentlich unspektakulär. Wasserschaden zwei hingegen ist ein Trüffel. Sonntag morgen, hier in dieser Wohnung befand sich kein Bett, das war eine Rumpelbude, im Aufbau begriffen, und ich wache neben meiner Liebsten wie gewöhnlich auf dem Fußboden auf und höre so ein komisches Plätschern. Ich war noch todmüde. Plötzlich pocht das an der Tür. Aber wie! Da steht die Mutter von der Geschädigten, so eine resolute Luzie unten, in der Tür und macht ein Spektakel, da unten sei ein Wasserfall im Gange. Meine Liebste ist sofort verschwunden, so schnell hat sich nie jemand angezogen. Dann kam die Luzie mit einer Nachbarin, und die haben mit mir die Küche ausgeräumt, um auch das unter dem Linoleum befindliche Wasser zu entfernen. Das war 90, jetzt kommt 91. Da habe ich als Propagandist für Kinderspielzeug im Kaufhaus gearbeitet, und ich war mit einem Kollegen auf der Eröffnung eines Sargsalons gewesen, Probeliegen und so, und ich komme nach Hause, ist schon wieder die Tür aufgebrochen! Jetzt war die Geschädigte sauer. Dreimal ist nicht nett.* • Das kostet dich doch auch ein Vermögen. • Ich war gar nicht versichert, das war der Witz. Aber dadurch, daß dieser Kollege es gut mit mir meinte, bin ich heute versichert, und das wurde ein bißchen zurückgeschrieben. • Da hat die ja eine top Küche. • Na sicher. Viermal von Grund auf renoviert. Und die läßt da

---

* Vgl. Carl Schmitt, Land und Meer. Eine weltgeschichtliche Betrachtung, Köln 1981.

keine Schlamperei machen. Da kommt ein Meister. • Besser wär doch, die würden dich hier oben mal verkapseln. • Ja. Man muß mindestens drei Monate unten warten, bis das alles ausgetrocknet ist, die Wände, bis man renovieren kann. • Es wäre günstiger für dich und deine Versicherung, du würdest die Schadensfrequenz knapp unter drei Monate senken. Und Wasserschaden ist quatsch. Mir schadet Wasser nicht. Wasser ist doch nicht schädlich. •
Ich habe im Monat etwa elfhundert. • Als Katechet mußt du doch ordentlich verdient haben. • Ich bin ja in der Referendariatszeit ausgeschieden. Da habe ich fünfzehnhundert bekommen. BAT 7. Die Putzfrau hatte BAT 6 und uns auch nie gegrüßt. Arbeitslosenhilfe ist dann entsprechend gering. • Hast du abgebrochen? • Ich habe mich feuern lassen. Denen gefiel dies nicht, das nicht. Da war eine frustrierte Alleinerziehende, frag nicht wie, hatte in Germanistik eine vier gebaut und bei der Kirche angeheuert, die war Ausbilderin. Und die andere, die war ziemlich hübsch, das war so ein Karrierefuzzy, also hier mal boing nach oben und zwischen den Beinen lief gar nicht viel, was eigentlich traurig war, bei dem Lebensstandard, weil als Kreiskatechetin verdienst du nicht übel. Das dauert, wenn man über die Abendausbildung rein kommt dreizehn Jahre, da gehen viele schöne Abende flöten. • Warst du verrückt in der Zeit? • Ach was, das gerade nicht. Ich hab alle Lehrproben einwandfrei, normal, vernünftig auf Kokain gemacht. Es war prima. Ich hatte immer eine Thermoskanne und Tassen für mich und die Damen dabei, wenn man sich hinterher zusammengesetzt hat und besprochen, was sie gesehen haben. Gesehen haben die gar nichts. Ich habe die Heilige Schrift unterrichtet und Einstürzende Neubauten und Kampfsterne werfen. Da haben die mich mit fünf vorzensiert. • Sage mal, du hast doch Ahnung! • Na klar. Ich habe den Schülern erklärt, was die chinesischen Schriftzeichen auf den Kampfsternen bedeuten. Zum Schluß habe ich auch gut getroffen mit

den Dingern. Da standen ja magische Beschwörungen drauf. •
Was hast du bevorzugt? Paulus-Briefe, Offenbarung? • Ach
was, Paulus-Briefe, nur über meine Leiche. • Taubes hat grandios auf diesen Paulus-Sachen rumgeprobt. Da kannst du
schon von apokryphen Taubes-Briefen sprechen.* • Das ist
beautyfull. Ich hab dem Paulus auch schon vieles nachgesehen,
was ich ihm früher um die Ohren gehauen hätte. Ich habe sehr
viel Sozialthemen gemacht. Da eignet sich das Lukas-Evangelium. Die Offenbarung laß ich ganz draußen. • Die ist surreal
und sprachlich barock expressionistisch. Luther-style •
Wenn ich einfach so als moderner Dummkopf, der keine viertausend Jahre tibetische Tradition in den Knochen hat, wenn
ich machen würde, dann würde ich improvisieren und eventuell großen Schaden nehmen, denn ich würde meinen Körper
dem Klinikum Steglitz vermachen. Da kriegst du einmal Puff
dafür, achtzig Mark zu Lebzeiten. Die Anatomie ist nach wie
vor ein sehr wichtiges Forschungsgebiet. Das wußte ich früher
nicht, da hat mich so eine bildhübsche Discoanatomin belehrt.
Wir sind nachts immer tanzen gegangen, hinreißende Frau,
und morgens ist die Schnibbeln. Das war eine Anatomin mit
einer überaus vorteilhaften Anatomie. Aber ein Anatom kriegt
einen Schlag fürs Leben, wenn der mich aufschneidet. • Wir
haben zu wenig gelernt. Sag mal ein schlaues Wort zur Neurophysiologie. • Deshalb liegen wir Geistesfuzzys auch meterweit hinten. • Der Paradigmenwechsel. • Der hat stattgefunden.
Das Gesicht auf meinem Schrank kriegt den Nobelpreis nur
deshalb nicht, weil es Paisleyhemden trägt und Frauenheld
ist. Stanislav Grof. •
Ich meine, wir haben einen Haufen Scheiß gebaut, Thomas.
Mit Margret und die Scheiße, das ist alles überflüssiger Mumpitz, überflüssiger Schwachsinn, Medienrummel, all son Zeug.
Feminismus. In welchen Schrank würdest du das denn hän-

---

* Jacob Taubes, Die Politische Theologie des Paulus, München 1993.

gen? Mußt du doch mit Mottenpulver umlagern, ist doch Blödsinn. Das hat übrigens Walter Benjamin über den Faschismus gesagt, daß es nicht nur dieses Ding ist, Ästhetisierung der Politik, schnarch, sondern Biologie als Politik. Und das machen die ganz klar, Feminismus. Als ich Margret kennenlernte, 77, fing die an, vom Leder zu ziehen, und ich habe ihr gleich gesagt, hör mal mit deinem Faschismus auf. Das hättste erleben müssen! Damals war der Lilithbuchladen noch relativ jung. Da gabs die erste Walpurgisnachtdemo, da warte ich irgendwo im Cafe, da kommt Margret rein, mit einem Gesicht wie Leila Chalid bei der Flugzeugentführung und sagt, ich knall sie alle ab. Aber im weiteren Verlauf, wir waren frisch verliebt, da hat sie ermäßigt und würde drei Männer stehen lassen, das waren ihr Exmann, dessen Freund und berühmten Lehrer und mich. Wobei ich die Zugabe war, das hat sie im VW im Vollrausch aufm Fehrbelliner Platz gesagt, na gut, dich auch noch. Also drei. • Der Feminismus hat wie alle diese Dinger, die auf -us enden, für eine Weile auf sehr erkenntnisreiche Weise das Licht polarisiert. Jetzt ist es nur noch Ressentiment, voll durchcodiert, Kodex und Kampfsport. •
Also dafür, daß ich mit einer mir nicht weiter bekannten Russin verheiratet bin und mit einer aggressiven Fanatikerin einen gemeinsamen Sohn habe, mache ich mich doch nicht schlecht, oder? Ich habe alles absolviert: Ich habe mich vermehrt, mich sozial nützlich betätigt, was wollen die alle? Da steht immer: verheiratet, ein Sohn. Weiß ja keiner, daß ich den Sohn von einer andern Frau habe als die, mit der ich verheiratet bin. Die Kirchenbücher; sechzigtausend Trauungen habe ich abgeschrieben, bevor mir einfiel, daß ich vielleicht auch mal heiraten möchte. Da fällt der Groschen, ex negativo: Junge, du bist ja noch gar nicht verheiratet! Und das Kopulationsregister. Sabine hats abgekriegt, wenn ich abends unter hundertfünfzig Kopulationen nach Hause kam. Vom Sommer 88 bis Anfang 90 habe ich Kirchenbücher abgeschrieben,

Stettin, Pommern, Berlin von 1583 bis 1700. In Pommern hatten alle was professionell mit Suff zu tun, Schankwirte noch und noch. Taufen, Kopulationen, Sterbefall. Hunderttausende. •
Daß ich mein Blumenwasser mit großer Würde und Stil trinke, ist angeboren und meine Sache. • Genehmigt. Wie gehts deinem Buch und deinem Verlag?* • Ich habe ja nicht geerbt. Reine Druckkosten sechstausend, auf Pump. Es geht überhaupt nicht. Ich schulde Hannes den Restbetrag. • Gestern hast du erzählt, du würdest das Buch gut verkaufen. • Na klar, ich habe allein hundertzwanzig an meinem Geburtstag verkauft. Das waren die Götter mir schuldig. Erich Maas hat mich im Vollsuff auch angemacht, ich sei ein ehrenwerter Mann, und dann komme ich mit einer Sonnenblume aufm Cover. Da handeln die Götter umgehend und kaufen hundertzwanzig. • Sieht auch scheiße aus, wie ein Verdauungsratgeber vom Ökoladen. • Das ist keine Sonnenblume. Das ist ein altes Küchenbrett und das sind Tausende von radialen Stichen, die ein Säufer diesem Brett beigebracht hat. Was ist denn Sonnenblume anderes als tausend kleine Mösen von Nahem betrachtet, nichts anderes. Das ist ein Holzschnitt. • Und am Rand, was wie Blütenblätter aussieht? • Das sind weitere tausend Schnitte, die der Säufer dem Brett beigefügt hat. Auf meiner Vernissage, wo ihr alle nicht gekommen seid, war dieses Brett zu sehen. Der Säufer übrigens auch. Wir haben sogar eine Videoaufnahme, wo man den Säufer ständig umfallen und das Podium übernehmen sieht. Jetzt habe ich Prosa in Planung. Die Künstlerförderung habe ich beantragt. Die wollen aber Romanfragmente sehen, was anderes kennen die nicht. Die kennen noch nicht mal den Unterschied zwischen Roman, Novelle und Romannovelle. • Die haben mal was gehört vom Nouvel Roman oder so. Die sind alle doof. Es ist zum verzweifeln, weil du bei denen dann

---

* Kade Schacht, Küsse Schüsse Kalte Füsse. Line Out Mix, Berlin 1993.

auch nur als Doofer eine Chance hast. Sie wollen einen ja verstehen. •

Ich habe mal eine Rückführung gemacht in eine frühere Inkarnation. Das ging ziemlich weit zurück, viertausend Jahre. Das ist eine Menge Holz im Wald. Und diese Figur, die ich da erlebt habe, wollte ich romanisieren. Haben die abgelehnt. Das war denen zu abenteuerlich. Das war ein Typ aus dem Gebiet des heutigen Jemen. Da war zum Teil Klartext dabei, in einer anderen Sprache. Und dann habe ich mich verfärbt, ich wurde blau, ich wurde grün und schwarz, hat man mir hinterher erzählt. Was wollen die, nach viertausend Jahren siehst du nicht mehr gut aus. • Das Bier hier ist Adelskrone. • Ich war Adelskronentester bei Penny! • Kostet soviel wie Hansapils, und du siehst nicht gleich wie ein Penner aus. • Die Hansapilszeit war finster. • Stell dir mal vor, es gibt ja irgendwann den Flachbildschirm, was das bedeutet. Für die Oberflächen schlechthin, für Architektur, Wand, Dekor, Werbung, Wohnung. Das wird schon noch lysergsaure Zeiten geben! Die Graffitipest konditioniert uns schon auf eine universal flimmernde Oberfläche. • In der Chaosforschung gehts ja um dieses Geflirre. • Chaosforschung ist auch so ein Verhängnis. Das ist ja ganz schön und interessant, verhält sich aber wie Relativitätstheorie zu Atombombe. Mit der Chaosforschung berechnen sie doch nur, wie sie uns noch rentabler in Räume und Züge stopfen können und wann kritische Mengen erreicht sind. Überall wird es voll sein, immer so kurz bevor man es nicht mehr aushält. Ich muß mal pissen, erzähl mal allein was, wenn du willst, Kade. • Ja, wie ich in der Wiedergabe meiner ersten Reaktion auf die Schlumbergerschen Wahrscheinlichkeitstheorien, also etwa um 1970 gesagt habe, laß ich mir das ja nicht bieten, daß der Gang einer Frau etwa oder sonstwas Liebenswertes, das laß ich mir nicht in Zahlen vorlegen. An sich ist Wahrscheinlichkeitsrechnung auch ein ganz hübsches Hobby, scheiße ist nur, wenn man sich verrechnet. Schafft ein, zwei, viele Schlumberger!

Wir befinden uns in einem Paradies. Die Hälfte der Bewohner dieses Planeten sind weiblich. Und auch diese befinden sich in einem Paradies, denn die andere Hälfte ist männlich. • Das ist ja wieder Fuzzylogik. • Nach dem Weltuntergang, der amtlicherseits von den Suffis vorausgesagt ist für das Jahr 2037, da gibts dann die final battle, das Armageddon, freundlicherweise westlich von Damaskus, wo noch ein bißchen Platz ist bis zum Meer. Ich wollte an der Schlacht nicht teilnehmen, weil ich nicht schwimmen kann. Aber wenn das vorbei ist und die Kräfte des Guten gesiegt haben gegen die Mächte des Bösen, die ja zahlenmäßig überlegen sind. Ich habe dem Führer der Mächte des Guten schon einen Clausewitz zukommen lassen. Ich hoffe, daß die Postadresse stimmt. Der schiitische Erlöser. Immerhin ist das Buch nicht zurückgekommen. Und also danach, nach dieser final battle, kommen sowieso nur einige wenige Auserwählte davon, dann entfallen auf jeden Mann sieben Frauen. Ich mußte da aussteigen, weil auch nach mehrmonatiger Teilnahme am wöchentlichen Hauptgebet und nach vielen vielen Übungen, man muß soviel auswendig lernen, ich habe es ums Verrecken nicht geschafft, mich während des Gebets nicht nach den Damen umzudrehen. • Da saßen deine sieben schon parat? • Wir sind wohlwollend verblieben. Ich richte dem Scheich immer ein herzliches Namasteh aus. War eine schöne Zeit. Als ich den Scheich zum ersten Mal sah, kamen Heerscharen von Fans, er kam von Zypern, alles voll Nakshi bendi, das ist eine mystische Unterströmung des Islam, also noch mehr als die Schiiten, die regieren ja. Einerseits der verschollene Schwiegersohn des Propheten, andererseits die Kalifennummer, und die hat sich ja auf lange Sicht nun gar nicht bewährt. • *

---

* Vgl. Bernard Lewis, Die Assassinen. Zur Tradition des religiösen Mordes im radikalen Islam, Frankfurt 1989.

"Scheitern – metaphysisch"
   von Bernd Gärtner

Hegel

Das Papier dieses Buches, einschließlich Überzug
und Vorsatz, besteht zu 100 Prozent aus Altpapier.
Das Kapitalband wurde aus ungefärbter und
ungebleichter Baumwolle gefertigt.